FRIEDA RUNGE

DER LEIBJÄGER VON HOHENBURG

FRIEDA RUNGE

Der Leibjäger von Hohenburg

Roman

TITANIA-VERLAG STUTTGART

Umschlag-Foto: Bildagentur Huber
Druck und Einband:
Ueberreuter - Korneuburg/Austria
Verlags-Nr. 9466
ISBN 3 7996 9466 8
Set: ISBN 3 7996 9468 4

Die späte Sonne bricht durch das Wolkenmeer gleich einer Fanfare. Innerhalb eines Herzschlags Dauer verändert sich die Welt.

Es ist wie ein Wunder, wie eine Verzauberung.

Vor Augenblicken ist der Fluß, der aus dem Süden kommt und das grüne Gold der Wälder mit sich trägt, noch grau und ohne Glanz gewesen. Nun aber strahlt er auf wie reinster Smaragd, der hin und wieder von silbernen Adern durchzogen ist.

Die Welt ist plötzlich erfüllt von Millionen Blüten und Düften, eine jede Knospe hebt ihr Gesicht der himmlischen Leuchte zu, der Allmutter.

Berti Trasser, das dunkel gekleidete Mädchen, das eben vom Trasserhof herunterkommt und der Fähre zugeht, verhält den Schritt.

Ihre Augen sind groß, sanft und voll abgründiger Trauer.

Vor vier Wochen haben sie die Mutter, die noch junge Trasserbäuerin, ins Familiengrab der Trassers gelegt auf dem Lenggrieser Friedhof.

Sie ist eine gute Mutter gewesen, ihre stille Heiterkeit hat die Kindheit der Berti verschönt. Nun aber ist es, als ob der riesige Trasserhof plötzlich kalt geworden sei, leblos und freudlos.

Wabi, die alte Magd, sagt kaum noch ein Wort, sie geht, krummer geworden, ihrer täglichen Arbeit nach, trotzdem sie nicht mehr dazu verpflichtet wäre. Sie bekommt seit fast zehn Jahren ihre kleine Rente und hat zeitlebens das Gnadenbrot auf dem Trasserhof.

Das Antlitz der Berti, der alleinigen Hoferbin, wird weich und liebevoll, als sie an die alte Wabi denkt. Bevor die Mutter gestorben ist, hatte sie diese zur Wabi sagen hören:

‚Wabi, das Dirndl hat auch was vom Bauern. Wenn sie einmal anders will als er – du verstehst mich schon –, dann steh ihr bei.‘

Die Wabi hatte geweint, der Mutter das Haar aus der Stirn gestrichen, und die Mutter war ganz ruhig geworden. Die beiden hatten sie nicht stehen sehen, es war dämmerig in der Kammer, aber sie hatte es deutlich gehört.

Die gute Wabi! Wie gottverlassen fühlte sich die einzige Tochter des reichen Trasserbauern, wenn sie nicht wäre.

Der Vater ist wortkarg und verbittert, seit sie denken kann. Als sie die Mutter einmal gefragt hat, warum denn der Vater nie mit ihr spiele oder lache, wie zum Beispiel der Vater von der Bacherer Liesl, da hat die Mutter sie groß angesehen und gesagt:

‚Der Bauer‘ – die Mutter sagte immer ‚Bauer‘ zum Vater – ‚soll früher anders gewesen sein. Die Wabi sagt – sie ist schon dreiundfünfzig Jahre auf dem Hof –, er sei einer der lebfrohesten Isarwinkler Burschen gewesen. Eine Stimme soll er gehabt haben wie die mächtige Glocke vom Tegernseer Klostergeläut, und wenn damals schon die berühmten Wegscheider Dirndln sich den Menschen ins Herz gesungen hätten und die Wegscheider Musikanten die Leut umgewandelt innerhalb einer Viertelstund, so sei der Vater ganz bestimmt mit von der Partie gewesen.

Keiner soll die Zither besser gespielt haben wie er und keiner verrücktere Jodler über die Isar geschickt haben.

Drüben, im Fleck, beim Reißerer heißt man's heut noch, da hat er sein Mädl gehabt, seine erste Bäuerin. Man sieht es jetzt noch auf dem Foto in der Gästekammer. Ein Paar, so sauber, wie man selten eines erlebt. Aber – ich glaub, das Glück des Menschen darf nicht allzulange bleiben. Am Zweitgeborenen, dem Jakobus Trasser, deinem Halbbruder, ist die erste Trasserbäuerin gestorben.

Alle, die deinen Vater kennen, behaupten, von da an sei der Trasserbauer ein anderer Mensch geworden. Alles Lichte und Helle an ihm habe sich gewandelt zum Düsteren und Harten. Es hat ihn keiner mehr lachen sehen seitdem, am liebsten ist er allein durch seinen Wald gestreift, mit Hasso, seinem Hund. Ein weitschichtiges Basel ist als Wirtschafterin auf den Hof gekommen und hat die beiden Buben großgezogen.

Der erste, der nach dem Bauern getauft war, ist gefallen im Frühjahr einundvierzig im Osten, der jüngere vierundvierzig im Herbst. Er soll noch ein halbes Kind gewesen sein.'

Berti, das Dirndl wie Milch und Blut, hebt den Kopf aus tiefem Sinnen. Eine Duftflut, von Licht und Wärme getragen, hüllt sie ein wie in ein Mantel. Ein schwerer Seufzer steigt auf aus der Last ihrer Erinnerung.

In jener Stunde – die Mutter ahnte vielleicht, daß sie bald sterben mußte – hatte sie ihr auch gesagt, daß der

Bauer sie nur geheiratet habe, weil ihn nach fünfundzwanzig Jahren Witwerlebens der Gedanke geplagt habe, daß ein Sohn her müsse, ein Hoferbe, koste es, was es wolle. So hat er sich dem Gerede der Leute ausgesetzt und eine um dreißig Jahre jüngere Frau genommen. Und als ihm dann diese, seine zweite Bäuerin, statt des Hoferben ein Dirndl in die Wiege gelegt hat, als der Trasserbauer hat erkennen müssen, daß man gegen das Schicksal nicht ankann wie gegen ein aufsässiges Stierl, da ist er noch verschlossener und abweisender geworden.

Berti erinnert sich, daß sie immer wieder das Verlangen gehabt hatte, dem Vater die Arme um den Hals zu legen und ihm zu sagen, daß sie ihn doch lieb habe.

Aber dann trifft sie jedesmal der kalte, gletschereisblaue Blick des Vaters, so feindlich und zurückstoßend, daß ihr die Arme erlahmen.

So bleibt ihr nur die müde Zuneigung der Wabi und die Dankbarkeit der Tiere auf dem Hof, und oft wundert sie sich, daß sie immer gern lacht und offene Augen hat für alles Schöne ringsum. Wenn sie hin und wieder einen der anderen Höfe betritt, oben, auf der Hohen Terrasse, neben dem eigenen Hof, so spürt sie geradezu, wie warm und lebendig, frohsinnerfüllt und lebensbejahend diese anderen sind, gemessen am Trasserhof.

Gerade jetzt, wo jede Wiese in tausendfältigem Leben unter der blauen Himmelskuppel liegt, wo jeder Strauch, jeder Baum im Wettstreit steht, der Schönste zu sein von allen, gerade jetzt, wo der Wildtauber sogar in der Nacht keine Ruh gibt in seiner Verliebtheit, spürt sie so recht, wie einsam sie ist, wie allein, seit die Bleß und die Kreuzl mit tiefhängenden Köpfen die Mutter hinausgezogen haben zum Friedhof.

Es weiß die Berti in ihrer Unschuld nicht, daß es ihr junges Blut ist, das jetzt im Lanks (Frühling) aufbricht wie die Heckenrosen am Zaun und die abertausend wilden Orchideen, die hinterm Hof gegen den Berg zu stehen. Nie hat der Vater erlaubt, daß sie mit Nachbardirndln zum Tanzen ging oder auch nur zum Baden am Leger.

Einen Knecht gibt's keinen auf dem Trasserhof, bis auf den Andreas, den Sohn ihrer Göd, und den mag sie nicht.

Die Augen, mit denen er oft auf ihr Leiberlgewand starrt, sind ihr zuwider. Berti, mit ihren großen, auffallend sanften Augen, wie die Mutter sie gehabt hatte, ist eingesponnen in heimliche Träume von großer Liebe und großem, bleibendem Glück. Sie meistert ihre Arbeit als Tochter des Hauses. Täglich neu geht sie den Berg ihrer Pflichten an, aber in Stunden, die ihr gehören, flüchtet sie sich in ihre Träume.

Bereits als Kind hat sie oft gewartet darauf, daß der Vater einmal ein liebes Wort zur Mutter sage, ein Wort, das ihr wohl getan und ein Leuchten in ihren Augen entzündet hätte. Aber der Vater sagte nie ein solches Wort. Auch hatte sie nicht einmal erlebt, daß er den Arm um die Mutter gelegt hätte oder seine Hand auf die ihre.

Wenn die beiden miteinander sprachen, so war die Mutter die Bäuerin und der Vater der Bauer gewesen.

Da mußte es doch noch etwas anderes geben auf dieser wunderschönen, sonnigen Welt als nur das! Das Reden darüber, wieviel Fuhren Heu am oberen Mahd eingefahren seien, ob die Bleß sich noch nicht gemeldet habe zum

Hengst, ob die Entzündung am Euter der Pfingströsl zurückgegangen sei, ob Max, der neue Widder, mit den Lampln immer noch so grob umgehe, und ob der Moralt in Tölz seinen Aufkäufer schon geschickt habe wegen der sechzig Ahornstämme. Nichts ist bei solchen Reden in den Augen von Vater und Mutter gewesen, das ans Herz gegangen wäre, das – ja, das Eigentliche, das Innerliche, das ganz Nahe, das wirkliche Leben hatte gefehlt.

Leben, wirklich leben, mußte etwas anderes sein. Das mußte sein wie Sommerwärme oder wie ein Gewittersturm über den Berggipfeln, wenn die Wildbäche zu kochen anfangen, wenn ein Sturm die alten Linden peitscht vor dem Haus, daß sie stöhnen und ächzen wie etwas aus Fleisch und Blut.

Wenn sie nicht hätte daran glauben können, daß das Leben anders sei, anders sein müsse, als Vater und Mutter es gelebt hatten nebeneinander, so könnte sie diese Welt ohne Bedauern morgen verlassen.

„Berti, an was denkst denn! Kommst daher, als wenn dich einer aufs Hirn g'schlag'n hätt!" Die Fährmännin ist eine immer fröhliche, lustige Frau, nicht gesegnet mit irdischen Gütern, aber dankbar und glücklich für das tägliche Brot.

In die erschrockenen Augen des Dirndls schauend, wird sie ernst. Sie legt ihren Arm um die Berti und drückt sie an sich:

„Mußt nicht allweil ans gleiche denken! Die Mutter hat's gut, draußen auf dem Friedhof. Was meinst, was der Trasserbauer gesagt hätt zu einer Bäuerin, die jahrelang krank liegt! Der Herrgott macht's allweil wieder recht, Berti!"

Die Berti lächelt dankbar und setzt sich auf die Fährbank.

Und die Fährmännin betrachtet sie, während sie mit dem schweren Stecher das Fährboot dirigiert. Heut ist's ungefährlich. Die Isar, so klar wie Flaschenglas, und auch das letzte Gewitter hat keine neuen Kiesschübe angetragen.

Wie sauber das Dirndl geworden ist, richtig schön!

Eine Haut wie Milch und Blut, das kastanienbraune Haar zu einem schweren Knoten geschlungen, ein Gesichtl, so fein wie das von der Mutter Gottes am Marienaltar in Lenggries. Eigentlich viel zu fein für eine Bergbäuerin.

Die Fährmännin fragt: „Berti, hab g'hört, daß dich dein Vater heuer auf die Alm schicken will mit der Herd', man soll ja keine Sennin mehr auftreiben!"

Über das Gesicht der Berti huscht ein Leuchten, und sie sagt ehrlich:

„Geh gern auf die Alm, mich freut's!

Drücken tut's mich nur, daß es die Wabi daheim auf dem Hof nicht leicht hat. Mit unseren alten Sommergästen, die jedes Jahr wiederkommen, hab ich ausgemacht, daß sie billiger wohnen bei uns, aber ihre Zimmer allein besorgen müssen. Jeden Putztag kommt vom Fleck herüber eine Frau, sie ist fleißig und sauber, es wird schon gehen.

Nur hätt ich gern, daß die alte Wabi endlich wirklich rasten könnt, sie hätt es verdient."

„Bist ein gutes Dirndl, grad wie deine Mutter war. Gott hab sie selig!" Die Fährmännin sagt es, indem sie anlegt und zwei neue Fahrgäste, die am jenseitigen Ufer warten, begrüßt. Bevor sie abstößt, schaut sie nochmal nach der hurtig ausschreitenden Trasser Berti, sieht, wie sie den Schritt verhält und beim Sägewerksbesitzer Georg Öttl stehen bleibt.

Den leichten Singsang der Wellen übertönend, steigt dessen Lachen hoch, so herzhaft und mächtig, daß es einen anrührt wie der Föhn nach Schlechtwetterzeit. Sie hat ihn schon gekannt als Schulbub, damals schon war er immer derjenige gewesen, der alle Zauderer und Halbeten mitriß zum Anpacken, zum Durchhalten, zum Jasagen! Nun hat er sich, nah am Fluß, das große Sägewerk gebaut, hinten in Winkl dazu die schöne Gaststätte, jetzt hat er Grund zum Lachen. Und weil Lachen, aus tiefster Brust eines Menschen kommend, ansteckt, so lacht auch die Berti mit und freut sich, zum erstenmal seit ihrer Mutter Tod, ihres jungen Daseins und der blühenden, sonnentrunkenen Welt um sich.

Der Öttl Schorsch, wie ihn seine Landsleute heißen, schaut ihr noch nach. Er, der selber schon erwachsene Kinder und Enkel hat, besitzt das feine Gespür für den inneren Kummer eines Mitmenschen. Seine lachenden Augen verdunkeln sich, und er entschließt sich, bei nächster Gelegenheit mit dem Trasserbauern zu reden, daß er sein blutjunges Dirndl nicht länger einsperren kann. Daß es unter ihresgleichen gehört, unter junge Menschen, die fröhlich sind und auch einmal über die Stränge schlagen, soll sie nicht Schaden nehmen an Seele und Leib.

Auf Bertis Gesicht liegt noch Leuchten und Glanz, als sie die Straße, die ins Jägerdorf führt, überquert und die jenseitige Hohe Terrasse angeht. Von ihrem raschen Ausschreiten laufen ihre Wangen an wie Pfingstrosen, und der Atem wird knapper. So bleibt sie stehen und schaut um sich, und es überkommt sie wie Andacht vor der Schönheit, die sie umgibt. Jenseits des Flusses wuchtet das Brauneck empor, der Wanderberg, wie es keinen freieren und schöneren gibt in Deutschland. Sie sieht, wie junge Wanderer den alten schmalen Fußpfad hochgehen und hinaufwinken zu den silberblinkenden Gondeln, die über ihnen hinweg schnell zum Gipfel schweben.

Die volle Sonne liegt auf den turmhohen Tannen, die die Klüfte säumen, auf den uralten Buchen und Linden, Lärchen und Eiben, Eschen und Ahorninseln, alle geschmückt mit dem zarten Blattwerk des Frühlings. Als ob der Berg seine Vasallen neben sich aufgereiht habe, ziehen sich die kleineren Bergkuppen gegen Süden und Norden, sich demütig neigend vor dem kahlen Fels der mächtigen Benediktenwand. Der Berg hat ein ganz anderes Gesicht von hier oben aus, und fast klein und bescheiden liegt ihres Vaters Hof auf der jenseitigen Terrasse über dem Fluß.

Der Trasserhof! Fünfundvierzig Meter lang ist er und einundzwanzig Meter breit, und auf seinem Balkon haben dreihundert Geranienstöcke Platz, die vierzig Esparagus nicht mitgerechnet. Hundertzwanzig Tagwerk Wiesmahd umgibt ihn, die Roßötz nicht dazugezählt. Und vierhundert Tagwerk Wald, dreiviertel davon schlagbar. Etwas wie Stolz kommt sie an auf ihres Vaters Hof, aber dieser Stolz ist irgendwie müde und angekränkelt. Außer der Freude an den Tieren gibt der große Besitz nichts ab für das Herz, für ihr seltsam unruhiges, verträumtes Herz.

Sie weiß nicht, was es ist, das sie umtreibt. Daß sie mitten in der Nacht hochfährt und ins Mondlicht starrt. Oft ist ihr, als werde es ihr zu eng um die Brust, als werde der Atem zu knapp.

Jetzt aber, in dieser Stunde, an diesem herrlichen Abend, wo die abermillionen Blütengesichter auf den weiten Wiesen rings sich heben und in die Sonne schauen, die bald untergehen wird, jetzt ist ihr wohl. So wohl und frei fühlt sich die Berti Trasser, daß sie juchzen könnte. Selbst der Gedanke an das Grab der Mutter kann nicht dagegen an. Sie hebt das bestickte Deckchen über ihrem kleinen Tragkorb, und ein Lächeln macht ihr Gesicht noch schöner.

Wie wird er sich freuen, der alte Jöschvater! Gefüllte Krapfen aus Holunderblütenteig waren ihm immer schon das liebste gewesen an Mehlspeisen seit sie denken kann. Immer um die Holunderzeit ist er zu seinem Patenkind, der zweiten Trasserbäuerin, gekommen, zum großen Glück der kleinen Berti. Jetzt ist der Jöschvater, pensionierter Leibjäger des ehemaligen Großherzogs auf Hohenburg, sechsundachtzig, und seine Beine, wie er lachend sagt, seien keinen Schuß Pulver mehr wert.

Sein kleines Haus, voller Geweihe und Erinnerungsstücke, ist nun seine Welt, nicht weit ab vom Hohenburger Schloß am Fuße des Geiersteins.

Er steht am Zaun und schaut über das weite Flußtal weg hinüber zu den Herrenbauernhöfen, die stolz und frei hoch über der Isar thronen, er sieht die dahinter ansteigenden Wälder bis zur lichtblauen Grenze des Himmels, und sein Herz wird weit. Ein silberhelles Lachen reißt ihn aus seiner Schau: Da steht vor ihm das

Dirndl, wie aus Herrgotts schönstem Bilderbuch geschnitten, und weil ein Mann nie so alt werden kann, daß es ihm bei solchem Anblick nicht das müde Blut schneller durch die Adern treibt, so bekommt der alte Jöschvater ganz rosig angehauchte Wangen. Bevor er aber ein Wort sagen kann, hält ihm die Berti das entdeckelte Körbchen mit dem Schmalzgebackenen unter die Nase, und ihre sanften Augen strahlen: „Daß du auch glaubst, daß ich oft an dich denke, Jöschvater!"

In der Herzgegend des Jöschvaters wird es auf einmal ganz hell, und es tut wohl, so wohl, daß seine Augen feucht werden. Der Jöschvater hat zwar selbst eine gute und liebevolle Tochter, aber sie hat Mann und Kinder, ihre eigene, arbeitsreiche Welt, und wenn sie auch dauernd nach ihm schaut, das jetzt ist etwas anderes. Da steht das Dirndl, winzig noch auf seinem Schoß gesessen. Es ist ihm, als wär das erst ein paar Jährchen her. Sie hat ihn so lang gebettelt, bis er von den Bergmandln erzählt hat auf dem Spitzkampen, hoch überm Hirschbach, gar nicht genug hat sie hören können davon. Daß so ein Kindl die ganze Schulzeit hindurch am Heiligen Abend und an seinem Namenstag herübergekommen ist über den Fluß, so lange es klein war an der Hand der Mutter, seinem Gödl, später dann allein, das hat sein Leben reicher gemacht. O der alte Jöschvater ist weise geworden in fünfzig Jahren Herrendienst. Er weiß, daß die kleinen Freuden des Lebens das wahre Gewicht ausmachen.

„Dirndl, das freut mich aber!"

„Das seh ich dir an", lacht die Berti, offen und ehrlich, wie sie ist. „Und jetzt iß gleich, noch sind sie warm und so am besten. Ich denk, wir bleiben heraußen, ich hol dir ein Kissen für die Bank.“ Schon ist sie um die Ecke verschwunden, leichtfüßig wie ein junges Reh. ‚Grad jung werden möcht man noch mal, wenn so ein jungs Dirndl um einen ist‘, denkt der alte Mann und schüttelt den Kopf über sich selbst.

Nix da! Der Herrgott hat ihm reichlich von dem zugeteilt, was eines Menschen Leben lebenswert macht. Verliebt ist er gewesen, gebrannt hat er wie eine dürre Fichte, in die der Blitz schlägt, und wenn die Lohe auch im Lauf der Jahre etwas heruntergebrannt ist, er hat seine Frau Leibjägerin noch gern an sich gedrückt, da hat man in ihren blonden Zöpfen schon die ersten grauen Haare bemerken können. Jawohl! Aber heut noch freut ihn so ein Schmalreherl, wie die Berti eins ist, bis in den letzten Blutstropfen.

Der Herrgott hat schon alles recht gemacht für ihn, und wenn auch hin und wieder seine Hand schwer zu spüren gewesen ist, ein Mensch muß wissen, daß das Dasein zwei Seiten hat: eine dunkle und eine lichte.

Da kommt schon das Dirndl um die Ecke mit dem ledernen Fußkissen und legt es ihm sorglich unter die Füße auf die Fliesen. Auf die Bank breitet sie die Wolldecke, die drin auf dem Kanapee liegt, stellt zwei Gläser auf den Gartentisch, unter den sie ihr Körbchendeckerl legt, und ihr Gesicht leuchtet dabei. „Jetzt wirst schauen, Jöschvater! Gestern hat der Vater das Birnmostfaßl Jahrgang neunundsechzig angestochen. Er sagt, es habe den längsten und wärmsten Herbst gehabt seit Menschenalter. Darum seien die Steinbirnen am hinteren First durch und durch reif geworden, und nur sie ergeben einen Most wie Sekt. Der schmeckt zum Hollergebackenen!“

Schon hat sie eingeschenkt und drückt ihm das volle Glas in die Hand, legt ihren Arm um ihn und stößt mit dem anderen an. Es gibt einen wunderhellen, guten Klang, der Birnmost steht in den Gläsern wie schweres Öl, und sein Duft ist kostbar.

Das Leuchten des frühen Sommers ist um sie beide, vielstimmiger Vogelsang vom Schloßpark herüber, ganz leise hört man den Wildbach rauschen und Duft von Katzenklau, weißen Lilien und verblühendem Goldlack liegt schwer in der Luft. Auf einem der Herrenhöfe auf Mühlbach wiehert eine Mutterstute über die Ötz hin ihrem Füllen zu, Kinderlachen kommt vom Mühlbachl herüber, es ist eine Welt absoluten Friedens.

Der Jöschvater tut einen tiefen Schluck. Dann sagt er, und in seinen noch jungen Augen steht etwas wie bacchantische Verklärung:

„Hab' schon manch guten Most getrunken, der im Isarwinkl g'wachsen ist, einen solchen noch nie.“

Aber schon stopft ihm die Berti den schönsten von ihren Hollerkrapfen in den Mund, und der Jöschvater hätt vor Lachen bald falsch geschluckt.

„Jöschvater, morgen früh um vier treiben wir auf die Alm. Drum komm ich heut los vom Trasserhofstall, wir haben schon um halb fünf heut nachmittag die gesamte Milch in den Kannen gehabt. Müssen morgen um drei bereits melken. Aber schau, ich muß dir vorher b'hüt Gott sagen, bevor ich aufzieh, das verstehst du doch!“

Der alte Mann schaut das blutjunge Dindl an mit Freuden. „Wenn ich's noch erleben könnt, daß du den rechten Mann findest, das tät mich wirklich glücklich machen!"

Über das strahlende Gesicht der Berti fällt ein Schatten. „Jöschvater", sagt sie und schaut in weite Fernen, „ich fürcht, die Freud kann ich dir nicht machen. Ich mach mir nichts aus den Mannsleuten.

Es müßt einer sein auf der Welt, den ich vom ersten Augenblick an, wo ich ihn seh, so lieb haben kann, daß ich für ihn sterben tät noch in derselben Stunde. Aber so einer ist nicht geboren worden. Bis jetzt bist mir du allweil das liebste Mannsbild gewesen."

Etwas wie Erschrecken zuckt über ihr Gesicht, und sie hält spontan die Hand vor den Mund. Als der Jöschvater neben ihr sie ernst und voll Mitleid betrachtet, versucht sie das Gesagte zu mildern:

„Weißt, der Vater – der Vater – er ist halt so ganz anders als du – dir kann ich alles sagen. Alles! Da hab ich keine Angst, daß du mich ansiehst, als wär ich dir ganz fremd. Als die Mutter noch da war . . ." Die Stimme der Berti wird brüchig, und sie fährt schnell mit dem Handrücken über die Augen.

Der alte Mann legt seine schwere Greisenhand auf ihre kleine, feste und sagt: „Sie hat's gut, Berti. Mein Patenkind hat's gut jetzt. Und für dich kommt das Glück erst, ein ganz großes, ich spür's."

Es soll kein billiger Trost sein, was er da sagt, er weiß, es ist die Wahrheit.

*

Im schweren eichenen Türstock des Trasserhofes steht der Bauer auf seinen eibenen Knüppelstock gestützt und hält Ausschau.

Schlohweiß ist sein zum Kranz verdünntes Haar, weiß die dichten Brauen, unter denen seltsam kalte, hellwache, fast lauernde Augen liegen. Die Nase ist etwas gekrümmt, unter der hohen Stirn vorspringend, der farblose Mund schmal wie ein Strich.

Hans Trasser zum Trasser ist voller Gift. Daß die Wab'n, dieses nutzlose alte Weib, das Dirndl ohne ihn zu fragen außer Haus gelassen hat, das wird sie noch zu spüren bekommen. Daß hin und wieder eingekauft werden muß draußen in Lenggries, das versteht er. Schließlich lassen die Sommergäste eine schöne Stange Geld liegen bis zum Herbst, zehn geräumige Kammern hat der Trasserhof, die bringen sonst nichts ein. Aber daß man am letzten Abend vorm Almauftrieb noch hinüberflaniert auf Hohenburg, das wird er der – der ‚Fräulein Tochter' schon austreiben in Zukunft.

Wenn das verfluchte Schicksal ihm auch alles genommen hat, was ihn einmal hat glücklich sein lassen, durch diese Tochter will er seinen Willen bekommen, sie muß noch retten, was zu retten ist.

Sein zweites Weib hat versagt und ihm statt eines Hoferben nur ein Dirndl gebracht, diese Tochter muß so lange Kinder bekommen, bis ein zukünftiger Trasserbauer zum Trasser geboren ist.

Den Vater dafür hat er ausgesucht, der ist sicher.

Zur Berti gehört ein nüchterner, tüchtiger, gradliniger Mann, der ihr das Sinnieren austreibt. Schon ihre Mutter hat es gehabt. Wenn frühmorgens die Lercherl aufgestiegen sind aus der Grasmahd und sich hinaufgeschraubt haben in den blauen Himmel, dann ist ihr der Rechen vor Schauen und Lusen fast aus der Hand gefallen. Und wenn sie an der Grenzhecke einen Heckenrosenzweig betrachtet hat, dann ist ihr Gesicht ganz anders geworden, fast andächtig. Er aber will nichts mehr wissen von Gott und dem ganzen Sums. Wenn's einen Herrgott geben tät, dann wäre seine erste Bäuerin, seine Margaret, mit ihm alt geworden. Gibt auf dieser Welt kein Paar mehr, das sich lieber gehabt hat.

Auch seine zwei Buben hat er geliebt wie das eigene Leben.

Wenn sie ihm auch die Mutter, die Margaret, nicht haben ersetzen können. Einen fröhlichen, umgänglichen Vater haben sie nicht gekannt, seine zwei Buben. Er weiß das. Aber in der Nacht, wo er seine Bäuerin hat zugrundegehen sehen, in der Nacht ist der alte Mensch in ihm zerbrochen. Er kann nichts dafür. Keiner hat lieber gelacht als er – vordem! Manchmal kommt eine Stunde, da darf er nicht an das Glück mit seiner Margaret denken, es ist wie eine Marter.

Allmählich verblaßt die Erinnerung, und wenn nicht die großen sanften Augen seiner Tochter wären, so wäre auch die zweite Bäuerin wie hinter einem Schleier. Sie hat er nie geliebt. Sie hat er nur genommen als Mittel zum Zweck.

Der Trasser verlagert sein nicht geringes Gewicht von einem Fuß auf den andern. Im rechten Haxen bohrt wieder die Gicht. Ein klein wenig muß er sich bücken, wenn er durch die Türstöcke seines Hauses geht. Sein Ur-Ur-Urahn, der den niedergebrannten Trasserhof neu aufgebaut hat, muß ein wenig kleiner gewesen sein als er. Sonst wären die Türstöcke höher. Wenn auch jedes Jahr vom Sechziger ab ein paar Millimeter abschneidet, er mißt allweil noch seine ein Meter neunundachtzig.

Wenn das vermaledeite Dirndl schon nicht heimkommt – sie wird wieder beim alten Leibjäger stecken –, dann müßte wenigstens der Andreas, der Aushelfer, von der Alm zurück sein. Er ist bereits gestern hinauf auf den Lärchkogel, nahe der Luderer Wand, und hat das Dach der Almhütte gesichert gegen Sturm. Den altersmorschen Stangen war nicht mehr zu trauen. Der Andreas stellt überall seinen Mann, was er auch tut. Er könnte seinen eigenen Sohn hinaufschicken auf die Trasseralm, wenn's einen gerechten Herrgott gäb, aber es gibt keinen.

Hasso, der Schweißhund, der neben dem Geräteschuppen vor seiner Hütte vor sich hindöst, hebt den Kopf, schaut nach seinem Herrn, und seine Augen füllen sich mit Inbrunst. Als ob der Strom von Zuneigung den Bauern unsichtbar treffe, löst sich sein Blick vom Auffahrtstrassl und wandert hinüber zu seinem Hund. Und es ist, als ob die Härte in seinen Augen milder werde, als ob die gnadenlose Kälte in seinem Blick an Kraft verlöre. „Komm her!" sagt er mit fast leiser Stimme, aber Hasso hat es gehört und setzt mit Freudensprüngen über den Hofplatz.

Da hockt er nun vor ihm und saugt sich fest am Gesicht seines Herrn, und hin und wieder kommt aus der Herzgegend ein Aufstöhnen reinsten Glückes. Der Trasserbauer legt ihm seine gichtknotige Hand auf den schönen Hundekopf, beugt sich ein wenig hinunter zu ihm und verspricht:

„Wenns Heu unterm Dach ist, dann jagern wir wieder oben, weißt, am Krumpenkopf treibt sich ein Bock umeinand."

Hasso, für die Jagd geboren und ihr verfallen, legt seinem Herrn beide Pfoten auf die Brust und jault ihm sein Entzücken mitten ins Gesicht. Da hört dieser auf der Wegscheider Straße die schwere Maschine des Andreas donnern. Er nimmt die ziemlich steile Anfahrt mit einem Katzensprung. Braungebrannt, breitschultrig, nur etwas klein geraten, löst er sich von seinem Motorrad und schiebt dieses gleich in den Schuppen. Dann erst begrüßt er seinen zukünftigen Schwiegervater – wie er glaubt – und berichtet ihm, daß alles vorbereitet und in Ordnung sei. Die Almweide stehe besser wie im vergangenen Jahr, und ihm scheine, daß das vor vier Wochen aufgetriebene Jungvieh schon zugenommen habe. Der alte Brettschneider Korbi mache seine Sache ganz gut.

All das hört der Trasserbauer mit unbewegtem Gesicht. Die rechte Halsschlagader, die vom Kopf zum Brustkasten läuft, dick wie ein Finger mit blauem Blut gefüllt, verrät, daß der Trasser innerlich aufgewühlt ist. Der Andreas aber schaut nicht nach ihm hin. Sein Blick gleitet über den Hofplatz, zurück zu den beiden Stalltüren, dann fragt er: „Ist die Berti gar nicht daheim –?"

Wieder legt sich die eisige Maske über das Gesicht des Bauern: „Sie muß gleich kommen! Wo soll sie schon hin sein!"

Das Gesicht des Jungen verrät Mißmut. Dann sagt er, nicht ohne Groll: „Am Narrenseil laß ich mich nicht führen, Trasser! Das hat der einzige Sohn von der Bütterin von Waakirchen nicht notwendig. Wenn mein

Hof auch nicht so groß ist wie deiner, er bringt trotzdem genug ein. Seit ein Taferl am Zaun hängt: ‚Frische Stallmilch zu haben‘, schöpfen wir jeden Tag an die siebzig Liter und mehr in Gläser und Flaschen. Die Autofahrer, die am Hof vorbeikommen, zahlen gern eine Mark pro Liter und sagen noch Dankeschön. Trotzdem liefern wir noch vier volle Kannen an die Molkerei. Das Schaffleisch ist auch gestiegen, und unter vierzig Schafen setz ich nie ab im Herbst.

Die Berti tut, als wär ich das letzte Knechtl. So ist das nicht!“

Langsam, wie bei einer Maschine, hebt sich der Kopf des Bauern. Dem Bütter Andreas ist, als treffe ihn ein kalter Blitz, als er sagt:

„Andreas, ich hab dir die Berti zug'sagt, und das gilt! Es wär das erstemal im Leben, daß mir ein Frauenzimmer die Zähne zeigen tät.

Und Hochzeit ist, je schneller, je lieber! Ich will noch einen Hoferben erleben, wenn auch nicht mit dem Namen Trasser, so doch aus seinem Blut. Und die Berti hat Trasser Blut. Es können auch zwei sein und mehr. Der Erstgeborene kriegt den Trasserhof, wie's Brauch ist seit Urbeginn. Der Zweitgeborene dann den deinen. So kommt alles ins rechte Lot.“

Das Gesicht des Andreas lockert sich auf. Es fällt ihm nicht schwer, Trasserbauer zu werden. Der Hof hat's in sich, und das Dirndl wird schon handsam werden, hat er sie erst in der Ehkammer. Soviel er weiß, ist er der erste, der sie anrührt.

Von der großen Liebe hat der Bütter Andreas noch nie geträumt. Ihm genügt alles Handfeste und Greifbare.

Und an der Berti ist schon was dran. Und so sagt er, zum Trasser gewandt: „An mir soll's nicht liegen. Aber jetzt hab ich einen Bärenhunger! Soviel ich weiß, gibt's heut Holunderkrapfen mit Obsttauch. Die sind mir grad recht", lacht der Andreas, und sein Gesicht bekommt etwas Sympathisches.

Der Trasserbauer aber geht ihm nicht nach ins Haus.

Seine Augen tasten wie blaue Blitzlichter den Höhenweg ab, der vom Herrenbauernhof ab zuerst südlich, gegen Holz, dann niederwärts über die Faller Straße zur Fähre führt. Seine Augen sind immer noch so, daß er die Berti erkennen müßte. Wie breit das Flußtal sich auch weitet, wie hoch der Trasserhof auch über dem Fluß liegt, Gleichaltrige behaupten noch heute, der Trasser sei der beste Schütze im Gau gewesen, Jahrzehnte lang.

Aber das vertrackte Dirndl ist nicht zu sehen.

Immer schmaler wird der Mund des Alten, immer härter die tiefliegenden Augen, und als Hasso, sein Hund, im Gesicht seines Herrn forscht, läßt er den Kopf traurig sinken.

*

Die Berti drückt das Gesicht des Jöschvaters noch an ihres mit dem Gefühl, von einer wunderschönen Stunde Abschied zu nehmen, dann geht sie.

Weil der Jöschvater, wie er sagt, noch einen Gast erwartet, einen jungen Försteranwärter, kann er sie nicht begleiten. Es ist auch besser so. Sie muß daheim sein, bevor der Vater merkt, daß sie ausgerückt ist. Sie kann sich vorstellen, daß die gute Wabi es büßen muß, wenn er dahinter kommt. So eilt sie wie vom Wind getragen über die blühenden Wiesmahden talwärts, der Fähre zu. Der letzte Wegabschnitt führt steil abwärts, ist von alten Linden bestanden, und weil ein Menschenschicksal gar seltsame Wendungen kennt, und sei es durch die Hilfe eines vorspringenden Wurzelknorrens, so passiert es.

Bertis rascher Fuß bleibt an so einer Wurzelschlinge hängen, sie stürzt mit voller Wucht vorwärts, mit der Stirn auf einen festverankerten Stein, verspürt noch einen jähen Schreck, dann nichts mehr.

Die Steile hinauf schiebt ein junger, bildsauberer Jäger sein Fahrrad. Man erkennt ihn als solchen an seinem forstgrünen Habit, seinem keck aufgesetzten Jägerhut, und seinem jungen Schweißhund an der Seite.

Sein Schritt ist kraftvoll wie das fordernde Leben, sein Herz leicht und frei wie Vogelschwingen.

Er trägt in seiner Brusttasche das Dokument der mit Note 2 bestandenen Staatsprüfung für den gehobenen Forstdienst, dem Traum seines Lebens.

Heute morgen hat ihm die Post im Jägerdorf Fall dieses kostbare Stück Papier zugestellt. Nun muß es als erster sein alter Freund und Lehrmeister, der Großherzogliche Leibjäger im Ruhestand erfahren. Von keinem Menschen auf der Welt weiß er sicherer, daß er sich mit ihm freuen wird bis ins Herz hinein. Vater und Mutter sind beide verunglückt an einem Tag, eine Großmutter lebt, bereits kindisch, im Pflegeheim, wirkliche Freunde hat er nur wenige. Aber eines Menschen große Freude ist allein schwerer zu tragen als das Leid. Durch die Äste der alten Linden rieselt die flammende Pracht des Abendrots, das jenseits des Flusses über den Bergen steht und herüberreicht bis dahin, da der Hirschbachsattel absinkt zum Tegernseer Land.

Es ist, als ob die Flora, seine junge Hündin, das Hochgefühl ihres Herrn mitempfinde. Mit strahlend glücklichen Augen schaut sie immer wieder zu ihm auf, jeder Muskel ist gespannt, jeder Nerv empfangsbereit. Guntram Hartmann, der junge Förster, tätschelt ihr mit der freien Hand den rotbraunen Rücken und sagt:

„Flora, mein Hunderl, dich hätt ich bald vergessen auf meiner Suche nach Freunden. Und doch gibt's keinen ehrlicheren und lauteren als dich. Jede Regung, ob hell ob düster, spürst du mit deinem Herrle, ich weiß es." Ein kleiner heiserer Kehllaut kommt aus Floras Fang, und ihre Augen brennen wie zwei Leuchten. Als er sich von diesen Augen löst und vor sich auf den Weg schaut, setzt sein Herzschlag aus.

Da liegt ein Dirndl auf dem schmalen Sträßlein, mit dem Gesicht nach unten, als sei es tot. Guntram Hartmann legt sein Rad auf den Boden und beugt sich nieder. Er wendet die Leblose, hebt sie vorsichtig hoch und trägt sie einige Meter aufwärts, wo er sie im weichen Gras niederlegt, nicht ohne ihr vorher seinen lose umgehängten grünen Rock unter den Kopf zu schieben. Es ist ihm, als geschehe alles wie im Traum, als sei er selber nur Zuschauer. Auf dem Gesicht, unschuldig wie das eines Kindes, sind dünne Blutrinnsale bereits am Vertrocknen. Sie kommen aus einer schmalen Stirnwunde, die nicht tief zu sein scheint, aber eine mächtig anschwellende Beule, bis ins sandbraune Haar reichend, sieht bedenklich aus.

Etwa zwanzig Meter unterhalb hat er ein kleines Rinnsal gesehen mit glasklarem Wasser, da wird er etwas holen und die Ohnmächtige wieder zum Leben bringen. „Flora, Platz!“ befiehlt er noch, bevor er mit großen Sätzen zum Quellchen abwärts hastet.

Flora gehorcht willig und schaut ihrem Herrn mit ihren großen rehbraunen Augen nach. Dann nimmt sie vorsichtig Witterung am Gesicht der Reglosen, und ihre Rute kommt leise und zärtlich ins Schwingen. Der junge Samariter, der bereits zurückkommt, wundert sich. Flora ist äußerst scheu und zurückhaltend andern gegenüber. Und hier beginnt sie die ausgestreckte Hand der Leblosen zärtlich zu belecken.

Guntram Hartmann versucht, das Gesicht mit dem eiskalten Quellwasser zu waschen. Ohne daß er sich dessen bewußt wird, redet er inbrünstig auf die Verunglückte ein:

„Dirndl, wach auf! Wach auf! ’s Leben ist so schön, Dirndl! Und dein Gesichtl ist wie von einem Engel – ich bitt dich, wach auf!“

Aber die langen dunklen Wimpern heben sich nicht. Da versucht er es mit Mund-zu-Mund-Beatmung. Er ist nicht umsonst Mitglied der Bergwacht.

Flora ist die erste, die spürt, daß das Leben zurückkehrt. Mit einem Freudenjauler legt sie ihre Pfote auf die Brust der Liegenden und schaut ihren Herrn triumphierend an.

Berti Trasser seufzt leise und lächelt ein wenig hilflos. Dann heben sich ihre schweren Wimpern langsam, und das wunderschöne Enzianblau ihrer Augen wird sichtbar. Dem Mann, der im Gras kniet, ist, als sei er plötzlich verzaubert. Noch nie empfand er ein Mädchen oder eine Frau so schön wie jene, die da vor ihm im warmen Sommergras liegt und ihn ansieht wie in Verzückung. Immer mehr füllen sich diese sanften Augen mit Wärme, mit Glück, ja, mit einem offenkundigen, strahlenden Glück. Sie hebt ihre Arme ein wenig, so, als wolle sie ihn umfangen, eine feine Röte färbt dabei ihre Wangen, und sie läßt sich wieder wie ermüdet sinken. Es geht ihr am Rande durch den Sinn, daß sie fragen müßte – fragen!

Warum sie hier im Wiesengras liegt vor einem fremden Mann, den sie noch nie gesehen hat und der doch zu ihr gehört, sie spürt das – seit Anbeginn der Zeiten? Soll sie das fragen oder was sonst? Gleich einem flüchtigen Schleier weht der Gedanke des Almauftriebs vorüber, aber schon sind seine Augen wieder über ihr – seine Augen! Seit ihre kleinen Brüste das Leiberl spannen und ihre Träume sie oft nicht schlafen ließen, standen diese Augen wie Leuchten über ihren Nächten. Die immerwährende Bangnis vor dem Vater löst sich auf vor ihnen wie Morgennebel über dem Fluß, das Heimweh nach der Mutter verliert seine Kraft, es ist, als ob ein neuer, vollkommen neuer Lebensstrom durch ihre Adern pulse.

Und sie sagt demütig: „Bleib bei mir!"

Da setzt er sich neben sie, hebt sie auf seinen Schoß und umfängt sie. Und beiden ist es, als werde in diesen Augenblicken die Welt erschaffen und das Wunder allen Lebens hülle sie ein. So voll ist ihr Herz an Glückseligkeit, daß keines den Mut hat zur Rede. Sie legen nur Wange an Wange und umarmen sich, als wären sie ein Leib und eine Seele. Das Abendsonnengold verblaßt, und der volle Mond kommt über dem Spitzkampen hoch, der Geierstein wuchtet als einsamer Riese ins abendliche Blau des Himmels, aber sie gewahren es nicht. Es gibt nur sie beide auf dieser weiten, herrlichen Welt, nichts auf ihr ist laut und mächtig außer ihrem Herzschlag.

Der Mann ist derjenige, der sich zuerst aus der Verzauberung löst. Unendlich behutsam streicht er das kastanienbraune Haar aus der hohen, klaren Stirn und fragt voll Inbrunst:

„Wer bist denn, Dirnei? – Wie heißt?"

„Berti" –, sagt sie, „Berti Trasser!"

Ein Eiswind geht durch ihn hin, so sehr erschrickt er.

„Doch – doch nicht vom Trasserhof in Wegscheid?" Das sonnengebräunte Gesicht der Berti blaßt jäh ab. Sie nickt wortlos.

Durch das Gehirn des Guntram Hartmann jagen tausend Gedanken. Dieses Dirndl soll die einzige Tochter des Trasserbauern sein? Dieses halbe Kind mit dem Gesicht eines Engels? Eben noch war er sich über sein Wollen ganz klar. Das Dirnei fragen, ob es Försterin werden wolle und Mutter seiner Kinder. Ob es in guten und in schlimmen Zeiten des Daseins zu ihm halten wolle als guter Kamerad. Ja, das wollte er noch an diesem Abend, in dieser Stunde fragen. Nichts ist in seinem jungen Leben so voll absoluter Gewißheit gewesen als das, daß dieses Dirnei mit der riesigen Beule auf der Stirn die Rechte sei, die Einzige, die Endgültige. Daß der Vater einer der reichsten und größten Bauern weitum ist und er ein Habenichts, das hätte er durchgekämpft. Schließlich ist ein festbesoldeter, auf Lebenszeit beamteter, pensionsberechtigter staatlicher Förster auch kein

Knechtl. Das ist es nicht, was wie ein Eisberg auf ihn zukommt, es ist etwas anderes.

So richtig scharf umrissen steht vor ihm alles, was auf dem kleinen Einödhof seiner Großeltern bei Waakirchen geschehen ist. Sein Vater, Handwerkzeugmachermeister in München, kam mit der Mutter, so oft es ging, auf seines Vaters Hof, das Hartmannsachl. So gute Schmalznudeln, die die Großmutter jedesmal gebacken hatte, wenn sie alle drei gekommen sind, gab's auf der Welt nimmer.

Einmal war der Großvater schlecht beieinander, und er hat seinen Vater gebeten, doch im Silo nachzusehen, ob alles in Ordnung sei. Das Gärfutter habe seit einigen Tagen so einen besonderen Geruch. Der Vater tat es bereitwillig, und als er länger nicht zurückkam, schaute die Mutter nach ihm. Außer ihm und der Großmutter und dem kranken Großvater war keiner auf dem Hof, und bis Hilfe kam, war es zu spät. Fünf Jahre alt ist er damals gewesen. Die Großeltern behielten ihn bei sich auf dem Hartmannshöfl.

Er weiß noch, daß die Großmutter weinte, wenn der Großvater das Gewehr zerlegte, in den Rucksack packte und das Haus verließ. Vielleicht wollte er sie damit trösten, daß er gemeinsam mit dem größten Bauern von Wegscheid, dem Trasserhofer, auf die freie Pirsch ging, uraltes Recht ausübte, nichts weiter.

Der Großvater war ein Adoptivkind gewesen, in Wegscheid wohnend, stolz darauf, daß ein Trasserbauer ihn zum Partner erkor, ihn, den kleinen Pachthöfler. Längst war ihm bewußt geworden, daß die ungezügelte Jagdleidenschaft des Hans Trasser sich nicht mehr begnügte mit der Gemeindejagd, daß er über die Grenze ging mit dem schwarzen Strumpf über dem Schädel.

Vom Tage an, wo die Großmutter wußte, wo sich der Großvater in hellen Mondnächten herumtrieb, war kein Friede mehr auf dem Hartmannshöfl. Immer öfter hörte er, der fünfjährige Bub, wie verzweifelt sie den Großvater abbringen wollte vom Lumpen. Nicht einmal der Tod im Silo von seinem einzigen Sohn und seiner Schwiegertochter brachte ihn zur Besinnung. Ja, es war gerade, als wolle er damit seinen Schmerz betäuben. Die Großmutter sprach öfter darüber, solange sie noch bei klarem Verstand gewesen war. Es war ihr unmöglich, das Geschehen auf dem Kotzen, nahe dem Sylvensteinsee, zu vergessen.

Er war ins erste Schuljahr gekommen und brachte den Großeltern die besten Noten der Klasse mit heim. Und als ihm der Großvater dafür ein Silberstück aus dem ledernen Zugbeutel fischte und fragte: ‚Ja, Guntram, was willst denn einmal werden, wenn du so gut lernst?‘ Da hatte er wie aus der Pistole geschossen geantwortet: ‚Förster, Großvater! Förster!‘

Die Großmutter hatte den Großvater mit einem unaussprechlichen Ausdruck in den Augen angesehen. Der hatte seinen Kopf auf die Brust fallen lassen und nichts mehr gesagt. Nun, in dieser Stunde, ist ihm, dem Enkel, als sei das erst vor wenigen Tagen geschehen. Kurz bevor man die gelähmte Großmutter im Krankenwagen abholte in ein Pflegeheim am Ammersee, hatte sie ihn noch an ihr Bett gerufen und ihm eingeschärft:

‚Guntram, ich kann dich nicht mit mir nehmen. Wir sind beide glücklich mit dir gewesen, der Großvater und ich. Sie haben mir gesagt, daß du in ein gutes Waisenhaus kommst, wo man dich erzieht nach deinen Talenten und deinem Fleiß. Und wenn der Herrgott will, so wirst du eines Tages Förster sein, aber ich werde dann nicht mehr leben. Ein Leben in Untätigkeit und Schmerzen ist eine Marter. Und schuld daran ist nur einer: der Trasserbauer.

Man soll seinem Mitmenschen nichts Böses wünschen, so heißt es in der Heiligen Schrift. Ich hab mich allweil bemüht, es so zu halten. Wenn ich aber an den reichsten und stolzesten Bauern längs der Oberen Isar denke, den Hans Trasser zum Trasser, dann steigt das Gift auf und der Groll. Wie damals, am zehnten Oktober, als dein Großvater hätte heimkommen müssen von der Pirsch, aber nicht am Morgen kam und nicht die zweite Nacht und auch nicht den Tag darauf, da hab ich's gewußt, daß er nie wieder heimkommt. Wildern, hinein ins Fall, auf die Berge um den Sylvenstein.

Ich hab mich aufs Radl gesetzt und bin hinausgefahren gegen Tölz und hinein ins Lenggries und weiter bis Wegscheid, eine gnadenlose Angst hat mich gewürgt, wie noch nie vorher im Leben. Zum Trasser hab ich müssen. Er ist auf seinem Hof gestanden wie ein Riese und hat mir entgegengeschaut. Nichts weitum als eine riesige Wiesmahd, eine Herde fettes Milchvieh darauf, der blaue Himmel darüber und ringsum goldene Wälder.

So schön, wie der Trasserhof liegt, liegt kaum ein anderer und ist doch kein Glück darauf und kein Friede, seitdem die Bäuerin so jäh hat sterben müssen.

Ich hab nicht lang herumgeredet an jenem Oktobertag, ich hab ihn geradeheraus gefragt: ‚Trasser, wo ist mein

Mann, der Benedikt?' Sein Blick hat meinen Augen nicht standgehalten. Es ist grad gewesen, als wenn ein Tier flüchtet vor einem Stärkeren und keinen Ausweg weiß. Sein Blick ist so unstet gewesen, wie ich noch keinen gesehen hab bei einem Menschen. Gesagt hat er nichts. Da hab ich ein zweitesmal gefragt, und dabei bin ich ganz nah auf ihn zugetreten, so nah, daß ich ihn hätte anrühren können. Er ist zurückgewichen und hat sich hinter Grobheit verschanzt: ,Was weiß ich, wo sich der Hartmann rumtreibt! Bin ich sein Hütmädl?'

,Du hast ihm Botschaft zukommenlassen vor drei Tagen, so lang ist er noch nie ausgewesen. Und du willst nicht wissen, was mit ihm ist? Dann gehen wir zwei hinein ins Haus, und du schwörst mir vor dem Herrgott im Herrgottswinkel, daß du meinen Benedikt nicht gesehen hast innerhalb von drei Tagen.'

Er ist nicht mit mir hineingegangen. Er hat mich auch nicht aufgefordert, hineinzukommen, obwohl er ein langjähriger Schulkamerad von meinem Benedikt gewesen ist. Er hat es gewußt, daß mir klar war, daß er meinen Mann zum Wildern verführt und ihm Zutreiberdienste zugemutet hat. Wildbret hat mir dein Großvater nie eins aufs Hartmannshöfl bringen dürfen, wie notwendig wir's auch hätten brauchen können. So arm, daß ich hätt unehrlich werden müssen, bin ich nie gewesen.

Ja, so bin ich halt wieder heimgeradelt, die Viecher im Stall haben ihr Futter gebraucht, du bist bei deinen Schulkameraden in Waakirchen gewesen, beim Bayrerbauern bei der Hutsch. Und wie ich hab einbiegen wollen zum Höfl, da bin ich vom Rad gestürzt und lahm gewesen.'

In die Rückschau des Guntram Hartmann bittet lind und demütig die Stimme der Berti: „An was denkst du – deine Augen sind so weit fort!“

Und es sagt der Mann, in dessen Arm sie ruht, wie vom Traum aufgeschreckt: „Dirndl – mein lieb's Dirndl! Bleib noch liegen so, laß mich weiterdenken!“ Und er nimmt sie noch fester an sich und streichelt ihr das seidenweiche, dichte Haar.

Der Tag wird wieder lebendig in ihm, wo man die Großmutter in den Rotkreuzwagen getragen hat und sie sich hat nicht mehr rühren können.

Der nächstgelegene Nachbar, der Zunderer, ist gekommen und hat das Vieh versorgt, und die Zundermutter hat seine Sachen gepackt, ihn an die Hand genommen und ihn zu ihren vier Buben mit heimgenommen.

Der Bürgermeister von Waakirchen hat dafür gesorgt, daß er bald in ein Heim für Doppelwaisen gekommen ist, in dem auch eine Schule war. Nicht weit von München. Das Heimweh hat ihn oft gewürgt, daß er geglaubt hat, er müsse sterben. Im Frühling hat ihn der Zunderer geholt im Auto, weil er als einziger und letzter Lebendiger der Hartmannsleut hat dabei sein sollen bei der Beerdigung vom Großvater.

Als der Reißbach, jäh niederfallend in der tiefen Flucht zwischen den Ludererwänden und dem Kotzen hoch überm Sylvensteinsee, beim ersten Wolkenbruch im Frühling rebellisch geworden ist, da hat es den Großvater angeschwemmt. Er hat ihn nur noch eingesargt gesehen, aber die drei Böller, die er als Kriegsteilnehmer von 1914 bis 1918 als Ehrung bekommen hat, sind ihm, dem Achtjährigen, wie eine Mahnung gewesen.

Eine wundersam zarte, weiche Hand tastet über sein Gesicht, und das Dirndl mit der riesigen Beule auf der Stirn lächelt. Ähnlich mögen junge Mütter lächeln, die zum erstenmal in das Gesichtlein ihres Erstgeborenen schauen. Er muß es denken, und sein Herz wird weit. Die großen sanften Augen der Berti haben ungeheure Macht. Sie lösen ihn aus der Vergangenheit und holen ihn zurück ins strömende Leben voller Sehnsucht und Traum.

Er müßte kein Mann sein, wenn sein Blut nicht loderte wie eine Fackel, Leib an Leib mit diesem jungen Menschenkind. Er spürt ihre hilflose Bereitschaft, und er reißt sich zusammen.

Es ist ihm plötzlich klar, wie einsam und liebearm diese Berti, die einzige Tochter des größten Bauern auf der Oberen Terrasse, geworden ist seit dem Tod ihrer Mutter. Die Stunde ihrer Begegnung mit ihm, seine Hilfe, muß für sie wie eine Offenbarung gewesen sein.

Wohl könnte er schwören, daß an dieses Dirndl noch keiner mit dem Finger gerührt hat, daß ihre Lippen, geformt und rot wie eine lockende Frucht, noch nie geküßt worden sind. Aber wird sie die Kraft haben, dem harten Trasserbauern gegenüber zu ihm zu stehen? Es ist absurd zu glauben, daß der Herr über den Trasserhof mit vierzig Stück Großvieh, hundertdreißig Tagwerk Wiesmahd, vierhundert Tagwerk Wald und einer Alm seine einzige Hoferbin einem kleinen Gehaltsempfänger gibt.

Einem Mann, hinter dem nichts steht als sein guter Leumund, seine Liebe zu Wald und Wild und sein Fachkönnen.

Aber kann er ihr das jetzt sagen in diese Augen hinein? Er kann es nicht. Er beugt sich nur zu ihr hinunter und drückt seine Wange an die ihre, schaut über das weite Flußtal hinweg, wo die Abendnebel, kaum sichtbar, zu weben beginnen und weiß: ‚Nie wieder, solange wir leben, hüllt das gleiche Wunder uns ein.‘

Und weil der Abend so still ist in weiter Runde, so still, daß man ein kleines Rinnsal rechter Hand gluckern hört, als wolle es etwas erzählen, ist es ihnen beiden, als müßten sie leise sprechen.

Die Berti lächelt ein bißchen und sagt ihm mitten ins Herz hinein:

„Die Mutter hab ich arg gern gehabt – dich noch mehr, Guntram!“

In seine Augen kommt ein feuchter Schimmer, und er gesteht:

„Mir geht es auch so, Dirndl! Nichts auf der Welt wüßt ich, das ich lieber hätt als dich. Und heut morgen – heut morgen hab ich noch nichts gewußt von dir.“ Dann schweigen sie wieder, lauschen dem Schlag ihrer Herzen und fassen es nicht, wie ungeheuer, wie grenzenlos und unfaßbar das Wunder des Lebens sie in seinem Bann hält.

Da zerreißt von jenseits des Flusses ein greller Pfiff die Verzauberung.

Die Berti fährt im Arm des Mannes hoch, wird bleich und stammelt tonlos:

„Der Vater! Das ist der Vater! So pfeift er, wenn er wütend ist!“

Der Mann neben ihr hebt sie hoch und bleibt ganz ruhig:

„Hab keine Angst, Berti! Wir gehen jetzt heim auf den Trasserhof, und ich bleib bei dir, bis sich dein Vater beruhigt hat.“

Auf dem Weg abwärts zur Fähre erzählt sie ihm weinend vom qualvollen Tod der Mutter in der Ehkammer auf dem Trasserhof, und daß der Vater kaum einmal ans Bett der Todkranken gekommen sei. Schwer wie Blei liegt der Vorwurf gegen den Vater in dieser kargen Feststellung, und der liebende Mann Guntram ahnt hellseherisch, mit welcher Bitternis das Dirndl zeit ihres Lebens daran zu tragen hat.

Da nimmt er sie wieder in den Arm, küßt sie in seinem Erbarmen und schwört bei sich: ‚Ich will sie so glücklich machen, daß sie alles, was schwer war, mit der Zeit vergessen muß.‘

Der Öttl Schorsch werkelt noch bei seinem Sägewerk umeinander, die Arbeiter haben alle längst Feierabend. Da sieht er das junge Paar umschlungen den schmalen Zufahrtsweg zur Fähre herankommen, und sein sonst meist sonniges Gesicht wird ernst.

Der junge Hartmann! Was soll da draus werden! Der harte Trasser, der noch nie einen von den Grünröcken hat riechen können! Und die Berti, die Hoferbin! Ganz spontan verstellt er den beiden den Weg. „Berti!“ sagt er erschrocken beim Anblick der Beule. „Was ist denn dir passiert?“ Da umfaßt diese mit beiden Händen die seinen, und sie gesteht offen: „Öttlvater, ein Wunder – ein Wunder!“

Zu anderer Stunde hätte er laut aufgelacht, der Öttlvater. Er lacht so gern, er ist einer von denen, an deren Wiege die Hulden gestanden sind. Nun aber füllen sich seine Augen mit einem fast inbrünstigen Ernst, er drückt die kleinen Schafferinnenhände der Berti und sagt beschwörend:

„Geb's Gott, Dirndl! Geb's Gott!"

Dann erst nimmt er den Mann, neben dem sie steht, aufs Korn. Aber der Guntram Hartmann hält dem ehrlichen, forschenden Auge des Öttl Schorsch stand, steht hoch wie ein junger Tannenbaum und gesteht freudig: „Es mag Sie vielleicht wundern, Herr Öttl! Aber es ist so: Wir zwei gehören zusammen."

Härter noch, schriller als vorhin, peitscht der Pfiff des Trasserbauern über das Flußtal hinweg, und die Berti beginnt zu hasten. Aber der Arm des Mannes, der sie umschlungen hält, hindert sie daran. Sie schaut ihn hilfeheischend an und findet in seinem Blick, in seinen etwas tiefliegenden, rehbraunen Augen eine wunderbare Ruhe, ein Befrieden, fernab aller Ängste, und ihr ist so wohl ums Herz wie nie vorher im Leben.

„Hab keine Angst, Bertilein!" sagt er einfach. „Hab keine Angst. Dein Vater hat uns schon lange gesehen, er hält das Fernglas vor die Augen und beobachtet jeden unserer Schritte."

Da sieht auch sie ihn stehen, klein und zierlich wie eine Puppe anzuschauen von hier unten, und ginge nicht der Mann ihrer Liebe neben ihr, sie würde zittern vor Angst. Jetzt, in dieser Stunde, wird ihr zum erstenmal klar bewußt, daß sie und die Mutter eigentlich immer in einer gewissen Angst lebten vor der Lieblosigkeit und den jähen Zornausbrüchen des Vaters. O Gott! Wie schön, wie herrlich kann die Welt doch sein, wenn zwei Menschen zusammengehören und sich lieben. Da hat sie immer geglaubt, seit ihrer Mutter Tod sei der Jöschvater derjenige, an dem sie am meisten hängt, oft mit schlechtem Gewissen, weil diese Liebe eigentlich dem Vater zustehen müßte. Auch an der Wabi hängt sie, sicherlich. Aber es ist um die alte Wabi so viel Müdigkeit, so viel Freudlosigkeit, und ihr junges Herz sehnt sich doch so sehr nach Helle und Klang und Lachen.

Wundervolle Geschichten gab es auf dieser Welt, aber von denen wußte keiner auf dem Trasserhof, die kannte nur der Jöschvater, und kein Tag konnte so trüb und verregnet sein, daß dem das Lachen ausging.

Die Wabi ist wohl ausgelaugt worden im Lauf der Jahrzehnte auf dem Trasserhof, ausgesogen von der unerbittlichen, lähmenden, grauen Alltagsbürde. Man kann nicht von ihr verlangen, daß sie Glück ausstrahlt, Glück! Weiß die Wabi überhaupt, was es ist, das Glück?

„Sag mir, Berti – an was denkst du jetzt? Dein Gesicht ist grad, als wärst du eine Heilige. Dein ganzes Erschrecken ist fort aus deinem Gesicht.“

„Ja, das ist es“, sagt sie und strahlt ihn an. „Ich fürcht mich nicht, wenn du bei mir bist.

Aber gedacht hab ich eben an unsere alte Wabi. Hab denken müssen, daß sie vielleicht nie eine Stunde in ihrem Leben kenngelernt hat wie die, die wir jetzt erleben. Weinen müßt ich, wär's wahr.

Du, Guntram, hast das Tor heut aufg'macht, dahinter der Sinn des Lebens liegt. Ich glaube, ich glaube, man brauchte unter uns Menschen kein anderes Gebet: sich lieben und gut sein zueinander.“

Der Mann an ihrer Seite nickt ernst: „Ja, Berti! So ist es. Wir zwei jedenfalls wollen es üben.“

Das Auenholz, wie es sich an Flußbetten hält seit Jahrhunderten, beginnt seinen Duft zu verströmen. Ihre Füße treten auf blühende Urweltmoose in den zartesten Farben der Erde. Nesterchen von dieser Minipracht liegen verstreut über dem Weg, in zartlila, blaßblau, eierschalenweiß und ockergelb. Hauchzarte Sandglöcklein läuten unhörbar neben dem Schmelengras, und die niederen Latschenbüsche prahlen mit ihren Blütenkerzen. Ihr Harzgeruch übertrumpft sogar den der junggrünen Wacholderbüsche. Alles übrige beherrschend aber wogt über das Flußbett hin Holundergeruch. Sogar der reine Atem des Bergflusses trägt ihn mit sich.

Die Fährmännin kommt eben mit bunter Fracht zum Ufer. Lachende Schulkinder sind auf der Fähre mit ihrer Lehrerin, es ist ein Lachen, ein Freuen, ein Glücklichsein.

Im Süden liegt das Abendrot auf den Berggipfeln, es ist, als trügen die bewaldeten Riesen goldene Kronen.

Guntram Hartmann hält sein Mädchen einen Augenblick fest, bevor sie das Boot besteigen. „Schau hinter zu meinem Revier", sagt er, und sein Gesicht leuchtet. „So schön waren die Faller Berg noch nie", meint sie und springt ins Boot. Die Fährmännin, die an jedem schönen Menschen ihre Freude hat, sei's Mann, sei's Frau, kann sich nicht satt sehen an den beiden. Der Mann breitschultrig, schmalhüftig, einen halben Kopf größer als die hochgewachsene Berti, eher blond als braun, das Dirndl kastanienbraun und blauäugig, er mit einem fast strenggeschnittenen Gesicht, wie man es hin und wieder bei Sportlern sieht, das Dirndl ein G'sichtl so sanft und mild und voll Gutsein, wie man ein solches sehr selten findet. Sie kann es nicht fassen, daß die Berti duldet, daß der Jagerische ihre Hand in die seine nimmt und behält, bis sie beide aussteigen. Bis zu dieser Stunde hat sie die Trassertochter nur als zurückhaltend, ja männerscheu gekannt.

Beim Anstieg zum Trasserhof sieht der Mann, daß in den Augen der Berti wieder die Angst steht, die Angst von vorhin.

Und sie sagt flehend: „Guntram, geh nicht ganz mit zum Hof. Ich muß das allein ausbaden, und ich werd es auch. Ich – ich möcht nicht, daß du kennenlernst, wie – grob der Vater werden kann, wenn er wütend ist."

Aber der Mann verhält seinen Schritt nicht. „Berti, ich komm mit. Einmal muß ich deinen Vater ja doch kennenlernen. Warum nicht heut!"

Je näher sie herankommen, um so wuchtiger und ausladender liegt der Trasserhof am südlichen Ausläufer des Braunecks. Blumenumrankt, von blühendem Grasland umgeben, hinter dem sich Tannwald und Mischwald aufbauen bis zur Himmelsgrenze. Rechts und links der eichenen Doppeltür stehen birkene Rastbänke, auf denen gut zu sitzen sein mag.

Von hier aus gesehen ist die gegenüberliegende Isarwinkler Welt nicht weniger schön. Das enge Hirschbachtal führt hinauf zum Sattel, dahinter kann man abwärts wandern ins Tegernseeische, das Seekar wartet rechter Hand mit dem Schönberg, der Geierstein aber stößt ins Firmament, keinen andern nah bei sich duldend.

Wo die Abfahrt zur Jachenauer Straße einen Knick macht, steht der Bauer auf seinen Krückstock gestützt, und Hasso, sein Hund, sitzt, wachsam in jeder Fiber, neben ihm. Als dieser an der Seite des Fremden sein junges Fraule erkennt, stößt er einen kehligen Wonnelaut aus und will mit einem Satz bergab, ihr entgegen.

Aber der Befehl: „Platz!“ peitscht ihn wie ein eiskalter Regen nieder, und Hasso erstarrt. Hand in Hand kommen die beiden näher. Und will auch die kleine Hand der Berti leise ausbrechen aus seiner Umklammerung, der Mann hält sie fest wie Eisen. Seiner Großmutter Anklage auf dem Krankenbett im Pflegeheim am Ammersee fällt ihm ein, wird riesengroß. Der Enkel des alten Hartmann weiß, daß der da oben vor seinem Herrenhof kein reines Gewissen hat, keine saubere Weste gegenüber den Hartmannschen. Ganz ruhig wird er mit einemmal, ganz sicher.

Der alte Trasser, der meist leicht der Erde zugeneigt geht, tut, hochaufgerichtet, zwei harte Schritte auf seine Tochter zu. Dann hebt er den rechten Arm, Vernichtung im eiskalten Blick, ohne ein Wort will er zuschlagen. Bevor aber der Arm des Riesen niedersaust, wird er umklammert wie von einem Schraubstock. Die Augen des jungen Försters werfen Blitze, seine junge Kraft wächst ins Gigantische. Der Blick des Trasserbauern füllt sich mit Staunen, seine zusammengekniffenen, gletschereisfarbenen Augen weiten sich, und Berti, die ihn hilflos anstarrt, entdeckt etwas wie Furcht darin. Immer tiefer drückt Guntram Hartmann den mächtigen Arm des Angreifers nieder, bis in Brusthöhe. Der Alte kann es nicht hindern.

„Wer bist –?“ Es ist mehr ein Keuchen als eine Frage.

„Guntram Hartmann, Enkel des alten Benedikt Hartmann, deinem Jagdgenossen bis zu der Nacht, wo nur noch du heimkommen bist, Trasserbauer!“

Die Berti sieht, wie der Vater jäh erblaßt und taumelt und will zuspringen. Aber sie muß sich geirrt haben.

Er steht schon wieder ruhig, hochgereckter als vorhin und sagt fast friedlich: „Laß aus, wir können reden."

Da gibt der Junge sein Handgelenk frei und tritt ganz nahe an Bertis Seite, legt den Arm um sie und sagt fest: „Um eine Tochter wie die Berti wär jeder Vater glücklich. Und du willst sie schlagen!"

Im Alten steigt die Wut wieder hoch vor so viel Anmaßung. Da kommt im selben Augenblick hinterm Spitzkampen der Mond herauf und badet die Landschaft in strahlendem Licht. Und da sich Guntram Hartmann zur Seite gewandt hat, seinem Mädchen zu, fällt dieses Licht voll in sein Gesicht und seine Augen. Der Trasserbauer starrt ihn plötzlich an wie eine Erscheinung.

Diese Augen – diese Augen: Es sind Benedikt Hartmanns Augen!

In jener Nacht – jener verfluchten Nacht – der Mond hat genau so gestrahlt wie heute –, da hat er sie zum letztenmal gesehen.

So groß und dunkel wie Rehaugen – mit den gleichen hochgewölbten Brauen darüber. Auch in den Augen damals hatte ein Vorwurf gebrannt, eine Anklage. Sie sind lang schon eingesargt, die Augen vom Benedikt, seit zwanzig Jahren schon. Sie stehen nicht wieder auf. Und die da – die jungen, die gehen ihn nichts an. Wenn er will, kann er den Grünen vom Hof jagen lassen. Es wär nicht das erstemal, daß der Hasso das macht.

Der Hans Trasser hat sich wieder gefangen, und seine Frage ist ausgesprochen grob: „Was willst eigentlich auf meinem Hof! Wüßt nicht, daß ich dich hätt rufen lassen!" „Vater –", die Stimme der Berti will erklären, vermitteln: „Vater, es ist – er hat mich heimbegleitet."

„Meine Tochter findet auch ohne Mannsbild heim", stößt er heraus. Und seine Stimme ist wie Splitterglas.

Aber sie schreckt den Guntram Hartmann nicht. Er hat in einer liebearmen Jugend gelernt, sich zu behaupten. Und so sagt er in seiner ihm eigenen, gewinnenden Art: „Ich bin gekommen, um die Hand deiner Tochter Berti anzuhalten, wie's Brauch ist. Ich bin eben bestätigter, staatlich beamteter Revierförster vom Forstamt Fall-Süd und kann eine Familie ernähren. Trasserbauer, ich bitt dich um deine Berti!"

Es ist ganz still darauf. Nur vom Wiesland her hört man die Grillen geigen zu Hunderten. Der Hasso holt aufgeregt Atem. Er spürt den Orkan, der sich in seinem Herrn zusammenbraut und mit Verwüstung droht.

Die Berti sieht, wie der Vater den Kopf zurückwirft, daß man den Adamsapfel vorspringen sieht, wie eine Zwetschge so groß. Sie sieht auch, wie seine Stirnader anschwillt, immer das Zeichen, daß er zu fürchten ist. Und weil sie bereits Frau geworden ist in ihrem Herzen, tritt sie ganz nah an die Seite des Liebsten, schaut ihrem Vater fest entgegen und wartet. Da bricht es los – das Lachen, wie von einem Teufel! Es schüttelt den ganzen, immer noch gewaltigen Körper; so voller Hohn und Verachtung hat der junge Brautwerber noch nie einen Menschen lachen hören. Und zwischenhinein einzelne Wortfetzen: „Ein Greaner –! Ein Habenichts –! Meine Tochter, die Hoferbin vom Trasserhof!" Und wieder das Lachen, das furchtbare Lachen.

Die Berti, durch ihre Liebe hellsichtig geworden, spürt, wie ihr Liebster leidet. Da umfängt sie ihn und sagt mit unerhörter Festigkeit: „Guntram, es darf dir nicht weh tun, das vom Vater. Ich gehör zu dir und wär's gegen die ganze Welt."

Ins Antlitz des Jungen kehrt die Farbe zurück und in seine Augen das alte Leuchten, und er sagt mit brüchiger Stimme: „Das dank ich dir ein Leben lang, Dirndl!"

Das Lachen des Trasserbauern bricht ab wie durchgeschnitten.

Er bohrt seinen Blick in Bertis Gesicht und schreit: „Du schaust, daß d' in's Haus kommst!" Dann wendet er sich dem Brautwerber zu, der hochgereckt, kraftvoll und sauber wie ein junger Baum vor ihm steht.

‚Der alte Hartmann ist auferstanden in ihm', muß der Trasser denken, und es schmeckt wie Myrrhe so bitter. So manche Nacht hat ihn dieses Hartmannsche Gesicht aus dem Schlaf gerissen, dasselbe Gesicht, nur war das vom Alten nicht so sicher und ruhig. Es war von Angst und Verzweiflung zerfressen in jener Nacht, wo die Hirsche geschrien haben wie verrückt.

Die Nächte innerhalb von zwanzig Jahren, da ihn die Erinnerung an dieses Gesicht gepeinigt hat, rücken zusammen wie zu einem Koloß.

Er kann nicht an gegen diesen Koloß, er weiß es. Er hat noch nie gegen ihn ankönnen. Aber von jeher hat ihn alles, was seinem Anrennen widerstanden hat, in Wut gebracht. Auch in dieser Stunde.

Der – der ‚Greane' tut keinen Schritt vom Hof, die Berti steht noch nahe bei ihm, als habe der Vater ihr nicht befohlen, ins Haus zu gehen.

Es ist das erstemal, daß ihm das widerfährt. Bis jetzt hat das Dirndl gespurt aufs Wort.

Einen harten Schritt tut er ihr entgegen und sagt gefährlich leise: „Ins Haus sollst gehen, hab ich g'sagt!"

Die Berti schaut ihm mit weitoffenen Augen ins Gesicht, und der Trasserbauer läuft langsam rot an. „Das – das ist ja unerhört! Kopp'n will die Krott – aufrührerisch werden! Und das alles wegen dem greanen Lackl, den's an der Hand hält." Wieder richtet er sich auf zu seiner vollen Größe, tut einen Schritt zur Seite, so daß er Brust an Brust steht mit dem Jungen, empfindet eine irgendwie armselige Genugtuung, daß er handbreit hinunterschauen muß zu ihm und keucht vor Erregung:

„Verschwind! Sonst hetz ich den Hasso auf dich!"

„Du wolltest doch reden mit mir, Trasserbauer!" Es ist friedlich gesagt, voll warmer Bereitschaft. Aber der Alte erkennt nur, daß seinem Wort nicht gehorcht wird, und das sofort. Das lange Warten auf die Heimkehr der Tochter hat den Ärger geschürt seit Stunden, hat den Boden vorbereitet, auf dem sein gefürchteter Wutausbruch Orgien feiern kann.

Er legt seine Hand auf den Kopf seines Hundes und befiehlt leise:

„Faß ihn, Hasso!"

Ruhig bleibt Guntram Hartmann stehen und bohrt seinen Blick in den des Tieres. Er konzentriert seine ganze Kraft auf diesen Blick. Hasso geht in Sprungstellung, und sein Körper zittert, als liefen Wellen durch ihn hin. Sein ganzes Gefühl weigert sich, den Mann an der Seite seines Fraules anzugreifen. Da aber trifft ihn zum zweitenmal, diesmal wie eine Peitsche, der Befehl: „Faß ihn!“ Kalter Haß gibt den Befehl, das Tier spürt es. Es will seinen Blick heben zu seinem Herrn, ihn anflehen, doch abzusehen von diesem Befehl, aber die Augen des Mannes, den er anspringen soll, geben seinen Blick nicht frei. In seiner inneren Not hebt er die Lefzen, so daß das schadhafte, altersbraune Gebiß sichtbar wird. Ein drohend sein sollender Knurrton wird laut, aber der Hasso springt nicht. Es ist, als ob er die Lauterkeit und friedliche Absicht seines Gegenübers wittere. Dazu kommt die Angst seines geliebten Fraule, die ihn mit weitaufgerissenen Augen beschwört, es nicht zu tun. Und über allem die lautlos kochende Wut seines Herrn, für den er bereit ist, zu sterben.

„Köter – ich erschieß dich!“ Der Hund hat verstanden. Er klagt leise auf, in fast menschlichen Tönen, und kriecht seinem Herrn wie ein Wurm vor die Schuhspitzen. Der Bauer holt aus und stößt ihm die harte Kappe seines rindsledernen Bergschuhs tief in die Weiche.

Hasso klagt auf, versucht auf die Beine zu kommen, und nochmal trifft ihn der gnadenlose Tritt. Berti weint laut und verzweifelt auf. Etwas wie Haß irrlichtert in ihrem Blick, mit dem sie den Vater anstarrt.

Der aber hat seine Augen auf den Hund gerichtet, der über die steile Böschung getorkelt ist und in immer rasenderem Tempo den steilen, frischgemähten Trassenabhang hinunterrollt. Unten am Weg gibt es ein Kreischen von Reifen und blechernes Klirren, ein Lautwerden von Stimmen, dann Rufen.

Fast unhörbar verschwindet darin der letzte Klagelaut Hassos. Er liegt in einer Blutlache, die Augen brechen ihm bereits.

Guntram und Berti hasten Hand in Hand den steilen Abhang hinab, und als das Mädchen den Freund ihrer Kindheit liegen sieht in seinem Blut, weint sie laut auf. Aber der Mann drückt sie fest an sich, dann gibt er sie frei, um mit dem Besitzer des Wagens zu reden. Er beruhigt ihn, weil es offenkundig ist, daß ihm Hasso direkt vor die Räder gerollt ist und ihn keinerlei Schuld trifft.

Dann zieht er seinen Waidmannsrock aus und legt diesen Berti über den Arm. Als ob er ein Kind im Arm halte, so behutsam und vorsichtig trägt er den treuen Wächter des Trasserhofes bergan, und Berti geht weinend neben ihm her. Wie ein Schatten seine junge Hündin auf der anderen Seite.

Oben steht der Trasser auf seinen Stock gestützt und läßt beide herankommen. Als er seinen Jagdkameraden und immer einsatzbereiten Hüter des Hauses mit gebrochenen Augen in den Armen des Trägers sieht, geht eine Wandlung mit ihm vor. Es ist, als ob seine Riesengestalt zusammenknicke, als ob er plötzlich kleiner werde. „Komm rein, und leg ihn auf sein Bett", sagt er, und seine Stimme klingt ganz fremd. In der Stube mit dem breiten Inntaler Kachelofen hat die Wabi bereits die Lampe angeknipst.

Sie hat mit Bangen des Bauern innere Wut wachsen sehen mit jeder Viertelstunde, da er auf die Berti hat warten müssen. Sie hat den ersten Schrei des Kindes gehört, es ist, als wär es ihr eigenes. Da hat sie sich in der Nähe gehalten, um im Notfall dem Bauern in den Arm zu fallen, denn in der Wut ist es ihm gleich, wohin er schlägt.

Die Wabi ist bereit gewesen, an Stelle der Berti die Hiebe abzufangen, nicht umsonst hat sie ihrer sterbenden Bäuerin versprochen, dem Kind beizustehen.

Aber nun scheint ihr, daß da ein anderer Beistand mitgekommen ist auf den Trasserhof. Ein Mannsbild, das jedes junge Dirndl ins Spinnen kommen läßt, wenn es einem solchen begegnet. Seltsam! Die Augen, die Augen von dem jungen Forstmann, die hat sie doch schon einmal gesehen! Genau so groß und braunsamten wie die Augen von einem Reh. Ist lang schon her, daß sie diese Augen gesehen hat, arg lang schon. Also muß sie sich irren. Solche Augen gab's nur einmal auf der Welt.

Mit Gewalt löst die Wabi ihren Blick vom Gesicht des Fremden und läßt ihn tiefer gleiten. Da erst sieht sie in seinen Armen den Hasso liegen, mit geschlossenen Augen. Nun wendet das Dirndl ihr Gesicht ins Licht, und Wabi erstarrt vor dessen Verwandlung. Das ist nicht mehr das sanfte, milde Antlitz der Berti, das ist ein Gesicht voll verzweifelter Entschlossenheit, in wenigen Stunden um Jahre gereift. Das Dirndl bückt sich und schiebt den Schlafkorb des Hasso aus dem Licht in den Schatten der alten Standuhr, deren silberne Glocke eben neun Uhr schlägt. ‚Um drei müssen wir auf zum Melken', denkt die Wabi wie gezwungen und fragt leise: „Was ist mit dem Hasso –?" Die Berti schluchzt auf und antwortet nicht. Der junge Mann legt den Arm um das Dirndl, sagt aber auch nichts.

Da richtet sich der Bauer zur alten Höhe auf, und eine fremde Stimme füllt die Stube. „Er hat mir den Gehorsam verweigert, zum erstenmal. Da hab ich zug'stoßen. Das aber hab ich nicht wollen."

Dann setzt sich der Trasserbauer auf die Eckbank und stiert vor sich hin. Auf einmal hebt er seinen gewaltigen Arm und läßt diesen, die Hand zur Faust geballt, niederfallen, daß die schwere Ahornplatte des Ecktisches einen dumpfen Klang von sich gibt.

Darauf ist es still in der Stube. Über das warme Rotbraun der Kirschbaumvertäfelung spielt das Lampenlicht, die Katzenklaublüten an der Hausmauer entlang duften schwer durchs offene Fenster.

Da sagt der Bauer, zu Guntram Hartmann gewendet, ohne ihn anzusehen:

„Meine Antwort hast: Was willst noch?"

Bevor dieser antworten kann, tritt die Berti vor, und die Augen des Vaters weiten sich vor Staunen. Mit diesen Augen hat ihn seine Tochter noch nie angesehen. Das sind nicht mehr die Augen eines Kindes, das leicht weint, das mehr Angst und Zittern in sich hat als sonst etwas. Das man hart halten und hart machen muß, soll es ein einigermaßen brauchbarer Ersatz für den ausgebliebenen Hoferben werden.

Das, was da vor ihm steht, ist kein Kind mehr, das ist ein junges Weibwesen, das vor ihm keine Furcht hat, ja, aus deren Augen der Vorwurf schreit, der Angriff!

Größer geworden und bleich bis in die Lippen, sagt die Berti fest: „Vater, 's hat mir oft weh getan, wenn du dem Hasso übers Haar gestrichen hast und gute Worte gabst. Hab's ihm nicht mißgönnt, hab ihn ja selber gern gehabt. Aber ein Kind hat auch Sehnsucht nach ein bißl Gutsein. Nicht nur ein Hund. Wär die Wabi nicht gewesen und der Jöschvater ... Aber das ist jetzt vorbei. Heut ist mir das Wunder begegnet. Heut hab ich den Menschen gefunden, der mich so gern hat wie ich ihn. Und wir beide wissen: Das gilt bis zum Sterben."

Nun ist es ganz still in der Stube. Ein Nachtfalter zickzackt zum offenen Fenster herein, geheimnisvoll in seinem nachtschwarzen Samtmantel. Guntram Hartmanns Augen aber sehen nur seines Mädchens blasses, tapferes Gesicht, er hört Bertis Bekenntnis und ist erschüttert. Ihm ist so, als habe er eben aus dem Herrgottswinkel her ein Stöhnen gehört. Aber er muß sich geirrt haben. Der Trasserbauer wächst hinter dem ahornen Ecktisch empor, wird groß und größer, so daß er fast an die schweren, dunklen Deckenbalken der Stube stößt. Aus seinen seltsam blauen, gletschereisfarbenen Augen brechen Blitze: „Was weißt du schon von Sehnsucht! Bist ja noch ein Kind! Nur ein fertiger Mensch kennt sie, diese verfluchte Sehnsucht!

Hab meine Margaret, meine erste Bäuerin, nicht vergessen können. Zwei Jahrzehnte lang bin ich ihr treu blieben. Und deine Mutter hab ich nachher nur genommen, damit sie mir einen Hoferben bringt. Meine beiden Buben hat mir der Krieg wegg'rissen. Mit mir ist der Herrgott, oder das Schicksal oder wie man's sonst nennt, dreckig umg'sprungen. Woher soll da bei einem Mannsbild das Gutsein und das Liebtun kommen, das sag mir!"

So viel in einem Zug hat die Trassertochter ihren Vater noch nie reden hören. Etwas wie Mitleid kommt sie an, und sie sagt bittend:

„Vater, ich trag dir's nicht nach, daß ich hab aufwachsen müssen, als wär ich nur geduldet auf dem Trasserhof. Jetzt aber gönn mir mein Glück, und laß mir den Mann, den ich gern hab!"

„Ich kann's nicht. Nicht dem Hartmannschen! Zudem hab ich dich bereits versprochen. Auf den Trasserhof g'hört ein Bauer, nicht ein Forstknecht, das mußt verstehen!

Der Andreas Bütter ist ein Bauer und kein monatlicher Lohnempfänger. Der kommt als mein Nachfolger auf den Trasserhof."

Da tut die Berti einen harten Schritt auf ihren Vater zu und sagt klar und ohne Zittern: „Aber nicht mich als Bäuerin. Dann muß er sich eine andere Bäuerin suchen auf den Trasserhof. Den Mann, mit dem ich leben will und Kinder mit ihm haben, den muß ich mögen. Der Andreas mag recht sein, ich mag ihn aber nicht."

Dem Hans Trasser ist, als sehe er seine Tochter heute zum erstenmal.

Noch nie hat das Dirndl aufgemuckt, seit er denken kann. Das, was da vor ihm steht, ist kein duldsames, etwas verängstigtes Kind, das ist eine Frau mit Kraft und Mut und der Bereitschaft zu kämpfen. Es kommt ihn fast an wie Bewunderung, auch sieht er in dieser Stunde zum erstenmal, daß er eine Tochter hat, auf die ein Mann wohl stolz sein kann. Über ihren Wangen, getönt wie reife Pfirsiche, brennen die großen tiefblauen Augen, schwarzen Mondsicheln gleich, die Brauenbögen darüber. Das allerschönste aber ist ihr kastanienbraunes Haar mit seinem zarten, spielerischen Gelock. Auch die Brüstlein seiner Tochter hat er vorher nie wahrgenommen und die feine Rundung der Hüften. Er muß nachsinnen, ob einer der Bauern an der Isar entlang eine Tochter hat, die sich mit der seinen messen könnte, und er kann diese Frage ehrlichen Herzens mit ‚nein' beantworten. Eine gute

Schafferin ist sie obendrein. Und da kommt so ein Grünling, so ein Habenichts auf seinen Hof und fragt um diese Tochter!

Wieder verhärtet sich sein Herz, wieder verschließt es sich.

Der junge Förster Hartmann ist näher zu seinem Mädchen getreten und hat den Arm um sie gelegt. Und trotz aller Abwehr muß sich der Alte sagen: ‚Ein sauberer Kerl ist er, dieser Hartmannsche.'

Dann aber fällt sein Blick auf den toten Hasso, seinen Gefährten vieler Jahre. Er ist mit ihm wie ein Schatten durch seinen Bergwald gestreift, hat mit ihm auf den Bock gepirscht und das Schreien der Hirsche in sich aufgenommen mit jedem Blutstropfen. Er hat mit dem feinen Gespür der Liebe seine inneren Kämpfe mit ihm erlebt, hat neben seinem Bett liegend seine Hand geleckt, wenn er keine Nachtruhe fand. Ja, er war das einzige lebendige Wesen, das ihm nahegestanden ist.

Daß er jetzt daliegt, den schönen Kopf zerschmettert, das dankt er auch nur dem ‚Grean' – wär er nicht auf den Hof gekommen, hätte der Hasso nicht den Gehorsam verweigert, und er hätte nicht nach ihm gestoßen.

Schon beim erstenmal, als er den Hof betreten hat, ist Unheil von ihm gekommen. Er muß verschwinden vom Hof, und das für immer.

Der Trasserbauer tritt auf die beiden Jungen zu und sagt, knapp vor ihnen stehend, mit beängstigender Ruhe: „Du weißt jetzt, wie du dran bist, Berti. Du heiratest den Bütter Andreas. Wenn du das Haus verläßt, dann laß ich dich mit der Polizei zurückholen. Du bist noch nicht volljährig und hast mir zu folgen."

Dann wandte er sich an den Förster, und seine Stimme wird um eine Oktave höher. „Und du, Förster, läßt dich auf meinem Grund und Boden nimmer blicken. Und auch nicht eben auf meiner Alm!“

Förster Hartmann hält dem Blick des Trasserbauern, scharf wie eine Dolchklinge, stand. Und wieder muß der Alte denken, auch wenn es wie Blei in seine Seele fällt: ‚Die Augen – die Augen hat er ganz vom Großvater.‘ Als ob einer zwanzig Jahre Zeit ausgelöscht hätte, ist er plötzlich wieder hineingestellt in jene Nacht – in jenes Geschehen oben zwischen Kotzen und Lärchkogelabstieg. Dieselbe leuchtende Mondnacht mit dem rinnenden magischen Licht – ja, und tausendmal ja! Es sind die Augen des Benedikt Hartmann!

In seine Versunkenheit hinein hört er dessen Enkel sagen:

„Trasser, es kommt mir eine Erinnerung aus meiner Kindheit, was mich hinführen könnte zum Grund, dem dein Haß entspringt. Aber ich will da nichts ausgraben. Warum auch! Die Berti wäre nicht auf der Welt ohne dich, also dank ich dir mein Liebstes. Du kannst uns nicht trennen. Eines Tages ist deine Tochter volljährig und bestimmt über ihr eigenes Leben. Und wenn du ihr nicht mitgibst, was in ein Tragkörberl geht, so bin ich dennoch der glücklichste Mann im Jägerdorf an der Isar. Und wenn ich sie nicht aufsuchen darf auf deiner Alm, der Wald ist groß, und der weite Himmel über dem Bergland barmherziger zu zwei Leuten, die sich lieben.“

Und die Berti sieht ihn mit schwimmenden Augen an und sagt tapfer: „Ich geh noch mit bis zum Abhang.“ Der Bauer hört es, aber er sagt kein Wort mehr.

Er schaut den beiden nicht nach. Etwas in der Rede des Hartmann hat ihn angerührt in seinem Inneren mit unerklärlicher Gewalt. Die Sätze: ‚Aber ich will da nichts ausgraben. Warum auch! Die Berti wär nicht auf der Welt ohne dich. Also dank ich dir mein Liebstes.‘ Diese Rede, diese einfache, schlichte Feststellung hat sich in ihm festgehakt. Dieser junge Hartmannsche muß viel haben von seinem Großvater, viel vom Benedikt. Auch aus seinen Augen hat die Lebensfreude geleuchtet, die Friedfertigkeit, die Zuneigung zu allem Lebendigen. Der Benedikt selber hätte wohl nie einen Bock umgelegt oder einen Hirsch. Er ist nur mitgegangen mit dem stolzen Trasser als Zutreiber, weil er ihm das Pachthöfl in Waakirchen günstig vermittelt hat. War immerhin besser als Knechtsein auf einem fremden Hof. Und vom Wildbret hat er allweil seinen Teil abbekommen. Daß der Benedikt das Wildbret hat verkaufen müssen, weiß er nicht mehr.

Mit diesen Gedanken, mit diesen Quälgeistern, die ihn seit zwanzig Jahren nicht zur Ruhe kommen lassen, hat der Trasser gelebt. Er hinkt sieben, acht schwere Schritte auf die Standuhr zu, wo sein Hasso leblos auf dem Lager liegt.

Und als er seinen vierfüßigen Freund blutverkrustet vor sich sieht, stehen gemeinsam erlebte Stunden in der Tiefe seiner Wälder oder auch auf den freien Höhen seiner Alm vor ihm auf mit einer geradezu schmerzenden Intensität. Er sieht ihn wieder vor sich in Hockestellung, wenn sie gemeinsam Rast machten. Seine schönen wachsamen Augen hingen am Mund des Bauern, wenn er mit wenigen Worten seinen Jagdplan entwickelte.

Jede Fiber an seinem Körper war gespannt, alles an ihm brennende Bereitschaft. Wie so ganz anders wurde sein Hasso, wenn er sein inneres Elend vor ihn hinlegte. Was er kaum jemals einem Menschen anvertraute, das gab er seinem Hund preis. Sein Verlangen, seine Sehnsucht nach der längst verstorbenen Frau, seine Erkenntnis, daß es anormal war, einer Toten so unverrückbar anzuhängen. Keinen sonst weiß er, landauf-landab, der nicht dem Leben ein größeres Recht einräumen würde. Nur er ist solch ein Narr, solch ein verfluchter Narr! Oder ist es nur deshalb, weil er mit seiner Margaret so unbegreiflich glücklich gewesen ist – wie kein Mann auf dieser Welt? Dieses Glück hat seine ungeheure Kraft nicht verloren bis heute.

Seine Margaret ist noch um ihn in derselben prangenden Jugend, mit derselben strahlenden Lebensfreude wie damals. Die Güte, die aus ihren Augen leuchtete, sprang auf jeden über, dem sie nahekam. Sie brauchte dem wild werdenden Zuchtstier nur ein leises Wort zuzuflüstern, und seine Raserei legte sich, als sei er plötzlich fromm geworden.

Die Sehnsucht seines Herzens und das Verlangen seines Blutes aber hat die Erinnerung allein nicht zu stillen vermocht. Und wenn er dann in solcher Stunde dem Hasso, der mit aufnahmebereitem Blick an seinem Munde hing, davon sprach, wenn der Jammer und Schmerz um das Verlorene ihn wieder einmal übermannte, dann sprang ihn sein Hasso an, legte ihm die Pfoten auf die Schultern und drückte den Kopf an seine Brust. Ein seltsam inbrünstiges Wimmern kam dann aus seiner Kehle, als weine er.

War es dann einmal, daß kurzfristig eine armselige Freude in ihm aufkam, sei es bei der Geburt eines Füllens oder dem ersten Preis für eine Leistungskuh, spürte das sein Hasso und reagierte mit unverhohlenem Jubel. Peinigte ihn die Gicht, der Hasso wußte es ohne Worte. Dann kam er zu seinem Stuhl, drückte seinen warmen Leib an seine Knie, als wolle er ihm von seiner Wärme abgeben, und leckte ihm tröstend die geschwollenen Glieder.

Und nun hat er, sein Herr, ihn in den Tod gestoßen. Was ist er doch für ein Mensch!

Als die Wabi ganz leise die Stubentür öffnet, um nach ihrem Bauern zu sehen, erstarrt sie. Da kniet der Trasser vor dem Korb vom Hasso, hat die Arme um diesen geworfen, und seine Schultern schüttern.

*

Guntram Hartmann sieht sein Mädel im Mondlicht stehen und ihm nachwinken. Sein Herz ist so frei und leicht wie Vogelschwingen beim Hochzeitsflug. Der Schimpf, den ihm der Trasserbauer angetan, verliert bei seinem Hochgefühl jede Kraft.

Das Flußtal und seine Riesenstufen, von Jahrhunderttausenden erbaut, liegt gebadet im Licht der Vollmondnacht, und nichts ist laut als das leise Strömen des Flusses. Hin und wieder schüttelt ein Vogel seine Schwingen im Gezweig oder huscht eine Katze von einem Hof zum anderen.

Einer der mächtigsten an der Isar entlang ist und bleibt der Trasserhof. Über ihm der hofeigene Waldkegel, fast so hoch wie das Brauneck. Das Wiesland rings süßes Grasland ohne Sumpfgebiet, eine wahre Pracht. Verstehen kann man's, daß so ein Herrenbauer den Kopf hochträgt und seinesgleichen für einen Habenichts hält.

Das sind eben verschiedene Maßstäbe, die angelegt werden an den Wert der Dinge. Daß er, der arme Zögling, den staatlichen Förster geschafft hat, läßt auch ihn den Kopf hochtragen, ohne hochmütig zu sein. Es gibt nichts, das ihm zu wünschen übrig bliebe. Nun, da er die große Liebe seines Lebens gefunden hat, fühlt er sich als Auserlesener und vom Glück Begnadeter.

Unten, wo die Ausfahrt vom Trasserhof in die Straße mündet, stößt seine Flora Laute der Wonne aus. Sie hat ihn längst kommen sehen. Der geliebte Herr ist ihr ein und alles. Sie hat seinen Rucksack bewacht wie immer, wenn er diesen ablegt mit dem kurzen Befehl: ‚Platz!'

Guntram liebelt sie ab und belobt sie. Dann wandern beide der Fähre zu, aber das Haus der Fährmännin liegt in tiefem Schlaf.

Er weiß, er hat das Recht, auf die elektrische Klingel zu drücken, den modernen Ersatz für das jahrhundertealte: ‚Hol über!', und die Fährmännin würde kommen zu jeder Stunde des Tages und der Nacht. Aber er bringt es nicht fertig, die Ruhe der Frau zu stören. In seinem Rucksack hat er wie immer den großen Gummibeutel liegen, da kommen Uniform, Hut, Schuhe und Strümpfe hinein, der Rucksack auf dem Rücken kann ruhig naß werden. So warm fühlt er sich, so heiß durchpulst, daß ihn das kalte Bergwasser nicht schreckt. Die Isar hier an der Fähre ist friedlich, und er weiß, er ist ein sicherer Schwimmer. Warum soll er da eine halbe Stunde isaraufwärts trampen, um zu seinem Rad zu kommen. Das liegt noch auf dem jenseitigen Terrassenweg, wo's aufwärts geht zum Häusel des alten Leibjägers, an dem er mit unerklärlicher Inbrunst hängt. Es kann dies nicht nur allein aus der Tatsache kommen, daß der alte Nimrod einer der erfahrensten und berufensten Männer der grünen Gilde ist, es muß tiefer greifen. Vielleicht ist es, daß dieser ihm vom ersten Augenblick der Begegnung an spontane Herzlichkeit entgegenbrachte, oder er ließ ihn großmütig teilhaben am Schatz seiner Erfahrungen, seiner Erkenntnisse, ließ ihn nie fühlen, daß er, der Försteranwärter, der junge Spund, ihm darin das Wasser nicht reichen könne. Seinen Großvater und seinen Vater hatte der alte Jösch gekannt, und von seiner Großmutter behauptete er, sie sei das schönste Mädel von Waakirchen gewesen.

Der Fluß ist rasch durchschwommen, und Flora hat sich wie selbstverständlich hart an seiner Seite gehalten. Das Wasser ist wie Eis, aber so rein und klar, daß man es hätte trinken können.

Die Straße, die sie beide überqueren, ist leer und still. Wenn man den Blick hebt, so liegen, im Mondlicht gebadet, die Einödhöfe Oberjager und Lassl, weiter zurück der einsame Stefflbauer. Im Süden ragen die Faller Berge in den Sternenhimmel. Er sieht das Demmljoch emporwuchten, das Nachbarrevier seines älteren Berufskollegen. Noch mal durchbraust ihn das ganze Hochgefühl eines jungen Menschen, der sich durchbeißen mußte und sich bewährt hat. Dessen Lebenstraum und Ziel erreicht ist und dem noch dazu wie ein Wunder das Schicksal die große Liebe geschenkt hat.

Sein Rad liegt noch, wie er es niedergelegt hat, als er das leblose junge Menschenkind auf dem schmalen Feldweg liegen sah.

Es wären nur noch fünfzehn Minuten zum Häusel des Leibjägers von Hohenburg. Aber Guntram Hartmann wagt es um diese Stunde nicht mehr, die Nachtruhe des alten Herrn zu stören.

*

Die große Ernte im Isarwinkler Land ist unter den breiten Dachfirsten geborgen. Täglich rückt die Sonne merklicher von den Wackersberger Höhen, hinter denen sie am längsten Tag des Jahres untergeht, gegen Süden, und bald wird sie als blutroter, riesiger Ball beim Untergang überm Rauchenberg stehen, und jedem ist dann, als wolle sie gleich im Kocheler Moor versinken. Auf der Trasseralm oben, im Schatten der Luderer Wände, liegt das Milchvieh mit prallen Eutern und die Kalben strotzend im Fleisch.

Jedes Lebewesen hat es gut in der Obhut der blutjungen Sennin. Die Berti ist nicht nur eine Augenweide, sie ist zur Schönheit herangeblüht, seit ihr Guntram Hartmann begegnet ist. Das Glück, das unverhohlene Glück, das sie ausstrahlt, wirkt wie ein Zauber, von dem sie umgeben ist.

Den Ausflüglern, denen der Weg zum Lärchkogl-Hochleger und von da hinüber zum Mondschein nicht zu weit dünkt, kommen sie an der Trasseralm vorbei, reißt es die Köpfe herum, begegnet ihnen die junge Sennin.

Manch sauberer Bauernbursch vom Tölzer Land hat es auf einmal wichtig, nach Bergkristall zu suchen auf dem Luderer Grat, seit die schöne Trassertochter von Wegscheid die Alm betreut. Aber die Berti hat etwas an sich, das es unmöglich macht, zu sagen oder zu tun, um das man doch den vierstündigen Anmarsch auf sich genommen. Als ob eine unsichtbare, aber unüberwindliche Wand gestellt sei zwischen sie und einem jeden, der versucht, ganz an sie heranzutreten, so ist es. Dabei ist sie nicht einmal abweisend und stolz, ihre sanften Augen leuchten wie zwei Sonnen, und ihr schwellender, unschuldiger Mund lacht gern. Noch ein jeder ist unzufrieden mit sich und seiner Laxheit den Berg wieder abwärts gegangen, voll verbissenen Vorsätzen, das nächstemal deutlicher zu werden.

Korbi Brettschneider, der alte Almputzer, dem schon zum Lanks das Jungvieh vom Trasserhof anvertraut worden ist, ein wortkarger, freudloser Rentnerholzer, wendet kein Auge vom Dirndl, sitzt er feierabends bei ihr in der Hütte. Manchmal holt sie die Zither aus dem Kasten, spielt und singt eines der alten Berglerlieder, wie sie die berühmten Wegscheider Dirndln durch den Äther in alle Welt hinausschicken.

Die verstorbene Mutter hatte durchgedrückt, daß sie Unterricht bekam bei einer Lenggrieser Musikpädagogin. Die Mutter hatte ihr Talent zur Musik erkannt, auch ihre brunnklare, mühelose Altstimme.

Der Korbi Brettschneider ist zeit seines Lebens ein Einsiedler geblieben, unansehnlich von Gestalt, schwerhörig und zurückhaltend im Wort. Da er stottert, seit er reden lernte, hatte er es schwer, ein Mädel zu finden. Da ist er allein geblieben, immer und überall in die Ecke gestellt. Heimat hat er nie eine gekannt, er wanderte von einem weitschichtigen Verwandten zum andern. Die Mutter starb, als er zur Schule mußte. Vater war nie einer dagewesen.

Der Korbi kann sich kaum erinnern, daß er in seinem Leben etwas besonders Schönes oder gar Glückhaftes erlebt hätte. Erst jetzt, da die Trassertochter mit ihm an einem Eßtisch sitzt und unter einem Hüttendach wohnt, öffnet sich sein verkümmertes Herz einer Art von Glück.

Jede ihrer Bewegungen genießt er wie eine Wohltat. Hin und wieder legt sie ihre junge feste Hand auf seine verknöcherte und blaugeäderte und lacht ihn mit ihren großen, tiefblauen Augen an:

„Korbi, wenn du mir morgen Steinpilze bringst, koch ich dir Schwammerl in der Rahmsoße und Räucherknödl!“ Das ist sein Leibgericht. Die Berti weiß, was einem alten Menschen wohl und weh tut, so jung sie auch ist. Man möcht nicht glauben, daß sie das Kind von einem Trasserbauern ist, man möcht es nicht glauben. Der hat kein gutes Wort für einen Menschen wie ihn, auch wenn keins vom Jungvieh abgestürzt ist, keins Stichbremsenlöcher aufweist in der Haut, was die Tiere nicht zu Fleisch kommen läßt. Soll er ihm vielleicht sagen, daß er um seinen geringen Almputzerlohn das Abwehrstinkmittel kauft in der Apotheke in Lenggries, die Flasche um zehn Mark, damit die verfluchten Biester sich nicht fortpflanzen unter der Haut der gepeinigten Jungtiere? Sicherlich, es ist nicht sein Vieh, aber er liebt jedes einzelne Kalbei, er freut sich, wenn er zusehen kann, wie es gedeiht.

So ist er, der arme Almputzer, am Tag des Almabtriebs vielleicht glücklicher, hinter seinem Jungvieh einherhinkend, als der reiche Trasserbauer, der oben, an der Einfahrt seines Hofes, seine Herde entgegennimmt.

Es konnte sein, daß er im Anblick des prächtigen Almviehs, bunt bekränzt, noch etwas zum Lohn dazulegte. Was aber mehr wiegen würde für einen alten, ausgedienten Menschen, ein anerkennendes, gutes Wort, das bringt er nicht über die Lippen.

Den alten Knecht dünkt, daß das Dirndl alles Gutsein und alle Freudigkeit von ihrer Mutter mitbekommen hat, nicht aber vom Vater. Da ist noch mehr als Freudigkeit und Gutsein im Dirndl!

Da spürt er das Glück, das ganz große Glück, von dem die Dichter schreiben. Er selber hat es nie kennengelernt, dieses große Glück, aber es gibt Stunden, wo er daran glaubt, wo er spürt, daß es da ist auf dieser Welt, wie die Sonne am Himmel und Mond und Sterne.

Es bricht allweil aus ihr heraus, wenn der junge Förster vorbeigeht zur Jagdhütte und am Grenzzaun, der Almgrund und Staatswald durchschneidet, mit einem Juchzer stehenbleibt. Da blassen die Wangen der Berti jäh ab, als müsse sie sterben und füllen sich gleich darauf mit einer Blutwelle. Tränen des Glücks schießen ihr in die Augen, und ihre Hände zittern, wenn sie den Türbolzen zurückstößt, um hinauszukönnen zu ihm.

Sie fliegt über die Almweide hin wie ein junges Reh und hängt ihm am Hals, als seien sie beide zusammengewachsen. Wäre dann der alte Korbi nicht, die Milch liefe über auf dem Steinherd, und der Käskessel über dem Feuerhaken würde ins Kochen kommen.

O das Dirndl hat ihm gleich zu Anfang, als sie mit der Milchviehherde heraufgekommen ist, reinen Wein eingeschenkt. Daß sie sich beide mögen, hat sie ihm gestanden, lieben, wie nichts sonst auf der Welt. Aber sie müßten aufeinander warten, bis sie volljährig sei. Der Vater sei hart und wolle, daß sie den Andreas Bütter heirate, den einzigen Sohn vom Bütterhof in Waakirchen. Nun zählten sie beide die Tage bis zu ihrem achtzehnten Wiegenfest, es kommt ihr vor wie eine Ewigkeit.

Wenn sie vielleicht einmal des Nachts aufstehe, und er höre sie leise aus der Hütte gehen, so brauche er keine Sorge um sie zu haben. Sie sei nicht weit, in der Jagdhütte gleich oberhalb.

Wenn er ihr guter Kamerad sein wolle, so schweige er dem Vater gegenüber. Und wie der Korbi schwieg! Eher ließe er sich die Zunge abschneiden, bevor er das Liebesgeheimnis der beiden verraten würde.

Nun ist der Juchzer des jungen Försters schon sieben Tage nicht mehr über der Alm erklungen, und mit dem Dirndl ist es wie mit einer Blüte, auf die über Nacht der Reif gefallen ist. Der ganze Zauber und Schmelz des lieben Gesichtls scheint eingefroren zu sein. Wenn die Berti den Almkäs walkt und formt, so sieht ein Blinder, daß ihre Gedanken ganz weit von ihrer Arbeit fort sind, und wenn sie sich beide zum Essen setzen, so legt sie den Löffel aus der Hand, bevor sie richtig zu essen angefangen hat. Der Korbi selber bekommt ein ganz schweres Herz. Wohl sagt er ihr, daß bestimmt kein Grund sei, daß sie sich Sorgen mache, daß der Förster vielleicht einen kranken Kollegen vertreten müsse in einem abseitigen Revier. Aber es ist, als fallen seine gutgemeinten Worte am Dirndl ab wie Wasser an einer Steinmauer.

Wenn sie morgens vor Tau und Tag mit dem Melkeimer von Kuh zu Kuh geht, sind ihre Bewegungen müd, als wäre sie krank. Vor zwei Tagen hat er gesehen, daß sie ihr Kopfpolster hinauslegte an die Sonne zum Trocknen. Da wußte er, daß sie in der Nacht geweint hatte.

Heute ist wieder Abholtag, und der Korbi wickelt die einzelnen Butterballen in grüne Huflattichblätter, bevor er sie vorsichtig in die Tragbutte legt. Eine Butte wurde voll jede Woche, eine mit Almkäs.

Wenn der Bütter Andreas heraufkommt auf die Alm, so hat er kaum ein Wort für den Alten übrig. Nur einmal hat er ihn gefragt, ob auch hin und wieder ein Besucher komme zur Berti, aber der Korbi hat wahrheitsgemäß mit nein geantwortet. Auf die Alm selber ist noch kein Besucher gekommen. Sommergäste, die auf den Mondschein steigen, haben es näher zur Oswaldenalm um ein Glas Buttermilch und ein Hausbrot.

Und die jungen, gleichaltrigen Probiergockl, die hin und wieder heraufkommen, rechnen nicht für den Korbi. Traut sich keiner, mehr zur Berti zu sagen, als daß sie ein sauberes Dirndl sei und es langweilig habe da heroben. Einen solchen hat der Bütter Andreas ja auch nicht gemeint. Der, welchen er gemeint hat, war immer außerhalb der Alm geblieben, und als er die Berti nach dem Grund gefragt hatte, da sagte sie ganz ernst: „Korbi, wir zwei wollen dem Vater keinen Grund geben, unser Feind zu sein. Vielleicht kommt doch noch der Tag, an dem er einsieht, daß wir nicht aus Trotz gegen ihn zusammenhalten, sondern weil wir müssen. Weil wir nicht leben wollen ohne einander."

Der Korbi hat dem Dirndl ihre Hoffnung gelassen, er selbst ist anderer Überzeugung. Niemals wird der stolze Trasser einem Lohnempfänger seine einzige Tochter geben, eher rinnt das Wasser der Isar aufwärts.

Die Butterballen aus dem Erdkeller sind hart wie Stein. Da ist kein Kühlschrank vonnöten, keine Gefriertruhe, sie werden den Weg von der Alm zum Ort unbeschadet überstehen. Um ihren Verkauf braucht sich kein Isarwinkler Bauer Sorgen zu machen.

Der Korbi sieht den Bütter Andreas mit der Trage auf dem Rücken auf die Almhütte zukommen und hat ein ungutes Gefühl um die Herzgegend. Wie er so daherkommt mit weitem, hartem Schritt, ist er nicht übel anzuschauen, der Waakirchner. Aber die offnen, klaren Augen, wie der junge Förster sie hat, die hat er nicht. Es ist etwas Hartes in diesen Augen, etwas schlau Berechnendes. Eines ist für den Korbi sicher: Ein besseres Leben bekommt die Berti, wenn sie ihn nicht nimmt.

Die Berti tritt eben durch die Hüttentür, und der Bütter Andreas stutzt. So blaß, mit dunklen Ringen um die Augen, hat er die Trassertochter noch nie gesehen. Mit ehrlich gemeinter Sorge fragt er: „Bist krank, Berti?" Die aber zwingt sich zu einem Lächeln und schüttelt den Kopf. „Warum soll ich denn krank sein? Viel Arbeit halt! Jeden Tag zweimal vierundzwanzig Kühe melken, vierzehn Anstellkälber tränken, und Käsen und Buttern nehmen auch Zeit weg."

„Für was ist denn der Korbi da?" wirft der Andreas trocken hin. Da schaut ihn die Berti nur groß an:

„Der Korbi tut mehr, als er tun soll. Es ist schwer genug für einen alten Mann, jeden Abend das Jung- und Milchvieh unters Dach zu bringen. Vorgestern haben sich zwei Jungstierl bis ins Bechental hinunter verlaufen. Der Korbi ist ganz fertig gewesen, als er sie spät heimgebracht hat. Ich selber hab nicht suchen können, die Sternl stand kurz vor dem Kalben."

„Aber das Zentrifugen und Buttern kann er dir doch abnehmen, so klapprig ist er noch nicht."

„Das tut er auch! Nur das Butterformen trifft mich und das Käsen. Heut kannst fünf Laib mitnehmen, wir können gar nicht genug liefern."

Damit beendet die Berti ihre Rede und macht sich am Topfenkessel zu schaffen. Der Andreas packt die Trage aus und legt zwei Brotlaibe, eine Tüte mit Grieß, eine mit Mehl, in der zwanzig Eier stecken, ein Stück Geräuchertes, einen Krautkopf und gelbe Rüben auf die fichtene Tischplatte. Dann hält er den gedeckelten Weidenkorb in die Höhe, und sein Gesicht bekommt etwas Gewinnendes: „Für das, was da drin ist, krieg ich aber ein Bussl!" Die Berti schaut ihn mit ihren großen Augen ernst an.

„Wenn ich das, was da drin ist, bloß krieg um ein Bussl, mußt es wieder mitnehmen!"

Da wird das Gesicht des Andreas Bütter um einen Ton blasser. Er stellt den Korb hart auf den Tisch und wendet sich mit einer jähen Bewegung dem Mädel zu, das ihm seit fast einem Jahr versprochen ist zur Frau.

„Berti, sollte vielleicht was Wahres dran sein an dem, was geredet wird?" Man soll dich Arm in Arm mit dem jungen Faller Förster gesehen haben, dem Hartmann von Waakirchen?"

Die Berti zieht mit einer Schwenkung den schweren Kupferkessel vom offenen Feuer und schaut den Bütter Andreas offen an: „Vielleicht hast du ein Recht zu dieser Frage an mich durch meinen Vater. Ich hab dir keins dazu gegeben, du weißt es. Andreas, ich nehme an, daß du für deine Arbeit auf dem Trasserhof gerecht entgolten wirst."

Das ist deutlich! Der Andreas Bütter empfindet es wie einen Schlag. Er tut ein paar rasche, harte Schritte auf das Dirndl zu, starrt sie fast feindselig an und sagt: „Für ein Knechtl hältst mich –? Das man auszahlt jeden Ersten wie einen Fabrikler? Der Bütterhof ist nicht der größte von Waakirchen, aber einer der bestgelegenen. Drei, vier Kinder könnten satt werden auf ihm ohne Sorgen. Es ist keine Alm dabei wie beim Trasserhof, und auch der Wald ist kleiner. Aber er gehört zu den Höfen, nicht zu den Frettersachln.

Und es ist kein nachgeborenes Geschwister auszuzahlen. Ich krieg ihn allein. Der Hof ist schuldenfrei. Der Bütterhoferbe hat es nicht nötig, einen Knecht zu machen, merk dir das, Dirndl! Wenn ich Knechtarbeit tu seit über acht Monaten, so darum, weil mir dein Vater mit Handschlag versprochen hat, daß du meine Bäuerin wirst. Vielleicht bist nicht so vernarrt in mich, wie junge dumme Dirndl das so im Kopf haben. Aber einen schlechten Mann kriegst du nicht an mir, das versprech ich dir."

Die Berti schaut ihn an, muß zugeben, daß er ein sauberes Mannsbild ist, gut gewachsen, mit Flachsen wie gedrechselt, braungebrannten Armen und Schenkeln, und wenn er sie nicht gerade anschaut, wie er sie schon öfter angeschaut hat, sind seine graublauen, etwas eng beisammenliegenden Augen nicht häßlich. Jetzt, in dieser Minute, haben sie etwas bittend Ehrliches im Blick, und es kommt sie an wie Mitleid.

Sie tritt auf ihn zu, legt ihre Hand auf seinen nackten Arm, um mit ihm zu reden wie ein Kamerad mit einem anderen redet, aber der Mann versteht dies falsch. Noch nie ist die Berti so nah an ihn herangetreten. Die Pflanze Hoffnung schießt jäh ins Kraut.

Mit beiden Armen umfaßt er sie und zieht sie an sich, jäh entbrannt und jede Zurückhaltung verlierend.

Die Berti spürt seine Lippen heiß auf den ihren, Lippen, die ihr zuwider sind. Ihr rechter Arm holt aus und schlägt zu.

Aber das bringt den Andreas erst in Fahrt, einen gurgligen Lacher hat er darauf, mehr nicht. Es ist, als ob er sich in ihre Lippen verbeißen wolle. Immer bewußter schiebt seine Kraft sie der Kammertür zu, dahinter der Kreister der Sennerin steht, seit zweihundert Jahren schon. Kalte Angst überfällt das Dirndl, sie will schreien, aber wer soll sie hören? Den Korbi hat sie gegen den Hochleger zugehen sehen, seine Minka geht ab, seine Geiß.

Da schlägt sie ihm die Nägel ihrer festen, kleinen Hände ins Gesicht, gesunde, kräftige Nägel, und sie sind nicht kurz geschnitten.

Mit einem Fluch fährt er zurück und wischt sich das Blut vom Gesicht.

Dann buckelt er die Kraxe mit Almkäs und stellt die zweite mit Butter vor die Almhüttentür. „In deiner Alm siehst mich nimmer, Berti! Und wie der Trasser sein

Laub hereinbringt, das kümmert mich nicht mehr. Dein Vater hat mich zum Narren gehalten, um einen guten Knecht zu haben. Und ich verliebter Tölpl hab glaubt, was er mir erzählt hat.“

Der Andreas Bütter schaut sich nicht mehr um. Mit weiten zornigen Schritten geht er den schmalen Fußweg entlang, der zum Auffahrtstraßl führt. Und nicht einmal als er die zweite Trage vor der Hüttentür holt ruft er ein ‚B'hüt Gott‘ der Berti in die Kuchl.

*

Nie wölbt sich der Himmel blauer und klarer über den Bergen wie um Mitte September. Über dem silbergrauen Absturz der Luderer Wände liegen bereits blausamtne Schatten, und der Latschenmantel zu ihren Füßen schimmert schwarzgrün. Nur die Spitze des Hochlegers bewahrt noch den Glanz des Abendlichts, und auf dem Sattel des Mondscheins blinkt noch ein Rest des verblassenden Abendrots.

Tief unten liegen der Sylvensteinsee und das Jägerdorf Fall, unweit der Grenze vom Land Tirol. Vom nahen Waldrand herüber singen sich die Bergfinkerl in den Schlaf, das Ewigkeitssirren der Grillen steht über der tiefen Ruhe des Almfriedens wie eine silberne Saite.

Großradig und strahlend kommt der Mond über die östliche Kuppe herauf, so klar ist der Himmel um ihn, wie ein blauer Diamant.

Der Korbi keucht bergan, gegen den Kahlschlag zu. Es war ihm eben, als habe er da was rascheln hören hinter dem Brombeergesträuch.

Seine Minka ist das hintertriebenste kleine Luder, das es jemals unter den Geißen gegeben hat. Sie kann so unschuldig in die Welt schauen wie ein frischgeworfenes Lämmlein. Und hat dabei in ihrem Kopf haarscharf ausgearbeitet, wie sie ihren Herrn am geschicktesten hinters Licht führt. Sie weiß genau, daß dieser nicht will, daß sie im Kahlschlag mit der neuen Pflanzung sich der reifen Brombeeren annimmt. Es ist Staatsgrund und verboten für Schafe, Ziegen und Rinder. Aber nach nichts giert die Minka so wie nach süßen, vollreifen Brombeeren.

Sie ist die einzige ihrer Art da heroben auf der Trasseralm. Und sie ist die große Liebe ihres Herrn, sie spürt das und nützt es aus nach Herzenslust. Wenn sie wieder einmal etwas angestellt hat, und er kommt mit einem strengen Blick auf sie zu, so braucht sie sich nur in die Knie fallen zu lassen und den Kopf ganz tief zu neigen, als sei sie bereit, die verdiente Strafe anzunehmen. Dann steht der Herr eine Weile vor ihr, ein blitzschneller Blick aus den Augenwinkeln nach oben beweist ihr, daß sein altes gutes Gesicht statt der Strenge ein gütiges Lächeln trägt, und sie springt hoch, legt ihm die Vorderfüße auf die Schultern und drückt ihren Kopf so lange und hingegeben in seine Halsbeuge, bis er sie umfängt und obendrein noch einen aufgesparten Brotbrocken aus dem Hosensack für sie bereit hat.

Das Leben des alten Korbi ist nicht immer so warm umfriedet wie während dieses Sommers auf der Trasseralm. Er wohnt um billige Miete in einem kleinen Kammerl im Zuhäusl eines Wegscheider Bauern, und wenn seine bescheidene Rente auch ausreicht, ihn vor

Hunger zu schützen, so hört er doch nie ein gutes, warmes Wort. Wenn er aber die Holzlegetür neben seinem Kammerl, wo Minka ihren warmen Stall hat, aufmacht, so gurgelt und keckert sie ihm ihre Freude und Inbrunst entgegen und gibt nicht eher Ruhe, bis er ihren Kopf an sich gedrückt hat und ihr zärtliche Worte in ihre gescheiten Augen hinein sagt. Ja, es ist schon so: Minka ist die Liebe des einsamen Korbi seit Jahren, und kein Reicher dieser Welt hätte wohl soviel an Hab und Gut, daß er seine Minka dafür geben würde.

Wenn er nur nicht so unglaublich müd wäre heute! Ist ihm wohl gestern zuviel gewesen, das Suchen nach den abwegigen Kalbei. Hat einer erst den Siebziger auf dem Buckel, macht der Schnauf kurze Sprünge.

Aber die Berti, das Dirndl, hatte ihn mit der Freudenbotschaft empfangen, daß zwei starke Stierkalbei im Stall lägen und es Mutter und Kindern gut gehe. Ihr Eingreifen sei kaum vonnöten gewesen. Goldgelbe Nocken von der Erstmilch, gemolken gleich nach dem Kalben, hatte sie für ihn bereit und gekochte Frühzwetschgen, die der Andreas vom Hof daheim mitgebracht hat. Sie haben miteinander gegessen am fichtenen Tisch vor der Almbank, die Sonne ist tief unter ihnen untergegangen, und lange noch hat der westliche Himmel einen Mantel aus Goldschleier getragen.

Immer wieder hat er in die Augen der Berti sehen müssen, voll abgründiger Trauer, und er hat seine Hand auf die ihre gelegt. Er spürt, wie unendlich schwer ihr ein Lächeln wurde, er hätte heulen können.

Aber sie sagt nichts. Sie wird nur von Tag zu Tag blasser und kraftloser, legt den Löffel aus der Hand, kaum daß sie zu essen angefangen hat, und ihre Augen füllt der Müdigkeitsschleier nicht geweinter Tränen.

Das ist gestern gewesen. Nun ist der Waakirchner in der Hütte, wenn er dem Dirndl nur nicht zu schaffen macht! Wenn er selber auch nur noch ein alter ausgedienter wackliger Holzknecht in Rente ist, der Berti läßt er allweil nichts geschehen, und wenn's um sein Leben ginge.

Er muß sich beeilen! Wieder höhlt er seine Hände vor dem Mund und schreit: „Minka – Minka!" Erst befehlend und nicht ohne Unmut, allmählich aber in liebender Sorge. Auf diesen Ton aber hat die Ausreißerin nur gewartet. Mit einem Jubelgemecker stürzt sie auf ihn zu, springt an ihm hoch und legt ihre Vorderfüße auf seine Schultern, den Kopf zärtlich in seine Halsbeuge drückend. Und obwohl sich der Korbi heute eisern vorgenommen hat, das kleine Luder wenigstens linde zu bestrafen, er kann es nicht. Er sieht an den abgeernteten Brombeerranken im Umkreis, wie fleißig die Minka gefressen hat, wie strotzend voll ihr Euter ist, er tätschelt es lobend, und die Minka wirft den Kopf zurück und gibt seltsam wollüstige, inbrünstige Töne von sich.

Hinter dem Kotzen steht eine dunkle Wand, und der Korbi weiß, daß die herrlichen Morgen voll Glast und Tau vorbei sind. Heute morgen schon sind die Bergdohlen unruhiger gewesen, streitsüchtiger und lauter als sonst. Sie spüren den Aufruhr im Universum als erste. Die Mankei, ganz nah rechter Hand in den Luderer Wänden, tragen ihr Heu ein, so aufgeregt und emsig wie Immen, deren Nest gestört wird. Oft genug hat der aufkommende Schlechtwetterwind es davongerissen.

Wie gut, daß er gestern noch das letzte Almheu eingetragen hat. Es liegt unter den Dachschindeln, luftig und so voller Duft, daß man glauben möcht, es seien lauter getrocknete Bergblüml.

Minka, lustig meckernd voraus, auf Steine und vorspringende Wurzeln achtend, Korbi hinterdrein, so geht's den Berg hinab, der Almhütte zu.

Als der Korbi einmal den Blick hebt und um sich schaut, sieht er aus der Almhütte eine hell gekleidete Frauensperson kommen und von da dem schmalen Fußweg der Jagdhütte zugehen. Er kann sich nicht erklären warum, aber ein Gefühl plötzlicher Sorge, ein jäher Druck auf der Brust zwingt ihn, die letzte Strecke so schnell wie möglich zu nehmen.

*

Guntram Hartmann ist vor acht Tagen telefonisch zu seiner Großmutter ins Pflegeheim am Ammersee gerufen worden. Da liegt sie nun, ein Häuflein menschliches Elend, und wartet auf den Tod, der nicht kommen will. Bevor sie hinübergeht in die andere Welt will sie das Kind ihres einzigen Sohnes noch sehen, den Guntram.

Die Ärzte haben dieser alten tapferen Frau offen gesagt, daß sie nur noch Tage zu leben habe und es gut sei, wenn mit den Angehörigen alles geordnet sei. Obwohl sie seit Jahren kein Glied zu rühren vermag, sehen ihm ihre dunklen Augen aufmerksam und voller Sehnsucht entgegen. Und sie erkennt, daß der geliebte Enkel ein glücklicher, zufriedener Mensch ist, darüber hinaus ein Mann, dem, wie wenigen, die große Liebe begegnet sein muß. Nur Männer, denen diese Gnade des Himmels zuteil wird, tragen diese Inbrunst, das gleiche tiefe Leuchten.

Ihre Stimmbänder haben nur wenig Kraft, aber wenn er sich ganz nah zu ihr neigt, kann er sie verstehen.

„Guntram, mein Bub – du bist glücklich!" Erschüttert nickt der Junge. Das Heulen kommt ihn an, aber er bezwingt sich. Diese Großmutter ist eigentlich der einzige Mensch, der aus seiner Kindheit ganz klar und scharf umrissen in seinem Erinnern weitergelebt hat. Ihr immer bereiter Frohsinn, ihr gütiges Wesen, ihre Freude am Schenken ist über seiner Kindheit gestanden wie das Lied der Lerchen über einer Wieslandschaft. Das Schicksal hat ihm beide Eltern zu früh entrissen, wie mit einem feinen Schleier ist ihr Bild zugedeckt. Aber das Gesicht der Großmutter ist immer deutlich geblieben. Er beugt sich ganz tief und küßt ihre beiden Hände, die leblos auf der Bettdecke liegen, und eine der Millionen Anklagen hilfloser Menschen steigt aus diesem Erdental aufwärts, wo wir Gott suchen: ‚Warum läßt du das zu, Herrgott im Himmel? Seit vier Jahren schon liegt diese Frau vollkommen hilflos auf ihrem Leidensbett, der Barmherzigkeit ihrer Mitmenschen preisgegeben.'

Mehrere Jahre nach dem ersten schweren Schlaganfall hatte sie sich wieder so weit erholt, daß sie sich selbst helfen, ja sich sogar in der Küche des Heims nützlich machen konnte.

Der zweite Schlaganfall war dann endgültig ins Siechtum übergegangen.

Für jeden Brief, den er ihr innerhalb der letzten Leidensjahre geschrieben hat – und es sind diese Briefe immer voll Liebe gewesen –, ist er nun dankbar. In dieser Stunde erst begreift er, daß seine Briefe wohl das einzige warme Glück waren, das an ihr Krankenlager kam.

Er sieht an ihren Lippen, daß sie ihm wieder etwas sagen will, und er beugt sich zu ihr:

„Guntram, daß du den staatlichen Förster geschafft hast, das macht mich so glücklich, wie schon lang nichts mehr. Der Herrgott macht's allweil wieder recht. Er nimmt und gibt."

Sie schaut groß und bei klarem Verstand in die Augen ihres Enkels und weiß, daß er sie so ganz von seinem Großvater mitbekommen hat. Diese Augen sind es gewesen, in die sie sich vor fast einem Menschenalter verliebt hat. Sie hätte sich Herrenbauern aussuchen können, denn die Alten sagen, sie sei das schönste Dirndl weitum gewesen.

Aber die Augen ihres Benedikt sind stärker gewesen, und sie hat es nie bereut. Genau so warm und gutherzig wie der Guntram hat sein Großvater einem in die Augen geschaut, der Mann, den sie so bald hat verlieren müssen.

Damals war der Trasserbauer von Wegscheid der einzige Mensch auf der Welt, den sie haßte. Sie spürte mit jeder Fiber ihres Leibes, daß er schuld trug daran, daß der Benedikt lange vor der Zeit hat sterben müssen. Aber wenn man Jahr für Jahr reglos auf einem Siechenbett liegt, dann gehen die Gedanken eigene Wege.

Die alte Wegwartin von Steinbach, die ein halbes Jahr bei ihr im Saal gelegen ist, hat ihr erzählt, daß die erste Trasserbäuerin, die Margaret von Fleck, ihr einmal gesagt hat, einen besseren Menschen wie ihren Hans könne es auf der Welt nicht geben. Sie habe in all den

Jahren, da sie Bäuerin sei auf dem Trasserhof, noch kein böses Wort von ihm gehört. Ihr Einziger, der Hoferbe, hänge an seinem Vater, wie selten ein Kind an seinem Vater hängt, und keines der Tiere sei auf dem Hof, das ihm nicht auf Zuruf entgegenkäme.

Es sei, als ob die unbändige Lebenskraft des Mannes sich in Freude und Guttun einen Ausweg suche. Als ihm die Margaret hat sagen können, daß der Hoferbe ein Geschwisterchen bekomme, hat er geweint vor Glück und den Dorfarmen von Lenggries einen jungen Hammel und zehn Literfäßchen Birnenmost geschickt. Damals sind noch zwei Knechte und zwei Mägde auf dem Trasserhof gewesen.

Aber das Schicksal schlägt zu, hart und gnadlos, sei es bei König oder Bettelmann. Im zweiten Wochenbett hat der Trasserbauer seine Margaret verloren. Von da weg sei der Bauer ein gewandelter Mensch geworden. Keiner habe ihn je mehr lachen sehen, kein Tier auf dem Hof habe mehr seine zärtelnde Hand verspürt, kein Dienstbote ein anerkennendes gutes Wort gehört. Seine ganze unbändige Lebenskraft habe sich in Bitternis und Haß gegen sein Schicksal gewandelt. Nur eines sei sich gleich geblieben, ja, habe sich sogar noch vermehrt, das sei seine Leidenschaft für die Jägerei gewesen. Gemunkelt habe man es im ganzen Umkreis, daß ein Hütbub von den Lärchkoglalmen gesehen habe, wie ein Riese von Mannsbild mit dem schwarzen Strumpf überm Schädel und einem schweren Hirschgeweih im Schatten der Grenzbäume zu Tal gerannt sei.

Die Wegwartin von Steinbach ist bald darauf von ihrem Leiden erlöst worden, in ihr aber ist das Erzählte lebendig geblieben, hat Wurzeln geschlagen und ist ihrem blinden Haß mehr und mehr zu Leibe gerückt. Haß ist das schlechteste Reisegepäck, mit dem eine Menschenseele vor den ewigen Richter tritt, die Hartmann-Mutter von Waakirchen erkennt es noch zur rechten Zeit. Und so sagt sie in die ehrlichen, großen Augen ihres Enkels hinein: „Guntram – ich hab dem Trasserbauern nichts Gutes gewünscht, all die Jahr. Jetzt aber denk ich anders. Nicht jeder Mensch hat die Kraft, wieder aufzustehen, wenn das Schicksal ihn niedergeschlagen hat. Man muß ein Einsehen haben mit so einem Menschen. Ich trag ihm nichts mehr nach. Und seiner Tochter erst recht nicht.

Jeder, der sie kennt, sagt ...“

Guntram Hartmann erschrickt. Als habe ein Stärkerer das Wort der Sterbenden abgeschnitten, legt sich auf das ausgezehrte Gesicht der Großmutter die Hoheit des Todes. Ein unsagbarer Friede läßt es seltsam schön erscheinen. Als die Pflegerin hereinkommt, sieht sie, wie der bildsaubere junge Forstmann auf dem Stuhl der Hartmann-Mutter sitzt und weint wie ein Kind.

*

Telefonisch hat Guntram Hartmann die Erlaubnis für vier Tage Urlaub eingeholt zur Erledigung aller Begräbnisangelegenheiten.

Nun liegt die Großmutter friedlich im Familiengrab der Hartmannschen, neben ihrem Mann, ihrem Sohn und seiner Frau.

Ihr Enkel Guntram, der letzte aus dem Hartmannschen Geschlecht, kehrt ein im Traubengarten zu Lenggries. Die hohe Sonne müht sich, durch das dichte Blätterdach der Kastanien zu brechen, aber es gelingt ihr nicht. Eigentlich hat er ohne jedes Verweilen heimgewollt nach Fall, hinauf in sein Revier, wo man die Alm des Trasserbauern liegen sieht und Berti, sein Dirndl, auf ihn wartet.

Allein der Gedanke an sie jagt sein Blut durch die Adern wie einen Sturzbach. Der letzte Gedanke der Großmutter hat seinem Dirndl gegolten, dem großen Glück seines Daseins. Er gäbe Jahre seines Lebens darum, wenn er der alten Frau hätte sagen können, daß diese Berti Trasser seine große Liebe sei, seine einmalige, daß alles, was vorher war, nicht mehr bedeutete wie ein Vogelruf im Sommerwald. Daß sie das ehrliche Blut der Hartmannschen weitergeben wird an lebensfrohe Kinder, gesund und unverdorben an Leib und Seele. O was gäbe er darum, wenn er ihr dies noch sagen hätte können! Aber der Tod ist neben dem Leben das Größte auf dieser Erde, er wartet nicht. Er hat auch an Großmutters Bett nicht gewartet.

Der Kalbsnierenbraten, den das zierliche Wirtstöchterlein mit freundlichem ‚guten Hunger' auf den Tisch stellt, duftet verlockend. Seine Berti wird es verstehen, daß er erst Mittag macht, bevor er so schnell wie möglich den Lerchkogl angeht. Acht volle Tage werden es heut, daß er sie nicht mehr im Arm gehalten hat – eine Ewigkeit für junge Liebesleut. So durchsonnt und warm wie der September ist sein junges Herz, ist sein Träumen und Planen, seine Schau in die Zukunft.

Es ist nicht viel, was seine Großmutter ihm hinterlassen hat, aber ein Schrank, der beweist, daß die Hartmannschen auch einmal gute Zeiten gesehen haben, steht als Leihgabe im Tölzer Museum und gehört ihm. Bauchig, mit vielfarbigen Hölzern eingelegt und der Jahreszahl 1612, steht er als Prunkstück neben anderen altehrwürdigen Zeugen einstigen Handwerkerkönnens. Bereits als er auf der Forstfachschule gewesen ist, hat ihm die Großmutter den Besitzschein ausgehändigt und gesagt: ‚Er soll dir Glück bringen, mein Bub! Dein Vater wollte ihn nicht mitnehmen in die Münchner Stadt. Er meinte, der gehöre heim in die Berge. Aber du lebst ja nun in unsre Berg, Guntram!'

Etwas wie Hochgefühl, wie Stolz überkommt ihn bei dem Gedanken, daß der reiche Trasserbauer keinen schöneren stehen habe in seinem weiten Hof.

Als er auf seinem Stahlroß die Eschenallee gegen den Hirschbach zu strampelt und mühelos und mit Lust die Steigung nimmt, gleitet sein Blick hinauf zum Schloßberg, dahinter das Häusl des Großherzoglichen Leibjägers steht. Der alte Waidmann weiß um sein und Bertis Glück, und es ist, als sei er seit diesem Wissen jünger und noch lebfroher geworden. Die Tatsache, daß die beiden Jungen zusammenstehen wie Stahl zu Stahl, selbst gegen einen Trasserbauern, das mobilisiert seine Lebensgeister. Immer im Leben ist er für etwas Ganzes gewesen, für ja oder nein!

Vielleicht hat ihn gerade darum sein Herr, der Großherzog von Hohenburg, vor allen andern leiden mögen. Da sind Höhere im Rang gewesen als er, Gäste, denen das gerade Wesen des Leibjägers ein Dorn im

Auge war. Aber der Großherzog hat für ihre vergifteten Bemerkungen nur ein mitleidiges Lächeln gehabt. Vielleicht ist er inmitten dieser wechselnden Schmarotzer hungrig geworden nach einem aufrechten Wort, einem Gesicht ohne Falsch, und Augen, in denen man die Seele erkennt. All das aber hat sein Leibjäger Jösch gehabt. O sein guter Jösch, der durfte auch etwas sagen, was sonst keiner durfte!

In Guntram Hartmanns Gesicht steht ein Leuchten auf, wenn er der Stunden in Jöschvaters Jagdstüberl gedenkt. Erzählen kann der alte Leibjäger, das ist nicht mit Geld zu bezahlen. Sobald es geht, muß er wieder hinauf zu ihm, und damit der Tag auch vollkommen wird, muß seine Berti mit.

Immer schneller tritt Falls jüngster Förster in die Pedale. Die Vorfreude, heute noch sein Mädel im Arm zu halten, macht ihn rauschig. Im Büro mag allerhand Arbeit liegengeblieben sein. Aber die Freude an seinem Dirndl gibt doppelte Kraft. Im Bergwald oben wird alles zum Besten sein. Er hat bei jedem Trupp einen alten bewährten Rottknecht aus dem Isarwinkel, auf jeden kann man sich verlassen.

Herrgott, ist das Leben schön! Die Großmutter braucht nicht mehr leiden, sie ist nun bei ihrem Benedikt. Seine Flora hat Kollege Gesele in seine Obhut genommen, er ist ein Hundenarr und seine Försterin ebenso. Die Flora wird verrückt werden vor Freud, wenn sie ihn kommen sieht. Er hat ein Paket Kalbsknochen für sie im Rucksack, die hübsche Wirtshaustochter in der Traube hat sie ihm zusammengepackt. Nichts ist vergessen, auch nicht die Verlobungsringe, die er im Westentaschl trägt.

Hin und wieder überholen ihn Wagen mit einheimischen und fremdländischen Nummernschildern, aber es stört ihn nicht. Die Straße ist breit genug, und die grünen Wellen der Isar rechter Hand seines Weges geben Kühlung. Der Tag ist golden bis hinauf zur letzten Bergtanne, ein leises Ahnen beginnenden herbstelns steigt vom Waldgrund auf.

Flußaufwärts klirrt ein Zug Wildenten vorüber, sie kommen vom Tölzer Stausee herein, sie haben längst erkannt, daß der Sylvensteinsee freier, weiter und fischreicher ist.

Ein fescher Sportwagen mit einer Würzburger Nummer braust an ihm vorüber, wird in kurzem Abstand langsamer, fährt der Ausfahrt zu und hält. Eine elegante schlanke Fahrerin steigt aus und kommt auf ihn zu.

Dem Guntram Hartmann ist, als stocke plötzlich sein Blut, als werde es schwer wie Blei.

Was da mit raschen sportlichen Schritten auf ihn zukommt, das trägt das Unheil mit sich, das Böse, den Kampf!

Für ihn ist die Trennung von dieser Frau endgültig gewesen, lebensnotwendig und eine Erlösung. Was will sie noch von ihm? Warum ist sie, obwohl sie ihn erkannt hat, nicht weitergebraust – warum?

Mit einem Blick bemerkt er, daß sie sich zu ihrem Nachteil verändert hat. Der kaum wahrnehmbare Zug um den Mund verrät ihm, daß sie das Leben genossen hat, auch ohne ihn. Die dunklen Ringe unter den Augen sind Zeugen wilder Nächte, sie sind nicht geschminkt.

Das Gesicht seines Dirndls steht plötzlich vor ihm, das reine Kindergesicht, obwohl sie ihm in ihrer Liebe schon nachgegeben hat und seine Frau geworden ist. So klar ist dieses Gesicht, so sauber, daß man selber sauber wird bei seinem Anblick.

Eine Inbrunst, die fast schmerzt in ihrer Wucht, ergreift ihn, ein Sehnen nach seiner Braut, daß seine samtbraunen Augen dunkler werden.

Gloria Volk sieht es und triumphiert innerlich. Ihr Anblick erregt ihn, sie erkennt es. O es sind viele Männer gewesen, die sie studieren konnte! Gewissenlose, nur der Sinnlichkeit lebende, Triebgeplagte, Träumer, denen man erst den Weg weisen mußte und unschuldige Knaben, in denen noch die Ideale der Ur-Urgroßväter spukten.

Solch ein Knabe ist Guntram Hartmann gewesen.

Ja, wenn sie wahrhaftig sein will: Sie ist in jener Zeit, da sie seine Geliebte gewesen ist, besser durch ihn geworden. Die Kraft seiner inneren Sauberkeit hat auf sie gewirkt, sie ist glücklich gewesen wie niemals vorher. Über ein Jahr hat sie sich mit seiner alleinigen Liebe zufrieden gegeben. Nur ein einzigesmal, bei jener Gartenparty, da ist ihr ein Freund von früher begegnet und hat sie an alte Rechte erinnert. Guntram Hartmann aber hat sich nie etwas aus Partys gemacht. Ein Pirschabend oder einer auf dem Hochsitz ist ihm tausendmal lieber.

Nach Monaten erst ist er dahintergekommen, daß sie ihn bei jener Party betrogen hat. Es gab Streit und Versöhnung, Mißtrauen, Verdacht und wieder Versöhnung, bis sie beide erkannten, daß sich ihre Liebe allmählich aufgerieben hatte, gerade noch groß genug war, um scheinbar friedlich Schluß zu machen. Sie hatten sich weder geschrieben, noch sonst eine Verbindung aufrechterhalten. Und nun diese Begegnung.

Mit ausgestreckten Händen kommt Gloria Volk auf ihn zu, und ihre fast silberhellen, etwas schräg gestellten Augen blitzen.

„Guntram! Das ist das Schönste von meinem ganzen Urlaub, daß ich dir begegne!“ Sie sieht, daß er unter der Bräune etwas blaß wird und sucht vergebens nach einem Leuchten in seinem Blick. Auch bleiben seine beiden Hände auf der Lenkstange liegen, ihre ausgestreckten Arme fallen enttäuscht nieder. Bereits in diesem Augenblick keimt ein böser Gedanke in ihr, ein häßlicher Gedanke. Sie sieht mit einem Blick, daß der junge Forstmann ein Mann geworden ist voll ruhiger Sicherheit, einer, der nicht mehr nach ihren Liebesbeweisen zittert. Einer, der frei ist und nicht mehr nach ihr fragt. Und die Gloria Volk ist so reich an weiblichen Erkenntnissen, daß sie ahnt, ja bereits weiß, was diese Wandlung bewirkt hat. Da ist eine andere – und es ist ernst mit dieser anderen.

Aber diese andere soll sich irren! So ohne weiteres läßt sie sich nicht einen Mann ausspannen, der als unschuldiger Knabe in ihre Netze gegangen ist. Den sie, die erfahrene Gloria Volk, erst zum Manne gemacht hat.

Sie muß es klug angehen, daß sie nichts verpatzt. Ganz nah bei ihnen fällt ein kleiner Wasserfall nieder, und eine Bruchsteinbank lädt zum Sitzen ein. Wie einen guten Bekannten zieht sie ihn neben sich und meint ganz harmlos: „Bevor du weiterradelst, erzähl mir doch, wie es dir im vergangenen Jahr ergangen ist.“ So gut getarnt hat die Gloria Volk ihre wahren Gefühle, so freundschaftlich, ohne das bekannte Glitzern, schaut sie ihn an, daß er sich seines vorherigen Argwohns fast schämt.

Und er fängt zu erzählen an, berichtet, immer mehr in Begeisterung geratend, von seinem Dirndl, seiner Braut Berti Trasser vom Trasserhof, und daß sie die große Liebe seines Lebens geworden sei und dies so bleibe. Daß sie so sauber sei an Seele und Leib wie die Bergbrünnlein, die aus der Erde oder dem Felsen brechen.

Daß sie schön sei mit ihren veilchenblauen großen Augen unter dem rotbraunen Haar und ihr Leib ohne Makel. Aber das allerschönste an ihr sei ihr Wesen. Warm, durchsonnt, immer zur Güte und zum Helfen bereit. Daß sie einen harten Vater gehabt habe bis jetzt, und daß sie die Mutter verlor in jungen Jahren.

Daß, wenn sie Zither spiele und mit ihrer selten schönen Altstimme Volkslieder singe, ein jeder Raum und Zeit vergesse. Und daß sie beide Kinder haben wollen, je mehr, je lieber.

Als ob der Brunnen, darin all diese Kostbarkeiten ruhen, plötzlich überquelle, so begeistert und mitteilungsfreudig breitet der törichte, verliebte Guntram alles vor den Augen der Frau aus, von der er glaubt, daß sie wie ein guter Kamerad Anteil daran nehme. Er ahnt in seiner Geradheit nicht, daß die Gloria neben ihm jedes Wort wie einen Gifttropfen in sich saugt und den ersten bösen Gedanken wie einen Riesen emporwachsen läßt.

Daß er staatlicher Revierförster geworden sei in einem der schönsten Reviere der Bundesrepublik, in Fall an der Isar, das erzählt er auch.

Daß er sein eigenes Forsthaus habe, und Flora, seine Schweißhündin, seine Hausgenossin sei bis zur Hochzeit.

Auch das erlösende Sterben der Großmutter verschweigt er nicht. Die Gloria hat ihre feinen Hände im Schoß ruhen und die Augen gesenkt. Guntram, der Erzähler, müßte erschrecken, würde er erkennen, was in ihr vorgeht.

Also – eine hübsche Bauerndirn ist diese Berti – ein dummes Gänslein. Wäre ja gelacht, wenn sie mit so einer nicht fertig werden könnte!

Da hat sie im Lauf der Jahre schon ganz andere Hürden genommen, ohne daß es das Genick gekostet hat. Sicherlich ist der Gedanke, in dieser Weltabgeschiedenheit Socken und Windeln zu waschen, nicht verlockend, aber eines ist immerhin unbestreitbar: Als Geliebter bedeutet ihr der junge, zum Mann herangereifte Förster mehr als ihr jetziger, steinreicher, bereits müde gewordener Gönner. Jetzt, da sie weiß, daß er an dem Bauernmädel hängt, nicht ohne Leidenschaft, muß sie klug sein und darf nicht mit der Tür ins Haus fallen. Und so greift sie nach seiner Hand, drückt sie, und in ihren Augen feuchtelt es verdächtig: „Guntram – dann wünsch ich dir halt von ganzem Herzen das Glück fürs Leben mit deiner Berti. Hätte nie für möglich gehalten, daß du so inbrünstig von einem Mädel reden kannst. Man könnt fast neidisch werden. Aber du kennst mich ja. Den Fehler, glaub ich, hab ich nicht, daß ich andern nichts gönne. Bei mir heißt es: leben und leben lassen." Guntram schaut die einstige, um zehn Jahre ältere Geliebte fast dankbar an. Da hat er im ersten Moment des Wiedersehens gefürchtet –

Die Isar herunter kommen zwei Einmannkajaks, hingegeben dirigieren sie ihre Nußschalen über die grüne

Strömung. Jenseits des Flusses steigt der Rauchenbergkegel auf, man sieht das Jagdhaus vom Underberg liegen, von der Sonne vergoldet. „Schön ist's bei dir herinnen", meint die Gloria. „Eigentlich will ich heut noch nach Garmisch und dann weiter bis Seefeld, aber vielleicht geb ich doch eine Nacht zu beim ‚Jäger von Fall'. Kannst mir ja Gesellschaft leisten. Ich lade dich zum Abendessen ein."

Aber Guntram wehrt entschieden ab. Da sei noch ein Berg Rückstand auf seinem Schreibtisch, und gegen Abend müsse er hinauf auf die Jagdhütte, auch Berti warte, sein Dirndl. Auch dem Wetter traue er nicht. Die Sonne ziehe Fäden, man müsse bald mit Schlechtwetter rechnen, und er müsse vorher noch eine verunglückte Gamsgeiß abschießen, sie quäle sich schon länger durchs Leben.

Die Gloria nimmt die Begründungen – sie wertet sie als Ausflüchte – hin wie Nadelstiche, lächelt aber tapfer und streckt ihm die Hand zu wie ein guter Kamerad dem andern. Gleich darauf braust sie davon. Sie muß Zeit gewinnen, sie will oben sein bei dieser Berti, bevor der Guntram Zeit hat, diese zu begrüßen.

Sie ist nicht ganz ungeschult in derlei Angelegenheiten, und etwas wie Jagdfieber durchstürmt sie.

*

Trotz Verbotstafeln nimmt Gloria Volk die feste, neugebaute Forst- und Almstraße zum Lärchkogel. Nie im Leben hat sie gelernt, ihrem Blut und seinen Begierden Zügel anzulegen. Sie ist immer eine Raubnatur gewesen, moralische Hemmungen hat sie nicht. Schon in der Schule lockte sie ihren Klassenkameraden die schönsten Äpfel und süßesten Birnen ab, sie konnte einen unbezwinglichen Charme entwickeln, wenn sie wollte. Niemals empfand sie größere Lust an einem neuen Verehrer, als wenn sie diesen einer andern ausgespannt hatte.

Immer schärfer kristallisiert sich in ihr der Plan heraus, mittels dessen sie diesen Guntram Hartmann zurückgewinnen will. Wie ein Pfeil fliegt der Wagen höhenwärts, von der dunklen Tiefe des Hochwalds rechter und linker Hand empfindet sie nichts. Sie sieht sich bereits am Ziel ihrer Wünsche, und die braune Jagdhütte, die über den Almen liegt, bereits als Hort einer Liebesnacht.

Nun geht sie auf eleganten Parkettschuhen den bewachsenen Fußpfad hoch, den Wagen hat sie im Schatten der letzten Bergbuchen stehen lassen. Wie unheimlich still es hier oben ist! Der Felsrücken des Mondscheins wuchtet auf, ganz nah schieben sich die Luderer Wände heran, nackt in ihrer majestätischen Wucht fallen sie jäh ab bis zu den grünsamtenen Latschenfeldern. Weit verstreut liegen die Almen, satt und zufrieden lagert das Scheckvieh auf den Weiden ringsum. Wenn sich eines bewegt, bimmelt die Herdglokke zaghaft am Riemen. Vom Karwendel herüber sieht man hoch im nachmittäglichen Glast einen Steinadler kommen, kaum, daß sich seine Schwingen bewegen. Tief unten liegt der See, es ist, als ob aus der blauen Unendlichkeit des Himmels ein Stück ausgebrochen und herabgefallen sei. Ganz aus der Ferne hört man Wasser rauschen, und von oben, wo in die Flanke der Baumgrenze ein riesiger Keil geschlagen ist, ruft jemand: „Minka, Minka!“

Nicht einen Tag möchte sie hier oben in dieser Einöde leben! Welch leblose, lähmende Welt! Sie wird ihre Liebesnächte in Zukunft ohne Jagdhütte organisieren. Wozu hat sie einen zuverlässigen Wagen und einen Gönner, der ihr aus der Hand frißt! Von München bis zum ‚Jäger von Fall‘ ist es nur ein und eine halbe Stunde Fahrt. Das ließe sich mindestens einmal wöchentlich in die Wege leiten.

Vor einer der Almen sieht sie ein Mädel stehen und Ausschau halten. Der Herzschlag der Gloria Volk stockt einen Augenblick. Das – das könnte sie sein, diese Berti!

Wie gezwungen hält sie darauf zu, es ist keine leichte Sache, mit den hohen Stöckelschuhen auf dem Prügelpfad nicht ins Rutschen zu kommen. Berti Trasser sieht die Fremde auf die Almhütte zuhalten und spürt, wie ihre Füße absterben, Stück für Stück. Sie muß sich mit beiden Händen an der Stangenumzäunung des Vorplatzes festhalten, um nicht umzusinken. Ein unsagbarer Aufruhr wütet in ihr, ein Orkan.

Immer näher kommt die Fremde und mit ihr das Unbegreifliche – das lautlos Bedrohende – das Zermalmende. Nie vorher hat Berti Trasser ähnliches empfunden. Gloria Volk erschrickt vor der Schönheit und Klarheit dieses Mädchengesichts, läßt es sich aber nicht anmerken. Mit dem freundlichsten Lächeln bietet sie ein Grüß Gott und fragt, ob man vielleicht ein Glas Milch hier oben bekommen könne.

Wie eine Marionette bewegt sich da die blutjunge Sennin ins Innere der Almhütte und kommt bald wieder mit einem Tablett, darauf ein Steinkrügel Milch und ein Teller mit dickbestrichenem Butterbrot. Immer noch bringt die Berti keine Silbe über die Lippen. Sie ist wie gelähmt. Mit weitoffenen Augen forscht sie im Gesicht der Fremden, und immer mehr umkrallt eine eiskalte Hand ihr Herz.

Da sagt die Fremde: „Wie heißt die Alm hier –?"

„Trasseralm", antwortet die Berti mit ganz fremder Stimme.

„Dann – dann sind Sie vielleicht die Tochter, die Almerin machen muß?"

Die Berti nickt. Sie setzt sich, ohne sich dessen bewußt zu werden, auf die fichtene Hausbank gegenüber dem Tisch, an dem die Fremde die Milch probiert.

So elend wie jetzt ist ihr nur einmal im Leben gewesen. Es war in der Stunde, als sie der toten Mutter das Sterbekreuzl in die gefalteten Hände gegeben hatte.

Aus einer unbegreiflichen Panik heraus fragt sie: „Woher wissen Sie denn, daß die Trassertochter Almerin ist?"

Einen seltsamen Blick richtet da Gloria Volk auf das Gesicht ihres Opfers. Fast kommt es sie wie Mitleid an beim Anblick dieses jungen Geschöpfes, dessen Mutter sie sein könnte. Die nackte Todesangst schreit stumm aus diesen großen, tiefblauen Augen. Aber was kümmert sie's!

Um alles, was sie je hat haben wollen, hat sie kämpfen müssen von klein auf! Diese Trassertochter hat das Leben noch vor sich, sie ist schön und reich, wie sie weiß. Ihr eigenes Leben hat den Höhepunkt bereits überschritten. Allzulange wird ihr ein um zehn Jahre Jüngerer, ein

Mann wie Guntram Hartmann es ist, nicht mehr verfallen. Man muß die Zeit nützen, will man nicht leer ausgehen.

Und so sagt sie – und ihre Worte fallen wie die Stundenschläge für einen zum Tode Verurteilten: „Mein Bräutigam hat's mir gesagt, der neue Faller Förster Guntram Hartmann!"

Sie sieht, wie das junge Mädel die Augen schließt, wie alles Blut aus ihrem Gesicht entweicht, wie sich ihr Arm hebt, als ob er an Drähten hinge, und wie sich ihre Hand langsam auf die Herzgrube legt.

Die Stille zwischen ihnen beiden wird unerträglich. Und so sagt Gloria Volk: „Verliebt sind wir ja eigentlich schon seit vier Jahren. Aber ordentlich verlobt haben wir uns erst, bevor er nach Fall gekommen ist." Sie streckt ihre Hand aus, an deren Ringfinger ein breiter Verlobungsring schimmert. Daß sie ihn kurz vorher so gedreht hat, daß man den Goldopal daran nicht sehen kann, hat die Berti nicht beobachtet. Sie öffnet die Augen so mühsam, als ob ihre Lider aus Blei wären. Direkt vor ihrem Gesicht schimmert die Hand der Frau mit der Fesselung des Verlöbnisses. Ihre eigene Hand trägt keinen solchen Ring – überhaupt keinen Ring.

Berti Trasser hebt ihren Blick und richtet ihn auf die Augen der Fremden. Und sie findet nichts darin wie versteckten Triumph, ein kaltes böses Freuen, neben dem kein Platz mehr ist für menschliches Mitgefühl. Und aus dem Zusammenbruch ihrer Welt, ihres Liebesparadieses, wächst das Erbarmen hoch, das Mitleid mit dem geliebten Mann, der niemals glücklich werden kann als Lebenskamerad dieser Frau.

Da sagt diese: „Jetzt muß ich aber gehen. Wir haben uns verabredet bei der Jagdhütte." Sie legt noch ein Silberstück auf den fichtenen Tisch und stöckelt den schmalen Fußweg hoch zur Jagdhütte.

*

Guntram Hartmann legt ein olympiareifes Tempo vor. Der Himmel im Westen hat sich plötzlich verdüstert, schwarz und schweigend steht der Rückenkamm des Kramerberges über dem Fluß. Hin und wieder sieht man ein goldenes Blatt aufleuchten im satten Grün der Laubbäume entlang der Straße. Das strömende Wasser hat sich vom leuchtenden Smaragd zu graudunklem Grün gewandelt, lauter Beweise dafür, daß das Wetter umschlägt.

Heute abend wäre es vielleicht noch möglich, die kranke Gamsgeiß aufzuspüren. Am Tage seiner Abfahrt hat er sie als Einzelgängerin überm Tiefen Graben entdeckt, nicht weitab vom Forsthaus Bechental. Nur ein krankes und hilfloses Tier wechselt so tief herunter vom Berg wie diese Gamsgeiß. Wie sehr auch Herz und Blut zum geliebten Dirndl drängen, der erbarmende Heger und Jäger ist stärker. Und Guntram Hartmann ist ein Jäger aus Leidenschaft. Für ihn sind Wald und Wild, tausend Geheimnisse des Lebens bergend, leibhaftig gewordener Gottesbeweis.

Der Weg ins Bechental steigt an, und schon legen sich erste Schatten auf die breite Flanke des Dürnbergs. Noch aber ist Büchsenlicht, und so pirscht er lautlos aufwärts zur Waldwiese, die ihre zweite Mahd bereithält zum

Schnitt. Dort braucht sich ein armes Geschöpf mit durchgeschossenem Lauf nicht so zu quälen ums Sattwerden wie oben am Berg.

Guntram tastet von seinem Hochsitz aus die Waldränder ab nach einem graubraunen Fleck, aber nichts ist zu entdecken. Vielleicht hat der Lump, der ihr den Lauf durchgeschossen, sein Revier noch mal heimgesucht, derweil er beim Kameradschaftstreffen war und beim Sterben der Großmutter. Eine wundervolle Ruhe ist hier hinten im Berg. Von überall gluckern die Brünnlein und suchen sich emsig einen Weg durch Moos und Stein hinunter zum Tiefen Graben, der hin und wieder verloren und aus der Dunkelheit aufrauscht, als habe er Wundersames zu melden.

Ein Eichelhäher hackt unermüdlich am Astloch einer Linde, Bergfinken schwirren vorüber zu ihren Nestern und lullen sich mit kleinem Singsang in Schlaf. Bergdohlen fallen auf ihren Horsten ein, und ein gutgenährter Dachs schnurft vorüber. Aber die kranke Ricke kommt nicht. Da verläßt der Jäger lautlos seinen Hochsitz, steigt schräg bergauf zum Lärchkogel, zur Jagdhütte, und als er sie liegen sieht und unter ihr die Trasseralm, da schlägt sein Herz gegen die Rippen, als sei es toll geworden.

*

Berti Trasser sitzt wie leblos auf der fichtenen Bank vor der Almhütte. Ihr Blick geht nicht wie tausendmal vorher zum Almzaun, an dem der schmale Jägersteig vorbeiführt, hinauf zur Jagdhütte. Wenn sie seinen Juchzer gehört hat, seinen Liebesruf, dann wurde jeder

Blutstropfen in ihrem Körper zu jubelnder, jauchzender Bejahung.

Nein, sie hat sich nicht geschämt, zu ihm auf die Jagdhütte zu kommen und seine Braut zu werden. Unendlich zart und liebevoll hat er sie vom kindhaften Mädchen, von der Unwissenden, zur Frau gemacht. Und nun gibt's da eine Braut, eine Fremde, die seinen Verlobungsring am Finger trägt. Vier Jahre schon, hat sie gesagt, gehörten sie zusammen, sie und der Guntram Hartmann. Hat er vier Jahre lang dieser Fremden dieselben verliebten Worte mit vor Erregung heiserer Stimme zugeflüstert wie ihr selbst, seit dem Tag, da sie sich gefunden haben?

Verschleierte, versteckte Augen hat diese Fremde, es ist keine Klarheit in ihnen, keine Lauterkeit. Guntram selber hat so wahrhaftige offene Augen. Jeder konnte sehen, was er denkt, was er fühlt. Es kommt ihr alles vor wie ein böser Traum. Er kann nicht glücklich werden für ein Leben mit dieser Fremden!

Und wie hingerissen hat er sein Leben und ihr Leben vor ihr aufgebaut in Stunden, da sie beisammen waren und nichts um sie als die Traulichkeit einer Holzhütte oder das dunkelblaue Himmelszelt mit der goldenen Saat blinkender Sterne. Die wundervolle Welt mit dem Faller Försterhaus darin lag tief unter ihnen, nichts gab es als den Atem und den tiefen Frieden der Nacht und den Ruch der Wälder, der wie Sekt in die Lungen drang.

Daß er bei jedem Schritt, mit dem er einmal heimkomme vom Berg sich mehr freue auf seine Försterin, seine Kinder, die warme Stube, das gute Essen auf dem Herd und am meisten auf die Nacht, die ihnen beiden ganz allein gehören würde und nichts von ihrem Glanz und Zauber verlieren könnte, weil sie sich liebten. So hat er gesagt, der Guntram, und seine großen Augen sind an ihrem Gesicht gehangen wie Leuchten.

Kein einziges Wort hat er verraten von dieser fremden Braut – sie darf ihm keinen Vorwurf machen. Sie hat ihn nie befragt, sie hat nicht bedacht, daß er acht Jahre älter ist als sie und daß er in der Welt herumgekommen ist. Sie selber ist noch nie weiter fortgekommen bis hinaus in die Stadt Tölz, und es ist immer die Mutter dabeigewesen. Der Guntram hat ihr nie gesagt, daß sie das erste Dirndl sei, das er liebe. Und sie hat ihn nicht danach gefragt. Ihr ist die Begegnung mit ihm wie ein Wunder des Himmels gewesen, immer wieder wie ein Wunder. Bis heute. So wie sie ihn kennt in seiner Offenheit und Ehrlichkeit, hat er dieser Fremden abgeschrieben, brieflich erklärt, daß er eine neue Liebe habe, eine, gegen die er nicht ankönne. Vielleicht ist dieser Brief durch irgendeinen Umstand verloren gegangen, ist nie angekommen.

Wie ein Ertrinkender sich an einen Strohhalm klammert, so wird die Vorstellung dieser Möglichkeit für die Berti Trasser zu einem Augenblick des Atmenkönnens. Ihre Glieder sind nicht mehr wie mit Blei gefüllt, sie vermag den Kopf zu heben und hinaufzuschauen, wo die Jagdhütte liegt.

Und sie sieht, wie ein Mann – es ist Guntram – aus dem Hangwald heraustritt, der ins Bechental hinunterführt. Noch nie ist er da heraufgekommen, seit sie Sennin ist auf ihres Vaters Alm. Immer ist er am Grenzzaun vorbeigegangen und hat seinen Juchzer ausgestoßen, der in ihr Herz gefallen ist wie eine Fackel der Seligkeit.

Ein furchtbarer, ein tödlicher Gedanke nimmt in ihr Gestalt an. Will der Guntram – jetzt, da die Braut aufgetaucht ist –, will der geliebte Mann vielleicht nicht mehr, daß sie sich beide sehen, daß sie sich begegnen? Hat ihm seine Braut, die ihn vor der Hüttentür erwartet, vielleicht erklärt, daß sie das nicht dulde? Daß sie ältere Rechte habe? Und verleugnet jetzt vielleicht der Mann ohne Furcht – wie tapfer hatte er sich auf dem Trasserhof dem Vater gegenüber gezeigt! – sein Mädchen Berti, das nie ein Hehl daraus gemacht hat, daß das Leben, das herrliche Leben erst begonnen habe, seit er sie liebe?

So muß es wohl sein. Denn die Fremde in ihrem hellen Kleid fliegt ihm entgegen, wirft die Arme um seinen Hals und klammert sich fest. – Wenn die Berti doch einen Vogelrufs Dauer lang weiter hingesehen hätte!

Unsanft genug löst der Überraschte die Arme der ehemaligen Geliebten von seinem Hals und erklärt ihr, daß er nicht daran denke, sie mit in die Hütte zu nehmen. Sie tue gut daran, vor Nacht und Wettereinbruch hinunter ins Tal zu kommen.

Aber das sieht die Berti nicht mehr. Ein Schmerz, mit nichts zu vergleichen, sprengt ihr die Brust, dröhnt in ihren Ohren wie ein Orkan, nur ein klarer Gedanke behauptete sich. Lieben – ihn lieben – das ist auf meiner Seite. Nur auf meiner Seite. Wie könnte er sonst die andere an sich drücken, einen Büchsenschuß weit von unsrer Alm entfernt?

O Närrin, die sie ist! Da ist er die vergangenen acht Tage wohl bei ihr, der Fremden, gewesen und hat darum nichts von sich hören lassen. Und sie ist krank geworden vor Sehnsucht nach ihm. Aber sie hätte das wissen müssen. So viel Glück für zwei Menschen konnte es ja gar nicht geben auf dieser Welt.

Die wirkliche Welt ist anders. Die ist streng und hart, freudearm und voller Krankheiten und Schmerzen, wie sie war auf dem Trasserhof, bis sie Guntram begegnet ist. Da hat sich der Himmel geöffnet für eine kurze Zeit, und nun verschließt er sich wieder.

Der Unterschied aber ist zu grausam, als daß sie ihm gewachsen wäre. Der Kampf mit dem Vater, einen ungeliebten Mann zu nehmen nach seinem Willen, steht ihr bevor. Und sie weiß: Sie kann schlecht kämpfen. Schon die Mutter hat immer nachgegeben, auch die Mutter hat nicht kämpfen können. Nur um einen hätte sie kämpfen können. Um ihn, um Guntram Hartmann. Aber der gehört jener Fremden. Wozu eigentlich war sie noch auf dieser Welt? Das höchste Glück, das einem Menschen werden kann, hat sie erlebt. Was jetzt noch auf sie wartet, ist grauer als die Dämmerung, die heraufkommt aus dem Tal. Eine Sehnsucht nach ihrer Mutter überfällt sie, daß sie schreien könnte. Die Mutter! Sie liegt in Frieden im Familiengrab der Trasserhofer, und nicht einmal bei Nacht ist es dunkel über ihrem Grab. Selbst wenn die Sterne einmal nicht am Himmel stehen, so gibt der Kirchturm inmitten der Gräber sein rosenrotes Leuchten ab, angestrahlt von mächtigen Scheinwerfern. Ja, es ist schön, auf dem Lenggrieser Friedhof zu liegen. Die Berti torkelt gebückt wie eine alte Frau ins Innere der Almhütte und läßt sich unter dem Kruzifix auf die Eckbank fallen. In der Tischschublade davor liegt ein Stenoblock und ein Bleistift. Ihre Glieder reagieren wie die einer Drahtpuppe.

Es ist nichts, was sie mit dem Vater verbindet, zu viel Lieblosigkeit hatten die Mutter und sie selbst erfahren durch ihn. Aber dennoch muß sie ihm Bescheid sagen. Die unschuldigen Tiere dürfen nicht leiden darunter, daß keine Sennin mehr ist auf der Alm ab der heutigen Nacht. Und der Korbi – der Korbi! Ob die neue Sennin auch gut zu ihm ist? Ob sie ihm bei Regenwetter zwei Wärmflaschen unter das Zudeck seines Kreisters schiebt? Die Gicht, die ihn oft plagt, muß arg sein. Dreimal schon hat sie ihn bei Nacht durch die Bretterwand hindurch stöhnen hören. Auch einen Schütter schwarzen Johannisbeersaft muß sie ihm in seinen Frauenmanteltee gießen, soll er wirken. Der Korbi wird traurig sein, wenn er nicht mehr spüren kann, daß ihn einer mag. Und sie hat ihn gemocht, von Herzen gern gemocht.

Und der Jöschvater? Der Hohenburger Leibjäger in Ruhe und Mutters Göd? In seinen Augen hat sie das lautere Glück sehen können, wenn sie zu ihm gekommen ist mit etwas Besonderem. Nun wird sie nie mehr kommen. Aber der Jöschvater ist nicht so liebearm wie der Korbi. Der hat Tochter und Schwiegersohn, Enkel und Enkelin, und alle lieben ihn und machen kein Hehl daraus. Dem wird sie weniger abgehen als dem Korbi. Fürs Leben gern tät sie dem Korbi noch eine Freude machen, bevor sie geht für immer.

Es ist noch nicht allzulange her, da hat er so ganz nebenbei gesagt, er könne nicht verstehen, daß Lenggrieser Leut in alle Welt hinausfahren und gutes Geld dafür hinlegen. Schöner als im Isarwinkel könne es nirgends sein, soweit die Welt rund ist. Der Isarwinkel sei des Schöpfers Herzbinkerl. Trotzdem träume er allweil wieder von der Mutter Gottes in Altötting und daß er sie eines Tages aufsuchen wolle und ihr ein echt goldenes Armketterl um ihren Arm lege, mit dem sie das Jesuskind hält. Allweil wieder träume er davon. Schön langsam werde er halt alt und tapprig. Wie sollte er zu einem goldenen Armketterl kommen für die Gottesmutter in Altötting? Er habe ja nichts. Alles verloren nach zwei Weltkriegen, auseinandergeronnen wie Rauch.

So hat er gesagt, der Korbi. Er hat kein Geheimnis vor ihr, sogar seine Träume hat er ihr offenbart. Und wie ein Lichtlein glimmt aus der Müdigkeit ihrer Seele der Entschluß, dem Korbi die Reise nach Altötting zu ermöglichen. Mit dem Willibald Sepp wolle er fahren, wenn es wirklich einmal dazu komme, hat der Korbi gesagt.

Die Berti holt aus dem Wandkästlein in ihrer Kammer eine kleine Spanschachtel. Immer, wenn sie zu Guntram, ihrem Liebsten, ging, hat sie diese Spanschachtel, ein Geschenk ihrer Mutter, aufgemacht und hat das goldene Armkettchen ums Handgelenk gelegt. Auch in ihr war der Drang, sich für den auserwählten Mann so schön wie möglich zu machen. Sie denkt daran, und ein erschütterndes Lächeln zuckt um ihre Mundwinkel. Es wird der Gottesmutter von Altötting ein wenig zu groß sein. Aber das schadet nichts. Den Korbi wird es glücklich machen wie nichts sonst. Zwölf alte Silbertaler liegen beim Kettchen, das wird reichen fürs Fahrgeld.

Die Opalbrosche mit dem Perlkränzchen soll der Wabi gehören. Sie hat sich für über fünfzig Jahre Dienen auf dem Trasserhof noch nie ein echtes Schmuckstück leisten können.

Die Berti muß aufstehen und die Petroleumlampe vom Bord nehmen. Der Himmel ist inzwischen schwarz geworden.

Beim Schein der leise singenden Flamme schreibt sie:

Lieber Korbi!

Das Goldkettchen bringe bitte der Gottesmutter in Altötting bei dem Besuch, von dem Du schon lange träumst. Die Taler werden fürs Fahrgeld reichen. Die Brosche übergib der Wabi, darum bitte ich Dich. Und melde meinem Vater, daß ab heute Nacht die Alm verwaist ist. Lange können die Nachbaralmen das Vieh nicht versorgen.

Wenn Ihr mich gefunden habt, legt mich neben meine Mutter. Da gehöre ich hin. Und verzeiht mir alle. Wie mir auch der Herrgott verzeihen möge.

Berti

Sie legt das weiße Blatt Papier auf den Brotteller, der auf dem Tisch steht. Die Spanschachtel hart daneben. Die Lampe läßt sie brennen, ganz gegen das Gesetz der Hüttensicherheit. Aber der Korbi muß das Blatt sofort sehen, wenn er mit der Minka heimkommt. Vielleicht, daß er heute noch hinuntergeht auf den Trasserhof. Er hängt an den Tieren wie sie selber auch. Den Topf mit dem Haberflockenbrei schiebt sie näher an die Glut der Herdstelle, er wird noch warm sein, wenn der Korbi heimkommt. Eigentlich müßte er lang schon da sein.

Ihr Blick überfliegt die Almstube und bleibt haften auf zwei Blüten von Goldenzian. Guntram hat sie ihr zwischen die Sprossen des Almzauns gesteckt, bevor er ging. Das ist vor acht Tagen gewesen. Und nun ist eine andere oben auf der Hütte bei ihm.

Sie nimmt die Blüten aus der kleinen Wandvase unter dem Kruzifix mit zitternder Hand und bittet: „Verzeih mir's, Herr Jesus! Aber – es ist das letzte, was ich hab von ihm."

Dann verläßt sie die Hütte und zieht leise die schwere Holztür hinter sich zu. Am westlichen Himmel ist es, als ob ein breiter dunkler Teppich mitten durchgerissen sei. Wie eine Straße aus Silber sieht es aus, tiefer als das Brauneck und waagerecht sich hinziehend längs des Flusses.

Die Almen rings im Hochtalkessel liegen in tiefer Ruh. Senninen und Almputzer sind müd am Abend und freuen sich auf den Schlaf. Nur in der Trasseralm brennt die Lampe und wartet auf den Korbi. Seine Minka wird wieder Zicken machen und nicht heimwollen.

Durch die Ladenritzen in der Jagdhütte schimmert Licht. Es hat nichts mehr mit ihr zu tun, es gilt einer Fremden. Ob sie jemals so glücklich sein wird mit dem Guntram wie sie selbst? Vielleicht muß ein Mensch so liebearm gewesen sein, wie sie es war seit ihrer Mutter Tod, um dieses ungeheure Maß an Glück empfinden zu können. Jetzt noch, wenn sie sein Gesicht vor sich sieht mit den großen leuchtenden Augen, geht ein Schauer durch sie hin. Nichts hat sie jemals so bestimmt im Leben gewußt als das eine, daß ihr Glück mit ihm, die Hinnahme seiner Liebe, der Höhepunkt allen Lebens war. Als ob sie angefüllt sei bis in den letzten Tropfen ihres Blutes, hat sie jede Minute des Tages gelebt im Hinblick auf die Nacht, in der sie zusammensein konnten.

Wenn er nur ein einziges armes Wort zu ihr gesagt hätte, bevor die Fremde gekommen war und ihr Himmelreich zerstört hatte! Nur ein armes Wort. Aber er hat es nicht gesagt. Er ist über sie weggegangen, wie man über einen morschen Zweig hinweggeht, der am Weg liegt. Mehr ist sie ihm nicht mehr wert, seit seine Braut wieder da ist.

Vielleicht gibt es Menschen, die aus den höchsten Höhen in die tiefsten Abgründe geworfen werden, und sie behalten dennoch so viel Kraft, daß sie weiterleben können und wollen. Sie will es nicht. Sie sieht ihr zukünftiges Leben vor sich, von Sehnsucht nach ihm gemartert, verfeindet mit dem Vater, angekettet an die täglichen Pflichten einer Trasserbäuerin, ohne Bauer und Kinder, alt werdend und kraftlos, ohne Liebe, so wie die Wabi auf dem Hof alt und kraftlos geworden war, ohne daß einer nach ihr fragt. Warum so ein Leben? Weil Gott es will –?

Sie hat Gottes Himmel kennengelernt durch Guntram, den Liebsten. Es wäre ungerecht, wenn sie Gott anklagen würde.

Berti Trasser hat auf ihrem Weg in die Nacht das Hochtal bereits hinter sich gelassen. Der schmale Fußpfad führt steil bergan.

Nicht einmal Latschen gedeihen mehr hier oben, nur hin und wieder das kurze Sandgras, von dem vor allem die Gamsen leben. Edelweiß trägt der Mondschein als einziger der Grenzberge zwischen Bayern und Tirol, und ein einzigesmal den Sommer über hat ihr Guntram eine Blüte mitgebracht. Er legte sie ihr in die Hand wie eine Kostbarkeit und sagte dazu:

‚Bewahre sie gut, Bertilein! Ein Bergwachtler schützt die schönsten Gaben unserer Bergwelt, er reißt sie nicht ab. Und wer Berg und Wald liebt, der gehört zu den Bergwachtlern.'

Sie hatte die Blüte in Mutters Gebetbuch gelegt mit der silbernen Schließe.

Ein kalter Wind steigt auf und drückt sie vorwärts. Sie wird die Spitze des Mondscheins erreichen, bevor das Wetter losbricht.

Sie könnte auch von hier in die Tiefe springen. Aber da ist ein Punkt ganz oben an der Spitze, an dem sie und Guntram einmal an einem Abend gerastet haben. Die Berggipfel in der Runde waren verklärt vom Abendrot, und die Mondsichel zog vorüber, so feierlich, wie es nicht einmal in der Lenggrieser Kirche sein konnte beim Hochamt. Da hatte der Guntram ihr das Versprechen abgenommen, daß sie ihn nicht länger mehr darben lasse und seine Frau werde, und zwar heute noch.

Hinterm Demmeljoch fährt ein Blitzbaum nieder und zeigt ihr in Gedankenschnelle, daß sie nur noch wenige Meter von jenem ehemaligen Rastpunkt entfernt ist. Dreihundert Meter tief sei der Absturz, hat Guntram behauptet. Nach längerer Dauer kracht der Donner, das Wetter ist also weit. Warum wartete sie noch! Zehn Schritte aufwärts und einen zur rechten Seite, und sie fällt in den Frieden.

Kein Warum quält sie mehr, nicht mehr das Verlangen, ihm die Arme um den Hals zu legen und ihn zu spüren. Nicht mehr die Angst, die furchtbare Angst, sie müsse noch mal sehen, wie die Fremde an seinem Hals hängt, als sei sie angewachsen.

Plötzlich friert die Berti, daß sie zittert. Sie geht wohl noch weiter bis zur letzten Höhe, dann aber verläßt sie die Kraft. Gehört zu einem einzigen Schritt ins Leere so viel Kraft? Sie begreift nicht, was sie zurückhält vom allerletzten Schritt. Es ist, als ob eine unsichtbare Macht zwischen ihr und dem halben Meter stehe, der sie vom Abgrund trennt. Und sie will doch in den Abgrund. Sie will es! Zerrissen von den beiden Gewalten, läßt sie sich auf den Felsen nieder, krallt die Hände in einen lebendigen Sandgrasstock, und das Weinen stößt sie, als habe sie Schüttelfrost.

*

Andreas Bütter ist nie vorher in so kurzer Zeit von der Trasseralm zum Hof heimgekommen. Er hat kein Interesse daran, daß die Leute, an denen sein Wagen vorbeifährt, sein zerkratztes Gesicht bestaunen. Das rechte Auge brennt wie Feuer und schwillt immer mehr an. Niemals hätte er dieser Berti eine derartige Abwehr zugetraut. Woher nimmt diese stille, zurückhaltende und dem Vater gehorsame Trassertochter bloß die Kraft, ihn dermaßen zu zeichnen? Es soll ihr nicht geschenkt werden! Ist erst einmal der Vertrag gemacht beim Notar, dann wird er ihr schon zeigen, wo der Bartl den Most holt. Wenn's im Guten nicht geht, dann eben anders.

Als er die Auffahrt nimmt, steht der Trasser in seiner ganzen Größe beim Brunnen und schaut hin zu den Faller Bergen, woher er kommt.

„Heut bist früher da als sonst." Der Trasser sagt es kurz, wie es seine Art ist.

„Tätst du länger bleiben, wenn dir deine zukünftige Bäuerin das Gesicht zerkratzt?“

Im Gesicht des Trasser steht etwas auf, was leise an Spott und Schadenfreude erinnert. Aber es ist bereits wieder verschwunden. Dann sagt er ganz ruhig: „Hast es halt zu grob anpackt, das Ganze. Eine Trassertochter kann es sich leisten, daß einer wartet.“ Da macht der Andreas drei harte Schritte auf ihn zu. Seine Augen kneifen sich zusammen, und sein Gesicht bekommt etwas Hinterhältiges.

„Und ein zukünftiger Bütterbauer von Waakirchen läßt sich nicht am Narrenseil führen. Das mußt wissen, Trasser! Wär ich nicht so vernarrt ins Dirndl, hätt ich meinen eigenen Hof nicht meinem Vetter anvertraut. Kommt mich teuer genug zu stehen. Einen Wiesstreifen, der an sein Feld grenzt, muß ich ihm überlassen dafür, für ein Spottgeld. Aber es ist mir nicht zu teuer gewesen, solang ich sicher war, daß du deine Tochter zur Räson bringst. Aber die führt sich auf wie eine Katz, der man die Jungen nimmt. Ist also doch was dran, daß sie mit dem neuen Faller Förster ein G'spusi hat!“

„Leutg'schwätz!“ Höhnisch wirft es der Trasser hin, aber in seinen Augen steht etwas auf, das die Wabi fürchtet.

Sie kommt eben heraus und meldet, daß das Cafe Schuler in Tölz angeläutet habe, man möchte diese Woche zwanzig Pfund Almbutter mehr schicken als sonst. Und die Molkerei bei der Isarbruck habe vier Laib Almkäs bestellt.

„Die kannst morgen gleich liefern, wenn du das Futtermehl abholst“, sagt der Trasser, zum Andreas gewendet. Der stiert zum Geierstein hinauf, als ginge ihn das nichts an. Mit einer jähen Wendung geht er ins Haus, ohne vorher den Wagen in den Schuppen zu bringen.

*

Korbi und Minka sehen das Wetter heraufziehen über dem Fluß. Korbi, der mit seinen Gedanken noch bei der fremden Frauensperson ist, die sich bei der Jagdhütte herumtreibt, achtet nicht genug auf Minka, deren Gelüste trotz des vollen Bansens bereits wieder neue Wege gehen. Drüben, am Fuß der Luderer Wände, weiß sie ein Brünnlein, mit einer Kresse umwachsen, so herrlich mundend, wie sonst nichts auf der Welt. Einen flinken Abstecher könnte sie wagen. Minka hat längst ertastet, daß ihr Herr nicht auf sie achtet. Und wenn er es merkt – man braucht nur den Kopf fest an seine Backe legen und ganz tief schnufen, und er kann nichts tun. Mit mächtigen Sätzen schert die Minka nach links aus gegen die Luderer Wände zu, läßt Wind Wind sein und den Herrn weiter abwärts der Almhütte zu hasten. Plötzlich entdeckt der Korbi, daß ihn das gerissene kleine Luder wieder zum besten hält. Sie ist schon an die hundert Meter gegen das Almfeld zu, er weiß genau, wohin es sie verlangt. Nun hatte er ihr schon nachgesehen, daß sie auf Staatsgrund gewechselt ist trotz des Verbots, und jetzt hat das Leckermaul noch nicht genug der Raritäten. Heut gibt er ihr aber eine Über. Er ist viel zu gut mit ihr.

Den steil abfallenden Hang seitlich zu gehen, fällt ihm schwer. Aber nur so kommt er zum Brünnlein. Er weiß aus Erfahrung, daß Rufen gar nichts nützt. Daß die Minka bestenfalls den Kopf wendet und aus schräggestellten Augen einen spöttischen Blick nach rückwärts zu ihm schickt.

In solchen Augenblicken könnte er sich wirklich an ihr vergreifen. Aber nur so lange, bis sie ihm gegenübersteht und in ihrem eigenwilligen Gesicht ein deutliches Schuldbewußtsein sichtbar wird.

Bis sie ihre Vorderfüße hochwirft und ihren Kopf in seine Halsbeuge drückt, so inbrünstig, als gäbe es für ihn keinen schöneren Platz auf der Welt. Dann zerfließt sein Zorn wie Wachs an der Sonne. Manchmal hat er sich schon gesagt, er sei ein Schwächling, aber in Stunden, da er sein Leben abtastet und in seinen Falten sucht, findet er eine ganz einfache Erklärung.

Die Minka ist das einzige Geschöpf, das ihm seine Liebe zeigt und seine Zärtlichkeit beweist. Er weiß, er hat auch in jungen Jahren nicht zu den Gutaussehenden gehört. Nicht zu denen, nach denen ein Dirndl den Kopf wendet. Zu klein und dürftig geraten, hat ihm die Natur außerdem krumme Beine mitgegeben, ein Auge, das schielt, und wenn ihn etwas erregt, kommt er ins Stottern.

Er hatte als Knechtl und Holzer allweil nur zusehen dürfen, wenn die andern mit ihren Dirndln glücklich gewesen sind. Einmal hatte er eine Katze gehabt, er hatte sie halbtot, mit einem Stein um den Hals, aus dem Bach gezogen, die hatte mit ihm und den Kameraden im Holzerkobl gelebt. Er hatte viel Spott mit anhören müssen, seiner Schmusi wegen, aber es war nicht bös gemeint. Ein jeder von seinen Kumpeln hätte für den andern sein Leben eingesetzt ohne zu zögern, wenn Not am Mann gewesen wäre. Seine Schmusi schlief nur bei ihm, bei keinem andern, auch wenn er sie verwöhnte mit Speckschwarten und Holzerschmarrn. Wollte einer nach ihr greifen, schlug sie nach ihm. Sie strich hinter ihm drein, wenn's zur Arbeit ging am Berg, machte sich in seiner Nähe zu schaffen, bis abends die goldenen Abendrotwolken über dem Fluß standen wie riesige Teppiche, die aus dem Himmel gefallen waren. Dann zeigte sie ihre Freude, daß es nun heimwärts in den Rindenkobl ging, dadurch, daß sie ihren Kopf so lange an seinen schafwollenen Socken rieb, bis er sie hochnahm und auf seiner Schulter heimreiten ließ. Obwohl in den Wintermonaten der Holzerlohn hatte ausreichen müssen für sie beide, seine Schmusi bekam täglich ihr Schüsselchen süße Milch.

Als die Krämpfe über sie herfielen, da hatte er seinen Rottknecht um Erlaubnis gefragt, hatte die Schmusi in seinen Wolljanker gebettet und im Rucksack hinunter ins Tal getragen und war von da fünf Stunden Wegs zum besten Tölzer Tierarzt geradelt. Aber der hatte sie nur erlösen können, zu helfen war nichts mehr.

Nie wird jene Nacht verblassen in ihrer gnadenlosen Grausamkeit, da er ohne Schmusi im Rucksack auf Fall zu geradelt ist und wieder drei Stunden aufstieg zum Kobl, um fünf Uhr morgens mit den Kameraden zur Arbeit bereit zu sein. Als sie ihn kommen sahen mit leerem Rucksack, sahen sie ihn nur an, sagten aber kein Wort. Nie danach hat einer nach seiner Schmusi gefragt, nie wieder an einen Scherz erinnert, der Schmusi und ihn betraf. Aber öfter als früher hatten sie ihre geöffneten

Tabakbeutel vor ihn auf den Tisch gestellt, mit der Aufforderung, doch diese Sorte zu probieren, auch war sein Strohsack oft aufgeschüttelt, wenn er hereinkam von draußen, wo er seine Notdurft verrichtet hatte. Aber wenn er fragte – es war keiner an dem Strohsack gewesen. Und eines morgens vor Sonnenaufgang plärrte da vor dem Kobl ein junges Geißlein. Es war mit einem Strick angebunden, hatte einen braunen Zettel um den Hals, auf dem stand:

‚Heiße Minka und gehöre dem Korbi'. Und alle seine Kumpels hatten Gesichter, so unschuldig wie frischgeworfene Lämmer, als er sie nach der Herkunft befragte. Jahre danach erzählte ihm die Sennin vom Roß- und Buchstein, daß sie an drei Lenggrieser Holzer eine von ihren vier jungen Geißen verkauft habe.

Der Trupp wurde vom zweiten Weltkrieg auseinandergerissen. Von den Dreien, die die Lücke, die Schmusis Tod gerissen, ausfüllen wollten, kam nur einer wieder – als Krüppel.

Siebzehn Jahre war die alte Minka geworden, fünfzehn ihre Tochter, die ebenso hieß wie ihre Mutter. Und wieder deren Tochter ist die heutige Minka, über drei Jahre alt und immer voller Schabernack und Durchtriebenheit.

Korbi strengt seine Augen an, so gut es geht, er sieht keine Minka mehr. Der Himmel hat sich ringsum in Gedankenschnelle total verfinstert. Immer gehetzter hastet der alte Mann vorwärts, nun hat er es leichter, es geht nicht mehr seitlich abwärts, sondern geradeaus. Am Krumpenfelsen, den er mühsam noch wahrnehmen kann in der Dunkelheit, breitet sich das Brünnlein mit der süßen Kresse, um deretwillen ihn die Minka wieder einmal hintergangen hat.

Bevor die nicht das letzte Blättlein Kresse im Bansen hat, geht die nicht heim. Er muß zum Brünnlein, wenngleich ihn die Füße schmerzen, als wären sie voll Blasen. Ein paar unsichere Schritte tut er noch, dann knickt er mit einem lauten Stöhnen zusammen. Der Korbi hat sich den rechten Fuß verstaucht.

*

Guntram Hartmann hat in der Jagdhütte die Hängelampe angezündet und ist blaß vor Erregung. Die Vorfreude auf sein Dirndl und die heutige Wiedersehensnacht perlte wie Sekt in seinem Blut, der Anblick der Gloria Volk vor der Hüttentür ernüchtert ihn. Ich laß dich nicht einer andern, hat sie ihm, toll vor Gier, ins Gesicht gesagt. Erst als er ihre Arme, die ihn umklammern, vom Halse reißt, als sie erkennen muß, daß es ihm ernst ist, wandelt sich ihr Begehren in Haß.

„Deinem Bauerndotschen hab ich reinen Wein eingeschenkt über uns beide“, zischt sie ihm noch zu, bevor sie sich der Auffahrtsstraße zuwendet und geht.

Nun liegt ein Bleiklumpen auf seiner Seele, und die Angst kriecht an ihm hoch wie eine eiskalte Natter. Bertilein – sein unschuldiges, unwissendes Bertilein! Da hat sie in ihrer Unerfahrenheit wohl geglaubt, daß er ebenso unberührt und unangetastet sei wie sie selber. Daß sie beide wie Adam und Eva nach dem Schöpfungsakt sich geliebt haben.

Nie hat sie ihn gefragt, ob sie die erste sei – die Einzige, die für ihn Erschaffene. Für sie ist das eine Selbstverständlichkeit gewesen, eine gegebene Tatsache. Sein männlicher Spürsinn hat es so gesehen und erlebt, und er hat ihr ihren beglückenden himmelblauen Traum nicht zerreißen wollen. Hätte er es doch getan! Hätte er ihr doch zart und vorsichtig beigebracht, daß ein Mann Forderungen des Blutes mehr ausgeliefert ist als die liebende Frau. Daß das die Schöpfung so geplant und gewollt habe. Daß das nichts mit der Allgewalt der großen Liebe zu tun habe, die über zwei Menschen hereinbricht wie das Morgenlicht über die nächtliche Welt. Bestimmt hätte sie ihn verstanden. Nun aber ist sie dem ausgeliefert, schutz- und wehrlos, und er konnte nicht einmal zu ihr hinunterstürzen, sie in seine Arme reißen und trösten. Sie beide sind übereingekommen, daß er den Grund und Almboden ebenso wie die Almhütte nicht betritt, um ihrem Vater Achtung zu beweisen und Respekt vor seinem Verbot. Sie sind beide immer noch gewillt, mit dem alten Mann im guten zu verhandeln und ihn zu überzeugen, daß sie nicht voneinander lassen können. Gerade er, der doch selbst einmal so sehr geliebt hat, daß ihn der Verlust seiner Frau vom gütigen, lebensfrohen Menschen zum harten und strengen gewandelt hat, müßte es verstehen.

Aber vom Grenzzaun aus kann er seinen Juchzer hinüberschicken zur Alm. So oft er dienstlich zu tun hat auf der Lärchkogl-Jagdhütte ist ein Juchzer aufgeklungen, und sein Dirndl ist vor die Hütte gekommen und hat ihm zugewinkt. Und dann – am späten Abend zwischen Dämmer und Nacht ist sie zu ihm gekommen, und er hat sie mit weitoffenen Armen empfangen wie eine Offenbarung. Diese Sommermonate sind das große Te Deum seines Lebens gewesen, soweit er zurückdenken kann.

Selbst wenn der Tod auf sie beide seine Hand legen sollte, um dieses Sommers wegen hat sich ihr beider Leben gelohnt.

Als er vor die Jagdhütte tritt, erschrickt er über den drohend gefärbten Himmel. Grünschwarze Wolken jagen vorüber, wo ein Riß sie spaltet, lichtet es mißfarben gelbgrün auf. Hin und wieder zickzackt ein Flammenbaum durch die Dunkelheit, aber der Donner darauf läßt lang auf sich warten. Etwas seltsam Gespanntes liegt in der Luft, ein lähmendes, in der ganzen Natur spürbares, angstvolles Warten.

Guntram sieht, daß Licht ist in der Almhütte, er höhlt die Hände vor dem Mund und schickt seinen Werberuf. Ihn dünkt, er klinge heut anders als sonst, mißtönend und ohne Leben.

Er wartet, aber es rührt sich nichts. Im Stall ist kein Licht, also sind Berti und Korbi auch nicht im Stall.

Wieder und wieder schickt der nächtliche Zaungast seinen Ruf hinüber, aber alles bleibt still. Es ist kein Klang der Freude und Lebenslust mehr im Ruf, man hört die Angst heraus, die Unruhe.

Da schreit er, so laut er es vermag, ihren Namen über den Almgrund hin, der Hütte zu. Aber keine Berti fliegt wie ein Vogel aus der Tür und winkt ihm zu. Angst überfällt ihn plötzlich, eine würgende, unerträgliche Angst.

Sie ist so groß, daß er über den Zaun hechtet, entgegen aller Vorsätze, und im Laufschritt der Hütte zueilt.

Die schwere Tür ist ordentlich eingeklinkt, ohne verschlossen zu sein. Die Almstube ist aufgeräumt wie geleckt. Blau und weiß karrierte Vorhangerl an den Fenstern, ein alter Eckschrank in der einen Ecke, ein Schüsselrahmen voll ausgesucht schöner Keramikteller in der andern. Ein Almblumensträußerl in einer kleinen Vase auf dem Ecktisch im Herrgottswinkel. Auf den armdicken fichtenen Bodenbohlen bunte, saubere Teppiche. Da also haust sein Dirndl, sein geliebtes Mädchen, seine Braut. Nun erst sieht er das weiße Blatt auf dem Brotteller und die kleine Spanschachtel mit dem goldenen Kettchen und den Silbertalern daneben. Guntram wird blaß unter seiner Sonnenbräune, und die Hand, mit welcher er nach dem Papier greift, zittert. So rasend schlägt sein Herz, daß die Buchstaben vor seinen Augen zu tanzen anfangen. Immer wieder muß er die Worte lesen, bis er begreift. Die Berti, sein Mädchen, will sterben.

Als ob ein Vorhang weggezogen werde, dahinter ein Drama sich abspielt, weiß er plötzlich alles. Die Gloria Volk hat mit einem Eisenhammer auf das lebendige Herz seiner Berti geschlagen, und sie hat sich nicht wehren können. Sie ist unter diesem Schlag zu Boden gegangen und nur aufgestanden, um den Weg zum Sterben zu gehen. Ihr Vater, der Trasserhofer, war endgültigen Schicksalsschlägen auch nicht gewachsen gewesen. Er hat sich wieder aufgerichtet, aber als vollkommen gewandelter Mensch. Seine Tochter aber, die Berti, hat nicht einmal zu dem mehr die nötige Kraft. Zu sehr hat sie ihn geliebt, den sie nun als Treulosen und Lumpen betrachten muß. Dem aber ist sie nicht gewachsen. Panik überkommt ihn. ‚Wenn ihr mich findet', schreibt sie.

‚Wenn ihr mich findet . . .‘

Wo mag sie sein, wo umherirren, draußen in der Nacht voller Aufruhr und grüngelber Drohung?

Als ob ein guter Geist ihm eine Leuchte zuwerfe, weiß er plötzlich, wo er sie suchen muß. Die Absturzstelle auf dem Mondschein – die Raststelle am höchsten Punkt der Spitze schiebt sich plötzlich in sein Bewußtsein. Es hat eine besondere Bewandtnis mit diesem herrlichsten Aussichtspunkt weitum, eine seltsame, unbezahlbare Erinnerung ist mit ihm verknüpft. Seine Berti hat ihm dort oben versprochen, daß sie ihn nun nicht länger mehr warten lasse, daß sie ihn erlöse.

Als sie, in seine Arme geschmiegt, hinunterschaute in die Tiefe, wurde sie ernst, sah ihn liebevoll an und sagte:

‚Da hinunterspringen muß ein schneller Tod sein. Wenn du mich einmal nicht mehr magst, spring ich da hinunter.‘

Dann hat sie ihre Arme um seinen Hals gelegt und ihn geküßt, wie sie ihn vorher noch nie geküßt hat. Und das Hochgefühl allerhöchsten Lebensglücks hat ihn durchbraust.

Guntram hetzt bergan, daß es in seinen Schläfen pocht wie mit Stahlhämmern. Mit jedem Meter, den er zurücklegt, spürt er mehr, daß seine Liebste dort oben sein muß über dem Abgrund.

Er ist keiner von denen, die oft beten. Nun aber stehen über seinem keuchenden Atemholen, aus der Qual seiner Angst kommend, Wortfetzen wie Schreie: „Laß es nicht zu, Herrgott – laß es nicht zu!“

Wäre es Tag und könnte ihn einer sehen von weitem, er wäre zu vergleichen mit einer flüchtenden Gams. Von

Zeit zu Zeit wirft er sich auf den Fels, von hauchdünner Grasnarbe überzogen und drückt sein brennendes Gesicht in deren Kühle. Dann geht's wieder weiter. Ein ungeheures Brausen in seinem Kopf nimmt ihm das Gehör für alles, was um ihn vorgeht. Nur den Flammenbaum sieht er in der grenzenlosen Weite der Himmelskuppel stehen, es wird einen Herzschlag lang hell wie am Tag.

Nun ist er fast oben, ein riesiger Felsbrocken versperrt ihm die Sicht. Und wieder der klanglose, keuchende Schrei der Not: „Herrgott, bleib bei ihr!" Da sieht er sie am Boden kauern, die Hände in ein Grasbüschel gekrallt und das Gesicht an den Felsen gepreßt. Er hat nicht mehr die Kraft, einen Ton hervorzubringen.

Er wirft sich neben ihr nieder, umfängt sie, und sie weinen beide das bittersüße Weinen des Erlöstseins.

*

Wie lange sie so eng aneinandergepreßt gelegen sind, weiß später keiner. Aber ein jeder von ihnen ahnt dunkel, daß sie nie wieder, wie lange ihr Leben auch währen möge, den gleichen Gewalten untertan, so liegen werden. Guntram hat alles gesagt, alles erklärt.

Dann holt er oben, auf dem höchsten Punkt des Mondscheins, ein kleines Schächtelchen aus seiner grünen Rocktasche und steckt seinem Dirndl den Verlobungsring an den Finger und die Berti ihrem Liebsten den seinen an die nervige, starke braune Hand, und es ist beiden zumute, als sei die Welt um sie eben erschaffen worden.

Das Wetter ist weitergezogen, flußaufwärts, dem Karwendel zu. In seinem Schlepptau blitzt es hin und wieder kurz auf, aber es ist mehr Wetterleuchten als feuergewordene Urgewalt.

Das Tal mit dem Sylvensteinsee ist vom Dunkel zugedeckt, nur wo die füllige Mondsichel majestätisch durch das All schwebt, heben sich die bewaldeten Bergrücken zaghaft aus der Nacht. Guntram und Berti gehen eng aneinandergeschmiegt talwärts, der Hütte zu. Die Augen des Mädchens hängen voll frommer Anbetung am blausamtenen Himmelsmantel, an dem die ersten Sterne sichtbar werden. Nie vorher ist der Himmel über ihr so unsagbar schön gewesen wie in dieser Nacht. Als ob der Geliebte neben ihr das gleiche empfinde, sagt er: „In meiner Angst hab ich zum Herrgott g'schrien – er hat es gehört.

Schau die Sterne an und den Mond. Sind die schon einmal so schön g'wesen da oben? O Bertilein! Und da hast du mich allein lassen wollen!"

„Verzeih mir's, Liebster! Verzeih mir's! Und unser Herrgott mag mir's auch verzeihen." Fester noch umschließt der Arm des Mannes den Leib der Frau, und so gehen sie weiter. Es eilt ihnen nicht. Ein Unsichtbarer flüstert ihnen zu, daß Stunden wie diese nur einmal hineingewebt werden in den Teppich des Lebens, der Mensch werde begnadet von solch einer Stunde und angefüllt mit magischer Kraft.

Wo die Hochtalsunke sich anhebt zum Fluß der Luderer Wände, von wo das Brünnl sein eiskaltes Wasser hinunterschickt ins Tal, hört man plötzlich den Fuirio-Notruf der Minka.

So jammervoll und notgeladen ist ihr Geplärre mitten in der Nacht, daß es den Frieden der Almen zerreißt wie die Posaune des Jüngsten Gerichts. Berti schrickt auf: „Guntram, da ist was mit dem Korbi! Der ist die Minka suchen gegangen."

Es ist nicht weit bis zum Korbi. Da hockt er neben einem Latschenbusch und betrachtet seinen Fuß, der anschwillt wie Rahmnockn im Schmalz. Und die Minka surrt um ihn herum wie eine Bremse ums junge Weidvieh. Und als der Korbi in die beiden Gesichter schaut vor ihm, voll des Glücks und des Friedens, da spürt er keine Schmerzen mehr, sein eiserner Glaube behält wieder einmal recht: Der Herrgott renkt alles wieder ein.

Der starke junge Förster hat das Schneidergewicht des Korbi auf den Buckel genommen und zur Hütte getragen, und die Minka ist zufrieden schnurfend neben beiden hergegangen.

Wie ein heuriges Rehlein ist die Berti über den Almboden geflogen, der Hütte zu, um den beiden Mannsleuten etwas Warmes vorzurichten. Die Abende sind schon kalt, und vom Faller Tal herauf kommt bereits ein leichtes Mahnen an die Vergänglichkeit aller Sommerherrlichkeit. Die Könige der Berge, die gestandenen Platz- und Kronenhirsche vergessen ihre Unnahbarkeit, ihren Einsiedlerstolz und ihre geheimnisvolle Abgeschiedenheit. Die Unruhe des Zeugungsdranges beginnt, sie aus ihrem satten Dahindösen aufzuwecken und auf Suche zu schicken. Noch sind Kälber und Stuck nicht heiß, noch ist nur das männliche Blut voll unbewußten Sehnens. Aber wenn der bereits Suchende, der Prachthirsch mit dem Kronengeweih, ein paar starke Kälber im Unterholz oder bei der Äsung trifft, so treibt er sie zärtlich, und wenn das fruchtlos bleibt, mit leisen Stößen vor sich her, bis zu dem Platz, den er sich als festen Brunstplatz ausgesucht hat. Erfahrene Stuck sind leichter zu bewegen, in den Hochzeitssaal einer Waldblöße oder eines abgelegenen Kahlschlags mitzukommen.

Immer öfter schimmert ein vergoldetes Ahornblatt auf im Hochwald, der große Maler ist schon vorbeigegangen. Marienfäden schweben als seidene Brücken zwischen Himmel und Erde, und wenn frühmorgens hinterm Spitzkampen die Sonne aufgeht, so muß sich ihre Strahlengloriole durch den ersten Herbstnebel kämpfen. Die geneigten Schäfte des Schlangenwurzenzian tragen ihre blauen Glocken größer und reicher als in anderen Jahren.

Wenn Guntram Hartmann durch sein Revier geht, hat er ein scharfes Auge auf Bergwanderer, denen die Kostbarkeiten einer heilgebliebenen Welt nicht mehr bedeuten, als daß man sie abreißt, zu Sträußen preßt und sie bei Verblassen ihrer Schönheit wegwirft wie Abfall.

Was weiß schon so ein Naturräuber von der mimosenhaften Empfindsamkeit einer Silberdistel. Sie ist schön, gleich einer Monstranz, und unantastbar. Wer sie ausschneidet aus ihrem stachelbewehrten, gezackten Nest, der tötet sie. Sie wächst nicht nach im kommenden Jahr wie Löwenzahn und Margarite. Und wieder ist eine der Herrlichkeiten unserer Bergwelt, vor der ein Mensch mit Herz in Ehrfurcht verharrt, ausgemerzt.

Wieder sind Menschen, die sich mit dem Betrachten und Bewundern begnügen, ärmer geworden. Und ähnlich verhält es sich mit allen geschützten Alpenblumen unserer Berge.

Der junge Faller Förster hat sich eingereiht in den Kreis der Männer, die eine hohe Aufgabe auf sich genommen haben. Unserer Bergwelt ihre Flora, ihren Schmelz, ihre unbezahlbare Schönheit für die Nachwelt zu erhalten. Er ist sich bewußt, daß die Männer der Bergwacht Idealisten sind, wahrhaftige Idealisten, die große und private Opfer zu bringen bereit sind.

Er weiß, daß seine Braut, seine Berti, Verständnis dafür haben wird, sollte er im Notfall einmal auf seine Nachtruhe verzichten müssen, seinen Feierabend, seinen Sonntag. Jeder der Bergwachtmänner weiß, daß ihr Führer und Meister als erster zur Stelle ist, wenn es heißt: Ein Mensch ist in Bergnot. Aber nicht allein Menschen kommen – oft aus eigener Schuld – in Bergnot. Viel gefährdeter ist der Latschenbusch, der den herrlichen Ruch des Grenztannigs trägt; die jahrhundertealte Eibe, wenn sie ihren Schmuck aus erstarrten Blutstropfen ins blaue Himmelslicht hält.

Immer, wenn der junge Forstmann vor einem Eibenbaum steht – nur wenige leben noch in den Tiefen der Wälder des Isarwinkels –, nimmt er den Hut vom Kopf. Es ist etwas Ehrfurchtgebietendes um diesen Baum. Gleich zu Beginn seiner Amtszeit im Faller Revier ist ihm ein Forstfrevler begegnet mit einem halben Zentner Eibengrün. Er habe Hochzeit, hat er gesagt, und wolle eine besonders schöne Girlande über die Haustür haben. Von Schuldbewußtsein ist keine Spur bei ihm zu finden gewesen. Da fragte ihn der junge Förster ruhig, trotz seiner Empörung: ‚Was glaubt ihr wohl, wie lange wir noch eine Eibe hätten auf unsern Bergen, wenn jeder so dächte und täte wie ihr? Jahrzehnte braucht eine Eibe, um zum Baum zu werden. Und ihr schneidet diese Mühsal, diesen Lebenskampf ab in wenigen Minuten. Wenn die Eibe, von der ihr all das geräubert habt, keine Riese ist, so stirbt sie. Sie kann nicht atmen ohne ihre Nadeln. Sie stirbt. Auf den Zweigen liegt der ganze Glanz und Schimmer des Eibengrüns, wie kein anderer Nadelbaum ihn aufweist. Zum Heulen ist, daß diese Pracht nicht mehr am lebendigen Baum sich ihres Daseins freut, daß sie mit einem Strick zusammengewürgt auf dem Waldboden liegt.' Der gedankenlose Frevler sah darauf nieder und war bemüht, den Heger und Pfleger des Waldes zu verstehen. Und er sagte, weniger forsch als zuvor: ‚Zu einer Girlande über die Haustür freut's mich jetzt nicht mehr. Aber daß es nicht verkommt, ungenutzt, soll meine Braut einen Kranz winden für das Gefallenendenkmal. Und wenn ich Strafe zahlen muß, so zahl ich's halt. Eine Eibe rühr ich keine mehr an. Man müßt's schon in der Schule g'sagt kriegen, wie es ist um so einen Baum."

Da hatte der junge Forstmann von einer Anzeige abgesehen, fest überzeugt, daß der Isarwinkler Bräutigam sich seine Worte zu Herzen genommen hat.

Ein achtzigjähriger Holzhauer, dessen junger Freund er bereits geworden ist, hat ihm erzählt, daß vor fünfzig Jahren noch das Edelweiß auf dem Mondschein in kleinen Oasen geblüht habe. Sterne so groß und atemberaubend herrlich, wie man selbst an einem Glückstag keinen mehr antrifft.

Die Luderer Hütte sei in einem Meer von Almrosen gelegen, weitum habe man nichts anderes gesehen als die wundervollen herb duftenden Blüten. Acht verschiedene Enzinanblüten seien am Lärchkogel und am Kotzen heimisch gewesen, Brünellen und Teufelsaug, und nirgends habe die Sodanella in der gleichen traumhaft zarten Lieblichkeit den Bergfrühling eingeläutet. Mehr als die Hälfte von allem sei ausgerottet.

Bergwachtleute gibt's immer noch zu wenig zum Wachehalten. Die gedankenlosen Räuber werden immer mehr. Die Kronen des Türkenbunds hätten zu jener Zeit am Hirschbach entlang geblüht zu Hunderten. Heut findet man keinen mehr. Und am Trattenbach seien die zartlila und weißen Orchideen in Feldern gestanden. Ihr Duft lag über allem, was da blühte. Es ist vorbei. Auf dem Seekar haben tausende von Silberdisteln ihr großes Strahlenauge zum Himmel gerichtet, fast ein jeder, der vorüberging, hat wenige oder mehr ausgeschnitten, sie sind gestorben für immer.

Guntram verhält den Schritt, wenn er auf einsamen Pirschgängen in der Stille der Abseitigkeit einige Gerettete des einstigen Reichtums an Bergflora entdeckt, am liebsten würde er sie mit Tannicht abstecken, daß keiner sie sieht. Und Berti, seine Braut, denkt wie er.

Er weiß, sie hätte keine Freude an einem Strauß. Eine einzige Blüte, und die nur ganz selten, kann sie zu Tränen der Freude rühren. Auf ihres Vaters Grund und Boden watet keiner durchs Wiesland, um einer Orchidee willen. Am Feldweg, der durch Trasser Besitz führt, steht gut sichtbar eine Tafel, auf der steht:

‚Wennst willst, daß deine Enkel die Bleaml noch seg'n,
Nacha schau's an und – laß' stehn!'

Korbis verrenkter Fuß tut noch weh, aber er leugnet es, wenn es heißt, das Melkvieh in die Nähe der Almhütte zu treiben. Es ist fast, als spüren die Tiere das baldige Ende ihrer freien Almzeit, als erinnern sie sich an die Enge und Geborgenheit des heimatlichen Stalles. Man sieht ihren großen, feuchten Tieraugen an, daß sie nur unwillig dem Ruf ihres Hüters folgen, daß sie auf der freien Höhe, von Berghäuptern umgeben, den weiten, blauen Himmel über sich, weiter bleiben wollen. Und doch flicht ihre Sennin seit Tagen schon in jeder freien Minute an den Miniaturgirlanden aus dreifarbigem Schlangenmoos und Immergrün mit roten und gelben Papierröslein besteckt. Früher hat sie immer die glänzenden, blutfarbenen Vogelbeeren dazugenommen, aber der junge Förster hat sie gebeten, diese doch den Vögeln seines Waldes zu lassen. Der Winter sei hart und lang, und die Treue der heimischen Bergfinken bewundernswert. Die Berti, seit der Nacht auf dem Mondschein aufgeblüht wie ein Pfingströslein, vollbringt auch ohne die Früchte der Wildnis aus dem, was ihr zur Verfügung steht, kleine Wunderwerke. Die Krone der Leitkuh, der fünfzehn Jahre alten Prächtl ist so schön geworden wie in keinem Jahr vorher.

Es glitzert und blitzt, sooft der schöne Kopf der Prächtl sich bewegt. Kleine Spiegel, bunt umhäkelt, Heiligenbildchen in lebendigen Immergrünrähmchen, grüne und braune Latschenzapfen, kunstvoll geordnet, große Glasperlen wie Silbertropfen im Tannichtgrün, all das zusammen ergibt die Krone der Prächtl. Als ihr die Berti die Krone aufs Haupt setzt, steht sie still wie eine Statue. Stolz erhobenen Kopfes schaut sie um sich, betrachtet großäugig alle, die ihr folgen werden beim Abtrieb ins Tal. Auch die andern alle werden geschmückt sein am Tag der Heimkehr. Die Krone aber trägt nur eine: die Leitkuh Prächtl. Und sie weiß das. Jeder, der Augen hat für ein Tier, sieht es ihr an.

Der Korbi, glücklich über Bertis strahlende Augen, hilft, wo er kann.

Achtunddreißig Kränze müssen gewunden werden für die Herde. Für die Stierl und die jährigen Kälber darf er sie winden, und das ehrt ihn. Wenn er auch länger braucht zum Einwinden der bunten, schmalen Bänder, sein Jungvieh wird bekränzt aus seiner Hand. Aber noch ist es nicht so weit. Bevor nicht der erste Schrei der brunftigen Hirsche über die Almen hin orgelt, ist die Zeit nicht voll. Und der Almratwagen ist auch noch nicht gemeldet.

Jetzt, da die ganze Kranzarbeit getan ist, stellt die Berti ihm, dem alten Gichtler, eine große Tasse Weidenrindentee, mit Honig gesüßt, auf die Herdeinfassung, legt ihre junge warme Hand auf die seine und lacht ihn mit ihren großen Augen zärtlich an:

„Korbi, wart nicht auf mich. Du weißt schon! Der Guntram freut sich, wenn ich komm, bald kann ich's nicht mehr. Dann sind die Herrenjäger oben, die er führen muß. Und fällt morgen der erste Schnee, ziehen wir zu Tal."

Und nie hat die Berti vergessen, ihm in sein Bett zwei Wärmflaschen zu legen. Manchmal, wenn er nicht allzu müde ist vom Eintreiben, liegt er noch wach und stellt sich vor, wie die beiden auf der Jagdhütte sich herzen und gern haben, wie sie von ihrem gemeinsamen Leben träumen in rosarot und himmelblau, und das Herz wird ihm weit.

Wenn er dann sein eigenes Leben an sich vorüberziehen läßt, dann ist da wenig Leuchten und Glanz, und das Wissen um das Glück der beiden auf der Jagdhütte verklärt und verschönt sein eigenes, dürftiges Dasein.

Sein Brotgeber, der Trasserbauer zum Trasser, ist den ganzen Sommer über nicht auf die Alm gekommen. Wenn er selber eine Tochter hätte wie die Berti, so gäb es keinen glücklicheren Menschen auf der Welt. Es ist nicht, daß der Trasser nicht hätte kommen können. Er selber kann fahren, auch sein Hofwalter, der bis zu dreihundert Meter an die Alm heranfahren kann, hätte ihn bringen können. Aber er kam nicht.

Jeder, rechts und links der Isar, weiß, daß der Trasser seit dem Tod seiner Margaret ganz verwandelt ist, daß man keinen Lacher mehr von ihm hört seitdem, obwohl er früher einer der lustigsten Draufgänger gewesen sein soll. Seit dem Tod seiner zwei Buben aber ist er zum Menschenfeind geworden.

Man meint, ein Vater könne im Anblick und der Nähe einer Tochter wie Berti gesund werden, wieder ein Mensch werden, der das Lichte und Fröhliche liebt. Der Trasser aber wird von Jahr zu Jahr finsterer.

Die alte Wabi hat ihm einmal – es war im vergangenen Herbst, als er um seinen Hüterlohn kam – zugeflüstert: ‚Korbi, nimm ihm nichts übel. Er ist gemütskrank.' Das alte, einfache Weibl, das ihn seit einem halben Jahrhundert kennt, wird schon recht haben. Was für ein Glück, daß die Berti den Guntram Hartmann gefunden hat! Die beiden passen zueinander wie das erste Menschenpaar.

Heute abend bleibt ihm die Alm allein überlassen. Die Berti hat gefüllte Krapfen gebacken für den Jöschvater. Da wollen sie nach der Melkzeit beide auf Hohenburg gehen und ihn besuchen. Ist ein weiter Weg. Aber wenn man einen Menschen gern hat, wird er kürzer. Und die Berti hat den Jöschvater gern.

Vielleicht besitzt er all das, was sie von kind auf beim eigenen Vater mit schmerzender Sehnsucht gesucht hat.

Die strahlende, sieghafte Offenheit, das von Herzen kommende Helfen in jeder Notlage, das Treffsichere, wenn es gilt, dem i das Tüpfel aufzusetzen. Die Gabe, zu erzählen, daß man meint, unmittelbar dabei gewesen zu sein. Und dann das Gütige, das Liebe. Ja, das Liebe.

Wenn ihr Vater ein einzigesmal seine Hand so warm und zärtlich auf ihre eigene gelegt hätte, so wäre sie zu allem bereit gewesen. Aber er hat es nie getan. Daß sie nicht eine Fremde ist für ihn, hat er nur dadurch bewiesen, daß er Befehle gegeben und Verbote ausgesprochen hat. Allein dadurch.

*

Der Abend von Jöschvaters Geburtstag ist so warm und blaulüftig, wie er dies nur im September sein kann. Seit die Nächte kalt geworden sind, tragen Ahorn und Linden mattgoldene Blätter, die Bergbuchen setzen Bronze an, und hie und da prunkt schon eine in leuchtendem Kupfer. Die Ebereschen tragen ihre Traubenpracht seit Wochen wie eine Braut ihr Geschmeide. Das triumphierende Rot der Beeren steht gegen den tiefblauen Himmel wie eine besondere Kostbarkeit.

Guntram und Berti sind zwei Menschen mit offenen Augen für die Schönheit, die sie umgibt. Leichtfüßig nehmen sie den schmalen Jägersteig im Laufschritt, nur hin und wieder verharren sie kurz, schauen sich tief in die Augen und küssen sich. Das Faller Jägerdorf lassen sie links liegen, nahe der Straße in einem Geräteschuppen sind ihre Räder untergestellt. Noch steht die sinkende Sonne über den Bergen, aber der silberklare Mond hebt sich bereits hinterm Kampen empor.

„Der Jöschvater wird denken, heuer hätt ich ihn vergessen!“ Die Berti sagt es und hat dabei ihr träumerisches Geschau, an dem sich der Mann ihrer Liebe nicht satt sehen kann.

*

Wie sie es beide erwartet haben, sitzt der Jöschvater an seinem Lieblingsplatz, auf seinem westlichen Sonnenbankerl. Vogelgesang ist um ihn, vom Park herüber flattert Mädchenlachen auf in allen Tonarten. Es sind die wohlbehüteten Zöglinge der Ursulinen, die sich zur Lebensaufgabe gemacht haben, die Töchter des Landes zu vollwertigen, lebenstüchtigen Menschen zu erziehen.

Als er die beiden die Anhöhe heraufkommen sieht, geht ein Leuchten über sein Gesicht, und seine junggebliebenen Augen sehen mit einem Blick, daß da das Glück eines Liebespaares auf ihn zukommt. Er streckt seine Arme aus, und die Berti fliegt hinein wie ein Vögelchen. Daß er gerade heimgekommen sei erzählt er, seine Tochter, sein Schwiegersohn und die Enkel hätten ihn ausgefahren nach Tirol, es sei ein herrlicher Tag gewesen. Daß sie beide aber gekommen seien zum heutigen Abend, das setze allem Schönen die Krone auf. Und weil die Berti meint, zu den Krapfen gehöre ein guter Kaffee, geht sie ins Haus.

Da steht der junge Faller Förster auf, macht seine Gratulation und drückt die Hand des alten Hohenburger Leibjägers, daß der die Zähne zusammenbeißt und sagt in seiner ihm eigenen, gewinnenden Art: „Herr Kollege, es ist nicht allein, daß ich mich freue, daß ich Ihr Freund sein darf, es ist mir auch eine Ehre, einen so verdienten Waidmann wie den Jöschvater näher zu kennen. Und wenn ich bitten dürft darum, dann erzählen Sie uns aus ihrem reichen Jägerleben. Aber nur, wenn Sie nicht zu müd sind von ihrer Tiroler Fahrt."

„Der Kaffee vom Bertile wird mirs Müdsein schon vertreiben", lacht der und setzt mit einem Blick auf den Verlobungsring hinzu: „Eine größere Freud hättet ihr mir nicht machen können, ihr zwei. Die beste Flasche, die ich im Keller hab – Seine Hoheit, der Großherzog, hat sie mir vor zwanzig Jahren selber in die Hand gedrückt –, kommt heut auf den Tisch. Das ist mir eure Verlobung wert. Und weil die großen Tage im Leben selten sind, wollen wir ihn festhalten. Ab heut bin ich nicht mehr der Herr Kollege, sondern der Jöschvater mit du, so wie für die Berti auch."

Es ist wundervoll, in Jöschvaters Jägerstube zu sitzen. Die Berti hat im breiten grünen Kachelofen Feuer gemacht. Wenn im September die Sonne untergeht, wird es rasch kühl im Bergland. Und sie wollen doch heute Verlobung feiern, weil es nicht sein kann auf ihres Vaters Hof. Sie hat ein kleines Zweiglein Latsche in die

Durchsicht gelegt; bald wird es warm werden und das ganze geräumige Jagdzimmer mit Tannichtduft erfüllen.

Wenn man die Trophäen an allen vier Wänden betrachtet, so spürt man, daß sie anfangen, lautlos Geschichten zu erzählen: Jägergeschichten, Kampfgeschichten, auch solche, wo die Liebe eine Rolle spielt. Bis zur braunen Holzdecke reichen die Spitzen der Hirschgeweihe, darum sich Rehkronen und Gamskrickel scharen. An den kalkweißen Wänden heben sich Auer- und Spielhahn in ihrem Hochzeitsstaat ab, die Rosen über ihren blauschwarzen Stirnen prunken blutrot, als ob sie noch lebten. Alte Stiche aus der Gründerzeit der Hofmark Hohenburg und der kleinen bescheidenen Dorfgemeinschaft an der Oberen Isar, Lenggries geheißen, zieren die Wände.

Bevor das erste Jahrtausend unserer Zeitrechnung voll war, standen schon die Grundmauern der damaligen Hochinburg. Von da ab kann der Jöschvater erzählen, mit einer Begeisterung, daß auch ein Uninteressierter mitgerissen wird. Auch der Leibjäger einer Königlichen Hoheit hat hin und wieder einen freien Tag, an dem er nach Herzenslust in alten Schriften suchen und graben kann. Alles, was mit Jagd und Waidwerk zusammenhängt aus vergangenen Tagen, interessiert den mit Leidenschaft seinem Beruf ergebenen jungen Jäger und Forstmann.

Die Berti aber hört nichts lieber als Geschichten vom Hohenburger Hofleben, besonders, wenn eine unglückliche Liebesgeschichte zutage kommt. Schon wenn der Jöschvater bedächtig seine Pfeife stopft und seine dunklen Augen wie träumend in die Vergangenheit schauen, wird man ganz Auge und Ohr. Die Berti schenkt ein, rückt die Krapfen in Handnähe, legt den Arm um ihren Guntram, und ihr schönes Antlitz unter dem rotbraunen Haar ist ein einziges Warten.

Ein feines Lächeln spielt um den Mund des alten Mannes, seine Berti soll nicht enttäuscht werden. Er selber hat so viel erlebt als schweigsamer Zuschauer und Beobachter in all den Jahren seines Dienens auf Hohenburg und der Platt, daß sich ein Buch füllen ließe.

Zu Ende des neunten Jahrhunderts wurde diese Hohenburg (Hochinburg) bereits erbaut. Als erste Herren wurden im 11. Jahrhundert die Gebrüder Urdalschalk, Richer und Norpert, genannt. Aber das liegt für die Berti zu weit in grauer Vergangenheit. Da streiften noch Bär und Luchs durch den Urwald an der Oberen Isar und schlugen Hirsch und Reh, Schafe und Geißen der kleinen Häusler. Damals sind noch keine Herrenhöfe auf beiden Terrassen entlang des Flusses gestanden, viel später erst kamen die Geschlechter der Waasensteiner zum Waasensteiner am Waasenstein, der Klaffenbacher zum Klaffenbacher am Klaffenbach, der Oswalden, der Rieschen und Prandthofer, der Murbäkker und Gergen, der Pfundtner, der Rauchenberger am Rauchenberg und wie sie alle heißen, die sich behauptet haben seit vielen Generationen.

Steinsammler und Kalkbrenner, Holzer und Flößer, Pechsammler und Korbflechter suchten und fanden ein Heimatl in schindelgedeckten, steinbeschwerten Häusln entlang dem Isargries, das sich in Jahrtausenden rechts und links des Wildwassers angesammelt hatte. Geißhalter mit einer oder zwei Kühen fristeten als Holz- und

Floßknechte, Kalkbrennergehilfen und Hufschmiede ihr einfaches Leben mit einer Schar lebenstüchtiger, anspruchsloser Kinder, und Juchzer und Lieder tiefster Lebensbejahung waren um Lenggries daheim.

Nicht nur Holz und Kalk brachten die Flößer in die Münchner Stadt zum Bau der Marienkirche, Menschen ohne Falsch, arbeitsfreudig und kerngesund, lieferte der Isarwinkel jahrhundertelang.

So ein echtes Lenggrieser Kind sitzt ihm nun gegenüber und fiebert vor Ungeduld, daß er doch endlich beginnen wolle.

„Jöschvater", bettelt sie da, und ihre veilchenblauen Augen blitzen wie Edelsteine, „Jöschvater, hast mir versprochen, daß du die Geschichte vom Stallburschen Jeromin und der schönen Gräfin erzählst." „Und mir, Jöschvater, wolltest du den Wildererkrieg auf der Platt zu Ende erzählen. Aber schau dir mein Bräutlein nur an. Geben wir ihr das Vorrecht."

Und der Jöschvater beginnt:

„Der alte Großherzog ist ein Mensch gewesen, wie man ihn unter Hochgestellten selten findet. Zwei großen Freuden hat er viel Platz eingeräumt in seinem Leben: der Jagd und schönen Frauen.

Das Heuchlerische und Falsche an einem Menschen hat er gehaßt wie die Pest. Ein offenes Wort, auch wenn's nicht fein vorgebracht worden ist, hat er respektiert und keinem nachgetragen. Auch war er freigebig gegen jeden, dem er vertraute. Das Geld, das seine russische Fürstin mit in die Ehe gebracht hat, reichte für Generationen. Viel ist wohl im Lauf der Jahre für die Jagd am und um den Verein bei Mittenwald ausgegeben worden.

Da war um die Jagdzeit – Hirschbrunft und Gamsbrunft – ein Teil des Hohenburger Hofstaates mit der gesamten Jägerei, Köchen und Bäckern, Lakaien und Stallmeistern da, und im Kavalierhaus neben dem Jagdhaus sah man auch hin und wieder eine der schönen Hofdamen, die Ihrer Hoheit, der Großherzogin Anna-Maria von Luxemburg, zu dienen hatten.

Die Schönste von allen aber war zweifellos die junge Gräfin Isabell. Wir haben im Isarwinkel schöne, flachshaarige Dirndl, aber ein schöneres Goldblond, als die junge Gräfin gehabt hat, mit rehbraunen Augen darunter, das hab ich nie gesehen. Ein Figürchen wie eine Nymphenburger Porzellanpuppe. Immer war sie freundlich, immer liebenswürdig. Bin ihr manchmal begegnet, wenn ich zum Geyerstein hochgestiegen bin. Da ist sie auf einem der Steinbänke im Park gesessen und hat vor sich hin geträumt. Oder sie ist bergan gestiegen, gleich mir, um einen freieren und weiteren Blick zu haben in Gottes schöne Welt hinaus. Man hat sie allweil nur anschauen müssen, man ist nicht von ihr losgekommen.

Da ist das Gemunkel umgegangen, daß sie etwas mit dem Reitburschen habe, dem Ungarn, der vom Gut Esterházy zwei junge Hengste auf Hohenburg gebracht hat. Zuerst sollte er nur so lange dableiben, bis die Hengste sich eingewöhnt haben, dann aber wurde es für länger. Der fremde Jeromin aus Ungarn hatte Feuer im Blut, und er hat die goldhaarige Gräfin Isabell gesehen. Was soll ich da schon erzählen! Ihr beide habt es ja selber erlebt. Das Wunder, mein ich. Die Heutigen mögen lachen darüber, es bleibt ein Wunder für zwei Menschen, die sich begegnen, vor einer Stunde noch wußten sie nichts voneinander, und nun ist ihnen beiden, als hätten sie Ewigkeiten nacheinander gesucht und sich endlich gefunden. Die Welt wird weiter und lichter, der Himmel höher und blauer, alle Vögel singen tausendmal schöner als vor einer Stunde noch. Alle Mitmenschen sind plötzlich schön, hilfreich und gut. Jeder Atemzug ist ein Geschenk Gottes, Arbeit und Pflicht werden zum reinen Vergnügen."

Berti und Guntram sehen sich an, und ihre Augen werden feucht. Und Guntram sagt leise: „So ist es, Jöschvater! Und wer auf dieser Welt dieser Lieb nie begegnet ist, der ist arm."

Der Jöschvater nimmt einen tiefen Schluck von seinem Kaffee und zündet seine Pfeife neu an. „Das Gerücht, daß der bildsaubere Zigeuner mit der Gräfin allerorts im Wald sich treffe, wurde immer lauter. Eine der Hofdamen der Großherzogin, eine willenlose Untertanin, soll verraten haben, daß sie die Gräfin mit dem Reitknecht eng umschlungen im Park beim hinteren Weiher gesehen habe. Für die Hofdame einer Großherzogin eine Unmöglichkeit.

Bald darauf hatte ich den Futterstadel nachzusehen am Oberen Hirschbach. Die goldene Pracht der Laubwälder ist schon als dickes Polster am Boden gelegen, so haben mich die beiden nicht kommen hören. Auch meine Diana hörte keiner. Zurück wollt ich nicht mehr, und einen Bogen um beide habe ich schlecht machen können. So hab ich mich auf einen Baumstumpf gesetzt, in der Hoffnung, daß die Gräfin und der Reitknecht bald bergab gehen werden. Zuhören wollte ich bestimmt nicht. Bin nie einer von denen gewesen, die ihr Ohr am

Schlüsselloch anderer Leut haben. Aber der Zufall wollt es, daß der Wind bergan stieg und mir jedes Wort zutrug, das sie redeten. Besonders leis sind sie nicht gewesen.

Ich hätte mich bemerkbar machen können mit einem Huster oder die Diana bellen lassen, das war aber auch nicht das Rechte. Hab mir ja denken können, daß es beiden peinlich gewesen wäre, sie da heroben allein anzutreffen, und daß sie Angst bekommen könnten, dem Gerede um sie neue Nahrung zu geben. Sie haben mich beide nicht näher gekannt, weil ich lange Zeit Dienst auf der Platt bei Wiesbaden gemacht hab und nur zu den großen Jagdzeiten auf Hohenburg und dem Verein gewesen bin.

So bin ich mit meiner Diana sitzen geblieben und hab durch die tief hängenden Zweige einer Samentanne sehen und hören können, wie die junge Gräfin ihren goldhaarigen Kopf in beide Hände stützte und laut geschluchzt hat. Der junge Ungar Jeromin ist in höchster Erregung auf und ab gegangen wie ein Tiger im Käfig. Sein Stöhnen hab ich bis zu meinem Sitzplatz gehört, bevor er in seinem holprigen Deutsch hervorgestoßen hat:

‚Wir uns lieben! Was geht das an die Hohe Frau! Liebt sie nicht den jungen Großherzog? Dann arme Frau! Ich erster Reitbursche bei Esterházy. Über mir nur Stallmeister. Ich allein die beiden Hengste zugeritten hab für Hoheit hier. Ich gleich zurücksollen. Aber dich gesehen. Kann nicht leben, ohne dich zu sehen. Du es weißt. Und nun, ich werde weggeschickt, weil ich liebe dich. Du mit mir kommen! Du und ich nicht auseinander können!‘

So blieb er vor ihr stehen, wilden Auges, schwarz wie sein ungebändigtes Gelock, hoch und schlank, mit

Fesseln wie Stahl. Ein Mannsbild, das jeden im Isarwinkel in den Schatten gestellt hätte.

Die Gräfin wischte sich die Tränen fort und sah ihn todtraurig an.

‚Liebster – Jeromin, wie gern käm ich mit dir. Deine weite Pußta muß der Himmel sein gegen die Enge des Hoflebens hier. Man wird bespitzelt und belauscht, umheuchelt und hinterm Rücken schlechtgemacht. Man wird ausgehorcht auf Wunsch einer Neiderin, die man für eine Freundin hält. Die Gäste und Kavaliere Seiner Hoheit sind selten wirkliche Edelleute, und wenn sie eine der hübschen jungen Bediensteten sich gefügig gemacht haben, machen sie sich lustig darüber beim abendlichen Trunk in der Schloßschenke. Sie versuchen es natürlich auch bei mir, Ihrer Hoheit jüngster Hofdame.

Wenn ich mich ihren Nachstellungen gar nicht mehr zu wehren vermag, vertrau ich mich Ihrer Hoheit, der Großherzogin, an. Sie ist ein Engel. Ob sie jemals so glücklich gewesen ist wie wir? In Adelskreisen wird selten nach Liebe geheiratet. Du weißt das. Am Hof von Esterházy wird es nicht anders sein. Meist sind die Herren Kavaliere verheiratete Männer mit einer Schar Kinder daheim. Meine Herrin hat nur eine kleine Andeutung zu machen brauchen ihnen gegenüber, und ich hab meine Ruh gehabt. Du weißt ja selbst, welche Würde die Großherzogin ausstrahlt.‘

‚Ist wahr – Hohe Frau ist Madonna!‘ nickte Jeromin heftig. ‚Aber sie wollen, daß wir müssen auseinander. Ich nicht können bleiben hier. Ich muß zu Pferden. Meine Mutter abgestiegen vom Roß, mich auf der Pußta geboren, wieder hinauf auf Roß, mich im Arm. Ich immer um Roß. Wenn Edelhengst oder Stute einmal wild, keiner sich zu ihr hintrauen, so Jeromin holen. Ich nur ein paar Worte ins Ohr, und fromm werden wie Lamm. In Stallungen von Esterházy noch kein Doktor gekommen.

Ich kenne jede Kraut, jede Pflanze für Roß. Schwer Geburten, ich haben schmale Hände und Segen darin von meiner Mutter mitgegeben. Ich Esterházy gekränkt schwer, weil ich geblieben hier. Und nun ich muß gehen. Ich hier nicht Brot finden. Nirgends Pferde wie bei Esterházy. Du mit mir kommen mußt, Esterházy, mein Herr, mir verzeihen, wenn er sehen dich, und wir sagen, daß wir lieben uns.

Ich haben ein schönes Haus für mich im Park von Esterházy. Meine Mutter mir besorgt alles, nur schlafen auf der Pußta, sie es so gewollt. Sterne über der Pußta immer ihre Freunde gewesen, sagt sie. Von ihnen kommen die Kraft. Du mit mir kommen mußt! Wir glücklich sein.'"

Es ist gut, daß die Dämmerung die Stube füllt bis hinauf zur braunholzenen Decke. Der Mann Guntram hat seinen Arm um das Mädchen seiner Liebe geschlungen, als könne die Kraft des Schicksals sie ihm entreißen. Die Berti denkt nur eines: ‚Warum geht sie nicht mit ihm! Ich ginge mit ihm und wär's in die Wüste!'

Der Jöschvater zündet seine Pfeife wieder an und nimmt einen tiefen Schluck. Im Kachelofen bullert's leise und traulich, durch die Fensterscheiben sieht man die Sterne am nächtlich werdenden Himmel.

Und der alte Mann, der Zeuge eines harten Menschenschicksals geworden ist, fährt fort: „Wie ich meine Berti kenn, denkt sie jetzt: Warum läßt sie sich bitten. Ich ginge mit ihm, und wenn ich Königin wär! Ist's so – Berti?" Diese nickt. „Glaub mir", sagt der Jöschvater, „ihre Lieb ist nicht kleiner gewesen als die deine. Menschen urteilen immer zu rasch, zu wenig überlegt. Glaub mir, wenn du Königin wärst, so ließest du eher dein Herz verbluten, als daß du deinem Volk und Land untreu würdest. Hab auf meinem Baumstumpf auch gemeint, die wunderschöne Gräfin Isabell sei doch nicht so stark, wie sie schön sei. Aber ich hab mich geirrt, wie schon oft im Leben.

Nun war ich schon mit einbezogen in dieses Gespinst zweier Liebenden. Jetzt hörte ich auf beide Stimmen mit immer brennenderem Interesse und hörte die Frau nun sagen:

‚Liebster! Meine Geschichte ist kurz. Und wenn ich sie erzählt habe, wirst du verstehen, warum ich nicht mit dir gehen kann.

Achtzehn bin ich gewesen, als mich der Oberst Graf von den Weiden zum Altar führte. Das Gut meines Vaters war schwer verschuldet. Mit dem Geld Oberst von der Weidens konnten wir wieder wirtschaften. Ich habe mein Jawort gegeben aus Dankbarkeit. Auch sagte er mir vor der Trauung offen, daß er mich nie zur Frau machen könne, ich aber die Ehre seines untadeligen Namens wahren müsse. Das sei seine einzige Bedingung. Unsere Ehe dauerte zwei Jahre. Eines Morgens brachten sie ihn mit gebrochenem Rückgrat. Er war vom Pferd gestürzt. Ich betrauerte ihn ehrlich, er war immer wie ein liebevoller Vater zu mir gewesen.

Unser elterliches Gut, das ich noch heute liebe, hat mein Vater an den Rand des Ruins gebracht. Er hat wohl geglaubt, tausend Morgen Land könnten seine kostspieligen Liebschaften in Berliner Theaterkreisen bezahlen. Es war nicht so. Als mein Mann, Graf von der Weiden, das Gut wieder saniert hatte, fing mein einziger Bruder an, Sorgen zu machen. Er wurde zum Spieler. Er, ein Major der Kavallerie – man nannte ihn den schönsten Mann des Regiments –, spielte nach einigen guten Spielnächten immer höher. Je mehr er verlor, um so verbissener spielte er.

Unser elterliches Gut war bereits wieder bis über den Dachfirst verschuldet. Mein Bruder kam immer öfter um Hilfe. Er erpreßte mich mit der Drohung, sich vor meinen Augen zu erschießen, wenn ich das nötige Geld nicht sofort beschaffen könne. Ich wisse doch, Spielschulden seien Ehrenschulden.

Ich dachte an meine Mutter und was sie durch meinen Vater schon gelitten hatte und wie sehr sie meinen Bruder, ihren einzigen Sohn, liebte. Ich ließ einspannen und fuhr in die nächstgelegne Stadt, aber alle Banken hatten bereits geschlossen. Der Zeitpunkt der Rückzahlung einer Spielschuld ist jeweils auf vierundzwanzig Stunden festgesetzt. Es blieben mir nur noch sieben Stunden Zeit, um meinen Bruder zu retten. Da ging ich zu einem Wucherer, von dem ich gehört hatte. Die Summe, die mein Bruder schuldete, war atemberaubend hoch, und das von meinem Gatten ererbte Gut von der Weiden deckte den Wert bei weitem nicht mehr. Obwohl ich ihm meinen gesamten Besitz überschrieb – er ließ einen Notar holen –, mußte ich für die restliche Summe fünfzehn Prozent Zinszahlung übernehmen. Mir wirbelte es im Kopf, als ich das Büro des Wucherers verließ. Aber meine Mutter brauchte nicht an der Bahre ihres geliebten Einzigen zu stehen.

An jenem Abend habe ich meinen Bruder als erwachsenen Mann zum erstenmal weinen sehen. Er schwor mir feierlich, nie im Leben mehr eine Spielkarte anzurühren.

Das total verschuldete elterliche Gut wollte er wieder aus dem Sumpf ziehen, Verwalter und Großknecht einsparen und so seine Schuld abdienen.

Ein Jahr ging alles gut. Mein Bruder schuftete für zwei, kein Knecht und keine Magd hätten das geschafft. Bis zum Tag, da sein Regiment Kaisers Geburtstag feierte. Seine Kameraden kamen auf unser Gut, vierzig Kilometer von der nächsten Bahnstation, und holten ihn ab.

Er wehrte sich. Er wollte nicht mitkommen. Vielleicht ahnte er, was auf ihn wartete. Er war kein schlechter Mensch, obwohl er den Seinen das Leben vergiftete mit seiner Leidenschaft.'"

Von der Hohenburger Turmuhr herüber hört man acht Schläge. Der Jöschvater stoppt seine Erzählung und zählt mit. In seine Augen voll tiefen Ernstes kommt seine alte Fröhlichkeit, er steht erstaunlich flink aus seinem ledernen Großvaterstuhl auf und sagt: „Einen sauberen Gastgeber habt ihr zwei! Kein Licht, nichts zu essen und zu trinken, Essenszeit ist lang vorbei." Aber die Berti ist schon bei ihm, küßt ihn auf die Wange und redet eindringlich auf ihn ein. „Jöschvater, setz dich wieder! Wir haben auf dem Weg zu dir ein Sackl Krapfen gegessen, Durst haben wir keinen. Wenn dich hungert, da stehen frische Mitbringsel auf dem Tisch vor dir, und Kaffee ist auch noch in der Kanne. Und sie schenkt ihm neu ein. Weißt, du erzählst so schön, daß man nichts anderes will. Ich könnt heut Nacht nicht schlafen, wenn ich nicht die ganze Geschichte von der Gräfin wüßt.“ Der Jöschvater schaut die Berti an – sie hat das Licht angeknipst –, so verzückt, wie jeder alte Mann ein blühendes, unverdorbenes Menschenkind anschaut, das gut zu ihm ist. Ein Stück vom eigenen einstigen Jungsein steht leise auf und verströmt seinen Glanz, seinen Duft, seine farbigen Träume.

Bei einem der Mühlbacher Großbauern stromert und sucht ein Kater eine heiße Katze und findet sie nicht. Sein jammervolles Klagen tönt durch die Nacht wie eine Herausforderung. Um den Mund vom Jöschvater zuckt ein belustigtes Lächeln. „Das ist der Mauzi vom Herrenbauern. Der hört überhaupt nicht auf mit Hochzeiten. Soviel Katzen gibt's gar nicht, als der bräuchte.“ Die Männer lachen. Nur die Berti lacht nicht. Sie muß wissen, wie es der schönen Isabell weiter ergangen ist.

„Jöschvater“, bettelt sie, „erzähl weiter!“

„Wo bin ich denn stehen geblieben?“ fragt der Jöschvater. „Das Gedächtnis eines Fünfundachtzigjährigen ist nicht mehr das beste.“

„Wie sie den Bruder von der Gräfin verführt haben zur Geburtstagsfeier vom Kaiser mitzukommen zum Regiment“, half die Berti ganz aufgeregt nach.

„Ja, endlich hat er den jungen übermütigen preußischen Junkern und Leutnants nachgegeben und ist mitgefahren. Heimgekommen ist er nie mehr. Die Stimme der schönen Isabell erstickte damals im Weinen. Und der rabenschwarze Ungar nahm sie in die Arme und küßte und tröstete sie.

Ich hab nur noch die Umrisse der beiden sehen können, langsam stieg die Nacht bergan. Aber das Arge kommt erst. Was diese herzliebe Dame hat mitmachen müssen in jungen Jahren, das tut einem selber weh, wenn man ein Herz hat. – Nach einer kleinen Weile hat sie weitererzählt: ‚Nach des Kaisers Geburtstagsfeier ist man, bereits angeheitert, ins alte Spielkasino. Ein volles Jahr hat mein Bruder nichts anderes gesehen als die Stallungen daheim, draußen das Land, fernab der großen Straßen, Kartoffelfelder und Zuckerrüben, Lupinen- und Kleefelder, Mohn- und Flachsbreiten, wogende Weizenflächen und dahinter die Heide. Zu Jagd und Fischfang war keine Zeit bei dem, was er sich vorgenommen hatte.

Nun lag da auf einmal wieder das alte, heißgeliebte Leben, die Luft der Sorglosigkeit, des gehobenen Lebensstandards.

Und – die Kugel rollte! Noch war er nicht gewillt, ihr zu opfern. Nicht einmal verführt. Zu bitter hatte er täglich neu im Jahr, das hinter ihm lag, seine Leidenschaft büßen müssen. Vor Morgendämmerung aus den Federn, wenn alle noch ruhten, an den Schreibtisch, um den Papierkram in Ordnung zu halten. Mit jedem Pfennig knapsen wie ein Ziegenhirt.

Die Kameraden im Offiziersrock prosteten ihm zu. Immer wieder – immer wieder. Bis einer sagte: ‚Ich spür's, heut gewinn ich! Alles ran!' Er setzte nicht viel ein. Mein Bruder ist neben ihm gesessen. So erzählte es uns sein Kamerad, der uns die Todesnachricht überbracht hat.

Innerhalb einer halben Stunde hatte dieser Spieler ein Vermögen in der Hand. Und weil glückliche Menschen immer in Geberlaune sind, drückte er meinem Bruder einige Chips in die Hand. Probier's, ist ja nicht dein Geld. Aber was die Kugel dir bringt, behältst du.

Ach, hätte dieser glückliche Spieler meinem Bruder bloß die Chips nicht geschenkt! Alles wäre anders geworden, mein ganzes Leben. Mein Bruder hat sechs Einsätze gemacht und bei jedem das Höchste gewonnen, was zu gewinnen war. Hat die volle Summe sofort wieder eingesetzt. Und wieder das Höchste gewonnen. In knapp einer halben Stunde hatte mein Bruder Belege in Höhe von vierundzwanzigtausend Goldmark vor sich liegen. Wie in einem Vollrausch setzte er diese ein. Und verlor alles, in wenigen Sekunden. Es war den andern, als ob er plötzlich erwache.

Er schien ganz ruhig, fast heiter. Flüsterte seinem Nebenmann zu, er trete nur kurz aus, und ging durch die Tür. Augenblicke danach fiel der Schuß.'"

Der Jöschvater holte tief Atem, dann sagte er: „Wieder hat sie geweint, die schöne Isabell. Hören hab ich's nicht können, aber ich hab ihr weißes Tüchlein gesehen durch die Äste hindurch. Und wieder hat sie der Ungar geküßt und getröstet. Zwischendurch hab ich ihn sagen hören:

‚Du weinen – mir das Herz brechen, meine Königin.'

Ich hab ein feines Gehör und Gespür für das, was echt und was falsch ist. Daran hat sich bis heute nichts geändert. Und ich hab gewußt, daß der Ungar mit der schönen Gräfin litt und hab ihn gemocht von dem Augenblick an.

Wieder hat sie weitererzählt. Im Wald ist's schon dunkel gewesen, und die Sterne leuchteten groß und rein.

Ich hab denken müssen, daß auch die Hochgeborenen ihr Schicksal tragen, ähnlich wie der kleine Mann, und daß das wohl die sichtbarste Gerechtigkeit ist auf unserer Welt. – Und die Gräfin erzählte weiter:

‚Drei Tage danach, als man meinen Bruder in die Gruft derer von Breitenfurth gelegt hat, ist mein Vater am Schlag gestorben. Er war in dem einen Jahr, da mein Bruder sich fürs Gut eingesetzt hatte wie ein ganzer Mann, geradezu aufgeblüht. Nun war der neue Hieb ins Mark zuviel für ihn. Unser Gut kam unter den Hammer. Das Gut meines verstorbenen Mannes hatte ich bereits dem Wucherer überschrieben, und ich wußte nicht, womit ich die schuldigen Zinsen bezahlen sollte für die Leihsumme, die meinen Bruder von seiner Ehrenschuld befreit hatte.

Zu allem hin wurde meine Mutter innerhalb weniger Wochen ganz gebrechlich. Der Auszug aus dem Schloß Breitenfurth mit den nötigsten bescheidenen Möbeln in eine frühere Dienstleutewohnung hat ihr wohl den Rest gegeben. In ihrer Not schrieb sie an ihre einstige Internatsfreundin, die jetzige Großherzogin Anna-Maria von Luxemburg, ob sie nicht in Adelskreisen einen entsprechenden Posten für mich wüßte. Ich hatte das Diplom einer Erzieherin erworben und drei Sprachen erlernt. Postwendend kam von Ihrer Hoheit die Antwort, daß ich ab Ersten des folgenden Monats festbesoldete Hofdame auf Schloß Hohenburg sei.

Das Gehalt, das sie mir anbot, war erstaunlich hoch, und es schien mir fast, als wolle die edle Frau ihre barmherzige Gabe darin verstecken. Meine ehemalige Amme kümmerte sich um die Pflege meiner Mutter, und es war mir ein wirkliches Glück, daß ich für beide wenigstens wirtschaftlich mit meinem Gehalt sorgen konnte. Den Druck des Wucherers nahm meine Herrin dadurch von mir, daß die Rechtsanwälte des Großherzogs von Luxemburg errechneten, daß die Schulden durch das Gut meines verstorbenen Gatten mehr als bezahlt seien. Auf einen Rechtsstreit wollte sich der Halsabschneider nicht einlassen, weil er wußte, daß er sich strafbar gemacht hatte. Schulden habe ich also keine mehr, aber auch kein Gut, keine Handbreit eignen Boden. Nur meine Stellung und mein Gehalt, mit dem ich das Leben meiner Mutter und ihrer Pflegerin bestreiten kann.'

,Du nicht brauchen Gut und Boden, meine Königin! Dir und mir gehören die weite Pußta, Land bis Grenze des Himmels. Pferde, so schön und wild, daß es ist ein Paradies, zu leben. Und unsere Liebe. Du kommen mit mir, Esterházy dich sehen, dich anbeten. Nicht mehr böse sein auf untreuen Jeromin. Verstehen, daß hat müssen bleiben im fremden Land bei dir.'

Es hat eine Weile gedauert, bis ich wieder etwas gehört hab. Meine Diana hat etwas wittern, etwas erleben wollen, das tatenlose Hocken ist ihr sauer geworden. Eindringlich und mahnend hat sie mich mit der Schnauze in die Kniebeuge gestupft.

Aber es hat mich nicht vom Fleck gelassen. Als ob eine Gefahr heraufziehe für die beiden Liebenden, die ich vielleicht abwenden könne, so war mir. Und wieder hörte ich die schöne Gräfin sagen:

,Jeromin – wovon soll meine alte Mutter leben, wenn ich ihr nicht mein Gehalt überweise? Weißt du, auch bei hochgeborenen Menschen gilt: Treue um Treue. Ihre

Hoheit, die Großherzogin, hat mich schuldenfrei gemacht, das Gehalt das sie mir gibt, hat noch nie eine Hofdame bekommen. Wenn ich sie nun verlasse um meiner Liebe willen, weiß sie, daß sie all ihre Güte an eine Unwürdige verschwendet hat. Das tut ihr weh. Lieber aber ließe ich ein Stück meines Lebens, als ihr weh zu tun. Sie hat viel zu tragen, ohne daß es einer weiß. Ich aber weiß es. Sie hat schon geweint bei mir. Sie ist wirklich einsam. Ihre anderen Hofdamen reden ihr zu Gefallen, manch eine schwärzt die andere an, um in der Gunst zu wachsen. Oft verkennen sie das wahre Wesen der Großherzogin. Einmal, als ich sie tröstete, indem ich ihr zur Laute alte Volkslieder sang, hat sie mich in den Arm genommen und gesagt: ‚Gräfin, wenn ich Sie nicht mehr sehen könnte in meinen Gemächern, es wäre, als ob die Sonne untergegangen sei. Gott segne Sie immerdar! Jeromin – ich könnte nicht wahrhaft glücklich sein bei dir in der Pußta – ich müßte immer an sie denken. Eine Schar von Dienerinnen und Lakaien um sich und doch kaum einen, dem sie restlos vertrauen kann. Mir vertraut sie. Nicht einmal dir werde ich je sagen, was sie mir schon anvertraut hat.‘

Und, Jeromin, der Ungar, sagte darauf: ‚Ich kann verstehen dich. Du sie nicht verlassen kannst meinetwegen. Aber wir auch nicht leben können, wenn wir getrennt. Gibt eine Lösung. Wir zusammen gehen in eine andere Welt. Gibt Welt für Menschen, die sich lieben. Ich haben in meinem Gepäck ein Pistole. Tut nicht weh. Ganz schnell gehen. Oben, auf dem Geierstein, wo du mir gegeben hast den ersten Kuß. Unter der Muttertanne. Ihre Zweige reichen bis zur Erde.‘

Ich bin gesessen wie erstarrt. Ein Wind ist aufgekommen, der Wolken vor sich hertrieb, ich mußte mich anstrengen, um zu hören, was die schöne Isabell sagte. Nicht alles hörte ich, aber das eine doch: ‚Mit dir sterben ist leichter. Und Ihre Hoheit wird mir verzeihen, wenn sie erkennen muß, wie groß unsere Liebe war.'

So schnell wie in jener Nacht bin ich noch nie vom Lahmen Brünnl zum Schloß gekommen. Mir war klar, daß sie nicht auf mich hören würden. Liebe und Hunger sind die zwei gewaltigsten Antriebe des Lebens.

Da ist Verstand und Vernunft dagegen so klein, wie ein Grasbüschel gegen einen Eichbaum. Am liebsten wär ich zum alten Großherzog gegangen in meiner Not. Der war mir wie ein guter Freund. Aber er ist nicht dagewesen. Also mußte ich zur Hohen Frau, unserer Großherzogin. An meinen Augen hat sie wohl gesehen, daß ich allein sein mußte mit ihr. Da hat sie zwei junge Hofdamen und einen alten Kavalier hinausgeschickt. Meine Jägerkluft ist naß gewesen vom Schweiß, aber ich hab mich nicht mehr umziehen können. Hab gefürchtet, daß der Jeromin seine Pistole holt und sie beide hinaufgehen auf den Geierstein zur uralten Samentanne. Als Ihre Hoheit alles gewußt hat, ist sie bleich gewesen wie die Wand. Und ich hab gesehen, daß sie die junge Gräfin mehr liebt, als man eine Angestellte allgemein liebt. ‚Jösch', sagte sie, ‚wenn zwei Menschen sterben wollen, weil sie ihrer Liebe nicht leben dürfen, so ist das etwas Großes. Man muß sich dem beugen. Und der Großherzog und ich würden den beiden die Hochzeit ausrichten, hier auf Hohenburg. Aber da ist etwas, was mich daran hindert.' Und sie machte eine Schatulle auf und reichte mir zwei verschiedene Schreiben. Eines war ein Brief, ungelenk geschrieben und oft durchgestrichen und ausgebessert, in fremder Sprache, und einen andern in deutscher Sprache, mit Maschine geschrieben.

‚Jösch, lesen Sie die Übersetzung aus dem Ungarischen ins Deutsche. Dann werden Sie verstehen, warum die beiden nicht heiraten können. Der Jeromin kann die Gräfin Isabell nicht als seine Frau mit nach Ungarn nehmen. Und hier bleiben können beide nicht, weil Esterházy meinem Gatten bereits einen freundschaftlichen, aber ziemlich dringlichen Mahnbrief übersenden ließ, den besten Mann und Kenner seiner Gestüte so rasch wie möglich heimzuschicken. Wir möchten uns den Fürsten Esterházy nicht zum Feind machen. Darum hat Jeromin gestern seine sofortige Kündigung vom jungen Großherzog bekommen.‘

Ihre Hoheit hatte mir Platz angeboten, und ich hab mich gesetzt und den übersetzten Brief aus Ungarn gelesen. Da ist gestanden:

‚Jeromin, mein Geliebter und Bräutigam!

Im Vollmond nach unserem Eheversprechen hast Du meine zwei Lieblinge, die jungen Hengste Sturm und Blitz, fortgebracht ins Germanien.

Der Fürst hat Dir Urlaub gegeben die Zeit zwischen drei Vollmonden.

Als wir uns zum Abschied geküßt und mir das Herz brechen wollte, sind die Pußtabrunnen im blauen Licht des Frühlings gestanden wie Wegweiser zum Himmel. Jetzt seh ich sie durch die Nebelschleier des Herbstes, und Du bist nicht gekommen.

Neben mir hängt die Wiege vom Wandbalken, und darin schlafen unsere acht Tage alten Söhnchen, eines genau wie das andere, und sie haben Deine Stirn, Deine Augen, Deine Nase, Deinen Mund. Auch Deine ungebändigten schwarzen Locken haben sie schon und Deine schmalen feinen Hände.

Wenn ich sie ansehe, so denk ich, ich sei die reichste und glücklichste Frau auf unserer Welt. Wenn ich aber an ihren Vater denke, muß ich weinen. Ich weiß, Jeromin, du hast gelitten daran, daß Du mir untreu geworden bist. Dein Herz ist lauter und ohne Falsch. Aber Dein Blut ist heiß und gewalttätig, und ich kann verstehen, daß Du um solch eine herrliche Frau Deine Juschka hast vergessen können. Ich habe sie im Traum in Deinem Arm gesehen, Ihr habt Euch geküßt und von Liebe gesprochen. Sie ist wie eine Madonna mit goldenem Haar. Deine Mutter würde sie lieben, wie sie auch mich geliebt hat. Läge sie nicht draußen in der Pußta, würde sie die Sterne befragen nach Deinem und Deiner Herzenskönigin weiteren Weg. Keine aus unserem Stamm hat jemals so wie sie die unsichtbaren Mächte zwischen Himmel und Erde befragen können. Wenn unsere beiden Söhnlein so weit sind, daß ich sie in einem Weidenkorb aufs Roß binden kann, werde ich mit ihnen hinausreiten zu ihrem Grab, über das die Winde der Pußta streichen und das grenzenlose Wolkenheer des Himmels vorüberzieht. Und sie würde unsere Kinder segnen und sagen: ‚Es sind die schönsten Kinder, die ich je gesehen hab. Und es sind meine Enkel.‘

Vielleicht freut es Dich, wenn Du weißt, daß ihr Grab mitten in der Weite der Pußta schon von weitem glüht wie ein riesiger Blutstropfen. Ich habe wilden Mohn in die sandige Erde gesät. Er blüht auf, reift, wirft seinen Samen ab und blüht wieder auf. Er ist unvergänglich.

Wenn die tausend Hufe der jungen Hengste und Stuten über die Pußta donnern, so kann unsre Mutter dies hören, und – ich hab es erlebt – die wilden Herden verharren wie gebannt, wenn sie in die Nähe des roten Blutflecks kommen. Die Liebe, die sie zeitlebens mit den Pferden verband, hat die Macht, übers Grab hinaus noch zu wirken.

Mein Immergeliebter! Auch wenn Du jetzt einer anderen Frau gehörst, so mußt Du wissen, daß Dir zwei Söhne geboren worden sind im Zeichen der Jungfrau und zur Stunde der aufgehenden Sonne. Du weißt, daß dies ein Glückszeichen ist.

Unser Hoher Fürst will um Deine Rückkehr kämpfen. Aber neben Deinem Glück und dem der goldhaarigen Königin zu leben, vermag ich nicht. Ich will in Bälde mit unseren Söhnlein zu meinem Onkel, dem Zigeunerkönig, ziehen, nach Budapest.

Dort werden unsere Kinder zu selbstbewußten, tüchtigen Männern erzogen werden, wie auch ihr Vater einer ist. Damit Deine schöne Königin in Frieden und Glück mit Dir leben kann, werde ich nicht mehr schreiben. Aber ich werde täglich zur Madonna beten, daß sie Dich schütze und ihre Hände über Dich hält.

Für immer Deine Juschka'

Ihre Hoheit hat geduldig darauf gewartet, bis ich den Brief dieser großartigen Juschka zu Ende gelesen hab. Mein erster Impuls ist gewesen, daß ich den Jeromin fragen muß, ob er nicht gewußt hat von der Schwangerschaft seiner Juschka. Aber ich war überzeugt, daß er mit einem ehrlichen Nein geantwortet hätte.

Ihre Hoheit sah mich mit ihren großen schönen Augen eindringlich an und sagte: ‚Verstehen Sie, Jösch, daß ich unter den gegebenen Umständen den beiden die Hochzeit nicht ausrichten kann? Und daß Sie es sind, den ich hiermit bitten möchte, daß Sie vor dem Kavalierhaus warten, bis der Jeromin zurückkommt aus dem Wald, um die Pistole zu holen?

Gräfin Isabell versieht ab neun Uhr wieder ihren Dienst. Sie hat noch nie eine Anordnung übergangen. Der Stallmeister ist bereits unterrichtet, daß sie heute noch zum letzten Zug nach München an den Tölzer Bahnhof gebracht wird. Es ist besser, wenn der bittere Abschied beiden erspart bleibt.‘ Wieder, wie so oft, habe ich die Großherzogin bewundern müssen.“

*

Bertis junger Brust entströmt ein abgrundtiefer Seufzer. Wie eine Erlösung schaut sie ihren Guntram an. Aber gleich darauf kam das drängende: „Und dann Jöschvater?“

Unterm Schnauzbart des Jöschvaters steht ein Lächeln auf, bis der Fünfundachtzigjährige sagt: „Bertile, trinken wir gemeinsam einen Schluck vom alten Tropfen. Mein Hals ist trocken geworden.“

Während er die Gläser füllt und sie sich zuprosten, schreit draußen wieder der Herrenbauer Mauzi seine Klage in die Stille der Nacht. Wären die Fenster geöffnet, so würde er vielleicht auf die Schulter des alten Jägers springen, seinen schönen Katzenkopf an ihm reiben und ein inbrünstiges Schnurren hören lassen. Der Leibjäger von Hohenburg und der Herrenbauer Mauzi sind alte Freunde.

Sein letzter Begleiter auf den Jägersteigen der Hohenburger Waldungen ist sein Kamerad Tell gewesen. Es war ein Verhältnis wie von Mensch zu Mensch. Ihm wollte er keinen Nachfolger geben. Seit dieser Zeit, wenn er an Sommerabenden auf der Rastbank sitzt, kommt der Mauzi, setzt sich neben ihn und hört dem einmalig feinen Singsang des Mühlbachels zu. Wenn der Jöschvater dann seine Hand streichelnd über den Rücken des Besuchers gleiten läßt, so bekundet dieser seine Zuneigung mit einem Konzert von Schnurrtönen.

„Jöschvater – und dann?"

Der Jöschvater reißt sich zusammen und versetzt sich wieder in jene Zeit, wo er selber noch ein grüner Springinsfeld gewesen ist, mit keck aufgesetztem Jägerhut, dem Mädchen und Frauen schöne Augen machten.

„Und dann – ? Dann hab ich von Ihrer Hoheit den Brief der ungarischen Braut und jungen Mutter ausgehändigt bekommen mit dem Auftrag, diesen dem Jeromin zu übergeben, sobald er das Kavalierhaus, in dem er sein Zimmer hatte, betritt. Umschlag war keiner beim Brief. Fürst Esterházy hatte das Schreiben der Juschka seinem eigenen Schreiben beigelegt. Die junge Mutter hatte keine Adresse, Jeromin hatte ihr nie geschrieben. So trug sie ihr Schreiben zu ihrer aller Herrn, dem alles Land, jede Hütte, jeder fußbreit Boden gehörte.

Sein Wort war der oberste Richterspruch selbst, es gab keinen größeren über ihm. Vielleicht hat die tapfere Juschka leise gehofft, daß dieser allmächtige Herr über Tausende von Untergebenen dem verzauberten Jeromin die Freiheit wiedergeben könne. Vielleicht hatte sie in Schmerzen darauf gewartet, trotz ihres Briefes, in dem sie dem Ungetreuen die Entscheidung über sein weiteres Tun und Lassen überließ.

Die Großherzogin Anna-Maria sagte mir, daß die Gräfin Isabell eine Kopie des Briefes bekomme, sofort, wenn sie um neun Uhr ihren Dienst antrete. Und daß sie wisse, daß all das bei mir aufgehoben sei wie in einem Grab. Dann ließ sie mich gehen.

Eine Viertelstunde danach sah ich die beiden den Hirschbachweg herunterkommen. Der Mann hatte seinen Arm um die Frau gelegt, ungeachtet dessen, daß sie gesehen werden konnten. So gingen sie wie träumend an der Schänke vorbei, wo die Stallburschen ihr Samstagabend-Krügl leerten und auch der und jener der Mühlbacher Bauern sich eine Halbe aus der Schloßbrauerei leistete.

Sie bemerkten es nicht, daß die Leute, die sie vorbeigehen sahen, die Köpfe zusammensteckten und über sie redeten. Sie wußten beide, daß sie dem Tod entgegengingen ohne Zittern. Es ist etwas Großes und Unaussprechbares um die beiden gewesen, das mich schauern ließ.

Unter der Lampe vor der Schloßkapelle haben sie sich geküßt, lange, und so, als ob sie nicht auseinander könnten. Und nur ich habe gewußt, daß es ihr letzter Kuß sein würde.

Bevor die junge Gräfin durchs Tor huschte, rief ihr der Mann noch gedämpft zu: ‚Um zehn!‘

Dann ist er mit eiligen Schritten auf das Kavalierhaus zugegangen und hat mich stehen sehen. Wenn er mir früher begegnet ist, zu Fuß, oder auch sitzend auf einem der Reitpferde des Großherzoglichen Stalles, hat er mich immer gegrüßt, meist mir zuvorkommend, obwohl ich der jüngere war.

Heute, als er mich da stehen sah, war etwas in seinen Augen, das mich erschütterte. Ich hatte erwartet, daß Verzweiflung und Ausweglosigkeit darin sein würden, dem war nicht so. Seitdem das alles geschehen ist, sind über sechzig Jahre vergangen, aber nie werde ich die Augen von diesem Jeromin vergessen.

Es war ein solcher Friede, ja Glück in diesen Augen, daß ich, der ich doch alles wußte, vor einem Rätsel stand. Um die Zeit ist mir die große Liebe noch nicht begegnet, ich hab nichts gewußt von ihrer unfaßlichen Kraft.

Über der Eingangstür zum Kavalierhaus hat eine Lampe gebrannt, und ich habe das Gesicht des Ungarn deutlich sehen können. Und er das meine. Mag sein, daß ihn das, was er in meinen Augen gelesen hat, ergriffen hat. Mit einemmal hab ich seine Arme um mich gespürt, und er hat mich an sich gedrückt.

‚Freund – du werden glücklich!‘ Er hat es gesagt, wie man einen Segen ausspricht, eine Weihehandlung. Dann hab ich ihm den Umschlag mit dem Brief der ungarischen Braut gegeben.

Hab ihn noch die Treppe hochgehen hören und gesehen, daß Licht wurde in seinem Zimmer und bin gegangen.

Als ich am Schloß vorbeigekommen bin, hab ich bereits die beiden roten Stuten – die flinksten Traberinnen des Großherzoglichen Stalles – vor der leichten Reisekutsche gesehen, und der adelige Stallmeister persönlich hat auf dem Kutschbock auf die junge Gräfin gewartet. Unter der zweihundertjährigen Linde beim Schloß bin ich stehen geblieben und hab gewartet. Noch einmal wollte ich ihr wunderschönes Gesicht sehen unter goldenem Haar, noch einmal ihre großen rehbraunen Augen. Ein Aufatmen, ja Aufjubeln in jedem Tropfen meines Blutes verspürte ich darüber, daß die beiden Menschen dem Leben verblieben, daß sie nun nicht in den Freitod gingen.

Ihre Hoheit selbst brachte die Gräfin zur Kutsche, umarmte sie lange, und als sie abgefahren war, sah ich, daß sie sich die Tränen aus den Augen wischte. Dann erst sah sie mich stehen. Mit raschen leichten Schritten kam sie auf mich zu, reichte mir einen weißen Bogen und sagte: ‚Jösch, der Sie nun alles wissen über unser Liebespaar, lesen Sie!‘

Ich mußte mich näher unter die Lichtstrahlen der Lampe begeben, die vor der Ausfahrt brannte. Die Großherzogin ging mit mir. Und ich las:

‚Immer Geliebter!

Nun müssen und wollen wir leben. Du Deiner wunderbaren Frau, die Dir zwei Söhnlein geboren, ich meiner Erinnerung. Unser Glück war so groß, daß es zwei Leben füllen könnte. Ich danke Dir bis zu meinem letzten Atemzug.

Deine Isabell‘

Ich habe den Brief zusammengefaltet und in den Umschlag gesteckt. So wollte ich ihn Ihrer Hoheit zurückgeben. Aber diese hat mich gebeten, noch einmal, ein letztesmal, Kurier zu sein zwischen Romeo und Julia. Sie drückte mir den Brief in die Hand und begab sich gleich darauf zurück ins Schloß. Ich aber ging schweren Herzens die Treppe zum Kavalierhaus empor, und meine Beine waren wie mit Blei gefüllt.

Als ich ihn hab sitzen sehen, den Kopf in die Arme vergraben, hab ich den zweiten Brief leise auf den Tisch gelegt und bin noch leiser wieder aus dem Zimmer gegangen.

Anderntags, als es im Hohenburger Schloß lebendig geworden ist, war er abgereist."

*

Nun ist es ganz still in der Stube des Jöschvaters. Keiner spricht, keiner bewegt sich. Nur der Arm Guntrams zieht sein Mädchen enger an sich. Die Ehrfurcht vor dem Schicksal zweier Liebenden läßt alle Worte verstummen. Erst als der Mauzi ums Haus seines alten Freundes streicht, als wolle er diesem lauter und eindringlicher sagen, was er leiden müsse, als sein schöner Katzenkopf vor den Fensterscheiben auftaucht und in jammervollen Tönen um Einlaß bittet, spielt ein Lächeln um den Bartmund des Jöschvaters, und er öffnet das Fenster. Der Mauzi aber sieht die Besucher und ist mit einem bösen Fauchen in der Nacht verschwunden.

Und das Lachen des Leibjägers von Hohenburg, der immer schon gern gelacht hat, seit er denken kann, löst die beiden Jungen aus ihrem Bann. Die Berti sagt hoffnungsvoll: „Sag, Jöschvater, die schöne Gräfin hat sicher später einmal wieder einen Menschen gefunden, dem sie hat gut sein können.“

Aber der Jöschvater schüttelt, wieder ernst werdend, den Kopf. Und er sagt traurig:

„Im Sommer danach, als die Herrschaften wiedergekommen sind, war die Gräfin Isabell nicht mehr dabei. Und weil Ihre Hoheit, die Großherzogin, einem Menschen angesehen hat, was er denkt, hat sie mich im Park angesprochen. ‚Jösch‘, hat sie gesagt, ‚ich weiß, Sie möchten wissen, ob die Gräfin Isabell über ihr schweres Schicksal weggekommen ist. Leider nicht. Sie hat sich erst gar nicht darum bemüht. Sie ist täglich stiller, sanfter und blasser geworden. Als die Nachricht vom Tod ihrer Mutter gekommen ist, war es fast, als ob eine stille Freude über ihr liege. Und ich weiß, wie sehr sie ihre Mutter, meine Jugendfreundin, geliebt hat. Ich glaube, der Tod ihrer Mutter hat sie frei gemacht von der Verpflichtung, weiterleben zu müssen.

Wir suchten die besten Ärzte auf, keiner fand eine Krankheit. Und doch sah jeder, daß sie dahinwelkte wie eine Blume aus warmen Ländern, die plötzlich in den Norden verpflanzt worden ist.

Genau ein Jahr später, da Späherinnen mir ihr Zusammensein mit dem Ungarn gemeldet hatten, genau ein Jahr später fand ich sie tot im Gestühl unserer Kapelle. Dort liegt sie begraben.‘ “

„Ich glaube, so war es am besten für sie“, sagt die Berti aus der Tiefe ihres Herzens heraus. „Ich dank dir, Jöschvater, daß du uns die Geschichte erzählt hast.“

„Und ich muß halt warten, daß auch der Jäger zu seinem Recht kommt. Wenn du von den Jagden auf der Platt erzählst, überhaupt von der alten Zeit, dann will und brauche ich sonst nichts mehr.“ Guntram, der junge Förster, sagt es und steht auf. „Es ist Zeit, daß wir gehen. Morgen in aller Früh will die Berti Almhüttenputz machen, lang kann's nicht mehr dauern bis zum Abtrieb. Die Hirsche auf Lärchkogl und Kotzen werden schon unruhig und treiben ihren Harem zusammen. Sind heuer früh dran. Mir ist, es riecht nach Schnee.“

Der Jöschvater schaut die beiden mit Liebe an. Und er fragt:

„Ist der Trasserbauer allweil noch erpicht darauf, daß der Waakirchner sein Schwiegersohn wird?“ Die beiden lassen die Köpfe hängen, und Berti sagt:

„Nicht ein einzigesmal ist der Vater auf die Alm kommen heuer, wo ich doch Sennin war. Aber er weiß, zu wem ich gehör. Und im April werd ich achtzehn und volljährig.“

„Bleibt nur fest“, sagt der Jöschvater. „Bleibt eisern fest. Um sein Glück muß der Mensch kämpfen können. Und wenn ihr zusammensein wollt, mein Jagerhäusl steht allweil offen für euch zwei.“

*

Oben auf dem Trasserhof zieht Kletzengeruch durchs ganze Haus. Der hintere turmhohe Birnbaum, den schon der Großvater vom Trasser angepflanzt hat, hat sich heuer selber übertroffen. Sechs gestrichen volle Holzkörbe voll Birnen hat er heuer gebracht, süß wie Honig. Die alte Wabi hält den Lehmbackofen heiß, Tag und Nacht. Sie hat sich ins Backofenhäusl ihren Laubsack gelegt. Wenn sie die Kletzen nicht alle zwei Stunden wendet, bekommen sie nicht das herrlich Speckige, das nötig ist zum besten Kletzenbrot zwischen München und der Tiroler Grenze.

Der junge Bäckermeister Kellner von Lenggries bäckt es, und mancher verwöhnte Münchner weiß es und nimmt es mit. Und der junge Meister hat wie jedes Jahr vorher schon gefragt:

‚Wabi, kann ich mich verlassen auf einen Zentner Kletzen vom Trasserhof?' Heuer bekommt er ihn bestimmt. Und es bleibt noch für den Hausgebrauch. Der Baum gehört ihr. Der Bauer hat in ihr geschenkt, als sie ihr fünfzigjähriges Magdjubiläum gefeiert hat. Das hat sie mehr gefreut als ihre Medaille vom Landrat in Tölz. Der Trasser schenkt nicht gern.

Der Waakirchner ist vergangenen Herbst hochgestiegen und hat ihn geschüttelt. Er ist voll guten Willens gewesen, der Andreas Bütter. Mehr hätte auf dem Trasserhof kein anderer gearbeitet. Aber damals hat er sich halt noch Hoffnung gemacht, eines Tages zum Bütterhof in Waakirchen auch noch Trasserbauer auf der Hohen Terrasse zu werden. Und dazu das sauberste Dirndl weitum als Bäuerin zu haben.

Hat noch ein böses Wetter gegeben, bevor er gegangen ist. Sie hat ihn schreien hören bis zum Hennenstall hinaus, und die Trasserhofwände sind einen halben Meter dick.

Jetzt vertritt ihn ein nachgeborener Bauernsohn aus Benediktbeuren. Ist nichts an ihm auszusetzen. Der alte

Trasser schafft es allein nicht mehr. Seit die Berti auf der Alm sein muß, geht es nicht mehr ohne männliche Kraft. Die Wabi selber kann nicht mehr.

Die eine Kuh melken für den Hausgebrauch, zwei Säue füttern und vierzig Hennen. Frühstück machen für zehn Sommergäste, kochen für den Bauern, waschen und bügeln, einmal wöchentlich den Einkauf in Lenggries, das Gemüse- und Blumengarterl versorgen, mehr ist nicht mehr drin. Zum Hausputz kommt wöchentlich eine Frau vom Fleck herüber.

Die Wabi ist halt alt geworden. Als Kindsmagd ist sie auf den Trasserhof gekommen. Daheim sind neun Geschwister gewesen, und alle waren froh, daß ein Löffel weniger in die Schüssel langte. Nach zwei Jahren ist sie aufgerückt zur Kleinmagd. Hat aber genau wie die Knechte und Mägde um vier Uhr morgens hinaus müssen zum Mähen. Weil sie schnell gewachsen ist und daheim die Schüssel allweil leer war, bevor man richtig zu essen angefangen hatte, war zu wenig Blut in ihr, und es ist ihr oft schwindlig geworden. Wenn der Großknecht eine Rast eingelegt hat beim Mähen und sie über das Flußtal hat hinüberschauen können, wo hinter den jenseitigen Bergen die Sonne hochgestiegen ist, dann ist es gewesen, als ob vor ihren Augen feine silbergraue Schleier tanzten. Keiner außer dem Flori, dem Jungknecht, hat etwas gemerkt.

Eines Tages, als er von Lenggries heimgekommen ist, hat er ihr ein kleines Beutelchen Rosinen zugesteckt und hat gesagt: ‚Die mußt essen, Wabi. Dann kriegst mehr Blut. Meine Großmutter hat dich in der Kirch gesehen, sie sagt, das hilft dir. Wenn ich vom Selterbauern mein

Trinkgeld krieg, er ist's noch schuldig für drei Küh, die ich zum Stier gebracht hab, dann kriegst wieder eine Tüte voll. Meine Großmutter meint, du sollst jeden Morgen nüchtern kuhwarme Milch trinken vor der Brennsupp, das macht den Trasserhof nicht ärmer.'

Die Wabi hält in ihrer Arbeit inne, und ein Lächeln, das sie sonderbar verschönt und verjüngt, steht auf ihren Zügen und bleibt.

Immer wenn sie an jene Zeit denkt, an den Flori, der allein bemerkt hat, daß ihr elend war, dann legt sich etwas wie Glanz, wie Schönheit über ihr Gesicht. Einmal, es ist beim Heuen gewesen, da hat er ihr übers Haar gestrichen und hat sie so – so gütig angeschaut, daß ihr die Tränen gekommen sind. Und einmal, im Winter, als die zwei Gespanne vom Trasserhof hinten in Fall zur Holzarbeit eingesetzt gewesen sind und der Flori eines davon geführt hat, da hat er ihr ein winzig kleines Tännlein mit heimgebracht, mit roten Bändchen daran, und hat gesagt:

‚Jetzt muß ich noch für meine Großmutter sorgen. Sie hat sonst niemand. Und ins Armenhaus soll sie nicht kommen. Das duld ich nicht.

Später einmal, da kann ich mehr ins Sparbüchl tun, Wabi. Für uns zwei, mein ich. Und wieder später, da kann's sein, daß auf unserm kleinen eigenen Häusl so ein Firstbäuml steht, wie ich dir mitbracht hab.'

Der Flori hat nie etwas von ihr gewollt – nie etwas verlangt. Er hat sie nie in einen Heuschober gedrückt, wie andere Knechte dies tun.

Sie selber hat wenig sparen können. Der Vater ist als Flößer früh gestorben, und die Mutter hat mit sechsunddreißig Mark monatlicher Rente und drei Geißen mit neun Kindern auskommen müssen. Zwei davon sind immer krank gewesen. Da war es selbstverständlich, daß sie als Älteste am Lichtmeßtag, am Zahltag, ihren Lohn der Mutter gebracht hat. Nur ihr Zugehör, ein Paar feste Schuhe, zwei Paar Schafwollstrümpfe, drei leinene Hemden, Stoff für zwei Schürzen und einen Rock, das hat sie behalten. Dazu zwei Bettüberzüge für die Aussteuer. Aber auch die hat sie der Mutter gebracht, als sie die Not daheim gesehen hat.

Der Flori ist allweil sauberer geworden mit seinen blitzblauen Augen und seinem flachsblonden Schüppel, und die Nachbar-Vevi, die Brunnbauerntochter, hat das auch gesehen. Eines Tages ist ihre Mutter auf den Trasserhof gekommen und hat den Trasserbauern gebeten, es sie nicht entgelten zu lassen, wenn sie den Flori bittet, Großknecht auf dem Brunnerhof zu werden. Sie hat ihm wesentlich mehr Geld geboten, als der übliche Lohn damals gewesen ist. Der Flori ist umeinandergegangen wie in einem schönen Rausch. Die Brunnerbäuerin hat dem Trasserbauern gegenüber kein Hehl gemacht, daß sie einen tüchtigeren, fleißigeren und umsichtigeren Ersatz für den verstorbenen Bauern wohl kaum mehr finden könne. Und weil Nachbarschaft im Isarwinkel großgeschrieben wird, hat der Trasser dem Flori nichts in den Weg gelegt.

Bevor der Flori vom Trasserhof zum Brunnerhof mit seinem Kasten und Koffer umgezogen ist, hat er die Wabi abgefangen auf ihrem Weg ins Hennenhaus und ist mit ihr hineingegangen. Seine Augen haben sie nicht mehr angeschaut wie sonst, sie sind unruhig gewesen und ohne die große Wärme, die allweil wohlgetan hat wie etwas aus einer anderen, schöneren Welt. Jetzt ist sie eine alte Frau, aber wenn sie an jenen letzten Abend denkt mit dem Flori, dann steigt wieder etwas auf in der Herzgegend von dem Schmerz, der ihr damals den Atem abgedrosselt hat. So sicher, wie die Sonne am Himmel steht, hat sie an jenem Abend gewußt, daß ihr der Flori verloren geht, ist erst die Brunnerbauern-Vevi um ihn. Aber weil sie den Flori gern gehabt hat, mehr als ihr Leben, ist sie entschlossen gewesen, ihm den Abschied so leicht wie möglich zu machen. Der Flori hat Ausflüchte gesucht und hat zu stottern angefangen.

Da hat sie der Quälerei ein Ende gemacht und hat zu ihm gesagt: ‚Flori, wenn einem das Glück so präsentiert wird wie dir, so müßt man ein Narr sein, wenn man nicht zugreifen tät. Einen Hof wie den Brunnerhof bietet dir das Schicksal kein zweitesmal mehr an. Brauchst kein schlechtes Gewissen zu haben. Du hast mir nie was Festes versprochen. Hast mir auch meine Ehre gelassen, du bist mir zu nichts verpflichtet. Und mit mir zu einem eigenen Häusl zu kommen, muß allweil ein Traum bleiben. In meinem Sparbüchl sieht's armselig aus. Ich kann meine Leut nicht im Stich lassen. Also tust du vollkommen recht. – Für jedes gute Wort, für alles, dank ich dir und werd es nie vergessen.‘

Da ist er ihr vorgekommen wie einer, der erlöst worden ist von einer schweren Last. Er hat sie wieder angeschaut, so warm und gütig wie in den Jahren, so sie neben- und miteinander gedient hatten, er hat seine Arme um sie geschlungen, so sind sie beieinander gestanden, und ein jedes hat still vor sich hingeweint.

Die Wabi ist so sehr ins Gewesene versunken, daß sie den Bauern nicht hat kommen hören. Und als sie ihn anschaut, muß sie unwillkürlich denken: ‚Wie aus Stein ist sein Gesicht. So hart und feindselig. Seit er seinen Hund nicht mehr hat, ist's noch ärger geworden. Kaum daß er ein Wort geredet hat mit einem der Sommergäste. Ein Glück, daß sie den ganzen Tag unterwegs sind. Dann sehen sie ihm sein verschlossenes Wesen nach, weil sie glauben, daß er seine junge Bäuerin betrauert.' Aber ich weiß, daß dem nicht so ist. Ihre junge Bäuerin hat kaum einmal ein freundliches Wort von ihm gehört. Die Tatsache, daß sie ihm nicht den geplanten Hoferben, sondern nur ein Dirndl geboren hat, ist Grund genug dazu nach seiner Meinung.

Drei volle Monate ist die Berti jetzt oben auf der Alm. Aber er hat noch nicht einmal nach ihr gefragt oder dem neuen Knecht, der den Proviant hochbringt und Butter und Käse abholt, einen Gruß mitgegeben. Sie selber hat oft eine solche Sehnsucht nach dem Dirndl gehabt, daß sie hätte heulen können. Trotzdem die Berti so einen Vater hat, ist sie für den Trasserhof die reine Sonne gewesen. Genau wie ihre Mutter. Immer ein gutes, verbindliches Wort für Mensch und Tier, ihr Zitherspielen und Singen am Feierabend, auch die zweite Trasserbäuerin hat singen können wie ein Lercherl.

„Die Rechnungen für die Sommergäste liegen auf dem Wandkasten", sagt der Bauer. „Wenn sie fragen, wo ich bin, sagst, im Wald und unterschreibst." Dann geht er. Obwohl er irgendwie geneigt geht, wirkt er immer noch als Riese. Bevor er aber die Küche verläßt, macht die Wabi ein paar Schritte auf ihn zu und fragt:

„Kannst mir jetzt noch nicht sagen, wennst abtreiben willst? Muß mich ja einrichten können. Das Stallschmükken ist nicht so einfach, bin nimmer die Jüngste. Vielleicht könnt mir der neue Knecht die geweihten Kräuterbüschl über die Barren hängen."

„Der hat was anderes zu tun. Die Laubrutsche muß gerichtet werden, und der Zaun für den Jungviehauslauf hat auch wieder ein Loch. Aber kannst ihn ja fragen." Dann geht er. Wieder keine feste Antwort. Wann hat der Trasser schon einmal Rücksicht genommen auf andere?

Aber es ist, als ob sich gegen ihre aufkeimende Bitterkeit ein Gegner stemme. ‚Denk z'rück, Wabi, denk z'rück! Denk sechzig Jahre z'rück! Dreizehn Jahre bist g'wesen, als du fort hast müssen in den Dienst. Siebzehn war der Hoferbe Hans Trasser. Seine Mutter ist eine harte Bäuerin gewesen und geizig dazu. Man hat das Wasser noch am Hofbrunnen holen müssen für die Futterkuchl. Wie oft hat er dir die schweren Eimer abgenommen, obwohl ihn seine Mutter bitterbös darum angefahren hat. Der Hans hat den Kopf hochgeworfen und hat nicht darauf gehört.

Wo er gegangen und gestanden ist, hat er gepfiffen und gejodelt. Grad g'freut hat ihn sein Leben. Die Arbeit ist ihm von der Hand gegangen wie ein Spiel. Wenn dann seine Mutter dies hat zugeben müssen, und er hat sie hochgestemmt und im Hahnentanz durch die Stube gewirbelt, dann ist eine Art Lächeln um ihren verbitterten Mund gehuscht, aber gleich wieder verschwunden. Wenn sie dann ihr einziger Sohn auf die fichtenen Bodenbretter zurückgestellt hat, hat sie nach ihm geschlagen und ihn einen Hanswursten geschimpft. Der

Hans aber hat nur gelacht und ist dem Schlag ausgewichen. Der Trasserbauer, sein Vater, ist zwölf Jahre bettlägerig gewesen, seit seinem Sturz von der Sandreißen.'

Als der Hans vierundzwanzig gewesen ist, hat er beim Maitanz in Lenggries die Margaret Grassner gesehen von Fleck. Wenn man ihr begegnet wäre im südlichsten Italien, so wäre man stehengeblieben, hätte sich nach ihr umgesehen und hätte gewußt: Jetzt ist grad die schönste Italienerin vorbeigegangen. Es muß gewesen sein, als wenn der Blitz einschlägt in einen dürren Baum. Der zukünftige Trasserbauer Hans Trasser ist in jener Nacht heimkommen als ein anderer Mensch. Sie selber ist in ihrer Kammer gelegen neben der Futterkuchl. Sie hat nicht zum Maitanz wollen, weil sie Angst gehabt hat, der Flori könnte mit seiner jungen Bäuerin – die Vevi hatte ihn ein Jahr nach Dienstantritt geheiratet – auch auf dem Tanzboden sein. Auch hat sie keinen Burschen gewußt, der sie mitgenommen hätte, und die paar Mark, die draufgegangen wären, haben ihre zwei kranken Geschwister notwendig gebraucht.

Ganz vorsichtig und leis hat er an ihre Fensterscheibe geklopft, sie hat ihn gleich an seiner Stimme erkannt. Als sie ihm aufgemacht hat und gefragt: ‚Ja, Hans, was willst denn mitten in der Nacht?' Da hat er sie bei den Händen gepackt und mit einer ganz neuen Stimme gesagt: ‚Wabi – hab allweil glaubt, so was gibt's nicht! Die G'schicht'nschreiber erzählen davon – du weißt schon, was ich mein. Daß ein Mensch innerhalb einer Minute ein ganz anderer wird. Daß die Welt eine ganz andere wird. Daß einer meint, es zerreißt den Brustkasten, weil's keinen Platz mehr drin hat, das Glück – nein es ist viel mehr! Es ist das Wunder. Das größte, was da sein kann auf dieser Welt. Am Sonntag hol ich sie und bring sie Vater und Mutter. Margaret heißt sie und ist von Fleck. Beim Brunner. Ein Sachl mit vier Kühen und fünf Geißen.

Wabi, meine Margaret ist die schönste Bäuerin, nicht nur hier – eine schönre gibt's nicht bis hinein in die Münchner Stadt.'

Sie hat ihn ausreden lassen und hat seine Hände gedrückt, und ihre Augen haben zu brennen angefangen. Und sie hat zu ihm gesagt: ‚Hans, ich werd beten, daß mit deiner Margaret das Glück einzieht auf dem Trasserhof. Und daß die junge Bäuerin so ein warmes, fröhliches Herz hat wie du. Es wird nötig sein.' Und sie hat an die Mutter des Hoferben gedacht, an die verbitterte, harte Frau neben einem Mann, der seit zwölf Jahren keinen Handgriff tun konnte und der Pflege bedurfte.

Und nun muß sie an den Tag denken, als nach der Übergabe des Hofes der junge Trasserbauer seine um sieben Jahre jüngere Margaret abgeholt hat, mit dem Musikzug und der ganzen Freundschaft, drüben, überm Flußtal, in ihrem Elternhaus in Fleck. Ist ein langer Zug gewesen. Die Wälder haben sich schon golden gefärbt, und die Elstern haben in den Traubenbeerbäumen am Weg gestritten und gelärmt wie's fahrende Volk.

Die harte, geizige Trasserbäuerin, hat ihrem Einzigen eine Hochzeit ausgerichtet, über die man lange noch geredet hat. Sie selber hat Girlanden winden helfen für den Festsaal beim Pfaffensteffl in Wegscheid, zweihundert geladene Gäste sind an der Tafel gesessen.

Wie gern wäre sie, die Trasserhofer Großmagd, mit dabeigewesen. Aber da ist der kranke Bauer oben in der

Ehstub gelegen, hat nur das Glockengeläut von seines einzigen Sohnes Hochzeit hören können vom Turm der schönen Lenggrieser Pfarrkirche. Da ist sie halt zu ihm hinaufgegangen. Die Bäuerin hat heut doch an die Seite ihres Sohnes gehört, des Hochzeiters.

Sie hat ihre warmen Hände auf die eiskalten des Kranken gelegt, und der Herrgott hat ihr die richtigen Worte eingegeben, so daß in die müden Augen des Leidenden ein warmer Schimmer, eine Art von Freude gekommen ist. Während dem Wandlungsläuten hat sie dem Bauern die Heilige Wandlung vorgebetet, und an seinen Lippen hat sie gesehen, daß er sich mühte, das gleiche zu tun.

Die Bäuerin hat durch den Hütejungen vom Pfaffensteffelwirt einen Korb Essen hochbringen lassen auf den Trasserhof. Alle Herrlichkeiten eines Hochzeitsessens vom Isarwinkel sind im Korb gewesen. Der Kranke aber hat nur eine Weißwurst gegessen, ganz fein, wie Mus, hat sie die zerdrücken müssen, daß er sie hat schlucken können. Auch vom roten Wein hat er ein Gläslein getrunken, in kleinen Schlucken.

Dann ist das große Glück, der Mai zweier Menschen, in den alten Trasserhof eingezogen. Das Herz ist ihr stillgestanden, als in der Hochzeitsnacht der junge Trasserbauer mit seiner jungen Bäuerin die Schwelle der Haustür überschritten hat. Der Musikzug, der sie heimleitete, der hat weitergespielt auf dem Hof. Sie aber mußte allweil nur die Margaret Trasser anschauen. So eine schöne Weibsgestalt hat sie nie vorher gesehen. Die Berti ist gewiß das sauberste Dirndl weitum, aber an die erste Frau ihres Vaters kann sie nicht heran.

Wie sie dagestanden ist im großen Schalk, mit dem Damastrock bis zu den Fußknöcheln, den schweren Seidenschurz breit um den schlanken Leib, das runde Isarwinkler Hütl mit den goldenen Schnüren und Troddeln, das Schalktuch, geblümt, aus reiner Seide, unter dem schönen Hals gerafft, damit die neunkettige Halszier mit der edelsteingeschmückten Schließe auch zur vollen Geltung kommt, das war eine Pracht für eine geborene Lenggrieserin.

Im schweren Haarnest der jungen Bäuerin, blauschwarz wie die Flügel der Bergdohlen, sind nußgroße, silberne Filigrannadeln gesteckt, und in ihren kleinen rosigen Ohren die gleichen langen Ohrringe.

Der Hans Trasser, ein Riese, der den Kopf neigen muß, geht er durch eine der Türen seines Hofes, hat die Margaret um knapp einen Kopf überragt. Sie ist dagestanden wie eine Königin, hat ihr beide Hände zugestreckt und gesagt:

‚Wabi – Vergelt's Gott fürs Haushüten.' Dann hat sie aus ihrem Handkörberl ein Schächtelchen genestelt, hat's ihr in die Hand gedrückt und gelächelt, schon so lieb, daß sie hat verstehen können, daß der Hans ganz narrisch geworden ist vor Liab. ‚Soll dich allweil an meinen Hochzeitstag erinnern', hat sie gesagt. Ist ein goldenes Sträußlein von Vergißmeinnicht gewesen, eine Brosche fürs Leben, ein Wertstück für eine arme Magd.

Die Wabi kann sich nicht freimachen aus dem Land der Erinnerungen.

Kein böses Wort hat sie gehört, kein unwilliges Gesicht gesehen in den Jahren die dann folgten. Ist gerade so gewesen, als ob das Glück auf Trassen

Dauerstation gemacht habe. Sogar der Altbauer hat dieses Glück gespürt. In seine Augen ist ein feuchter Glanz gekommen, wenn seine Schwiegertochter an sein Bett getreten ist, ihm die Wangen gestreichelt hat und gute Worte gesagt. Und sie ist oft hinübergegangen ins Zuhäusl. Der Kraft ihrer Ausstrahlung, ihrer Güte und menschlichen Wärme hat selbst das verbitterte Gemüt der Altbäuerin nicht standhalten können. Selten hat man mehr ein giftiges, gehässiges Wort aus ihrem Mund gehört.

Am Tag, da die Hebamme ihr den Hoferben als erster in den Arm gelegt hat, war es, als ob sie leise weine. Sie hat ihn, ohne zu fragen, hinübergetragen ins Zuhäusl, ans Krankenbett des Altbauern. Drei Tage danach ist er gestorben ohne Schmerzen. Und sie alle haben gewußt, daß ihm das Glück um die Geburt des zukünftigen Hoferben das Tor aufgemacht hat in die andere Welt.

Die Wabi tut einen tiefen Schnaufer. Man möcht es nicht glauben, daß ein halbes Jahrhundert vorbeigezogen ist seitdem. Die Höfe über dem Fluß stehen wie eh und je, der und jener hat ein neues Hausdach bekommen seitdem, aber wenn einer aufstünde auf dem Lenggrieser Friedhof und die Hohe Terrasse entlang gehen würde, es wär der gleiche Weg, dieselben Höfe wie vor über fünfzig Jahren. Die Isar hat ihre Farben behalten von damals: smaragdgrün an Sonnentagen, lettgelb bei Wolkenbrüchen und Aufruhr.

Die alten Linden vor dem Hof sind vielleicht ein wenig stärker geworden, der Tannwald über der Pferdekoppel um ein gutes Stück höher. Das ist aber auch alles. Selbst ein Pferdenarr käme noch auf seine Kosten. Trotz modernster Maschinen steht bei jedem Herrenbauernhof über der Isar noch eine Stute mit ihrem Füllen oder ein Hengstl, dessen sehnsuchtsheißer Ruf über das Flußtal hinüber hallt. Auch der Weg unter den Höfen, der hineinführt in das Bergtal der schönen Jachenau hat sich nicht verändert seit damals. Nur die Menschen in den Höfen sind alt geworden und grau und können so vieles nicht verstehen, was den Jungen als Selbstverständlichkeit gilt.

Die Wabi, die ihr Schicksal hat meistern müssen, wie jeder Dienstbote zu ihrer Zeit dazu erzogen worden ist von der Mutter her, räselt immer noch am Wesen ihres Bauern, des Hans Trasser herum, ohne die Antwort zu finden. Wieso es möglich ist, daß sich ein Riese wie er nicht freimachen kann vom Schlag des Schicksals, obwohl ihm der Herrgott Jahrzehnte dazu Zeit gelassen hat. Schlägt vielleicht doch, jetzt, da er alt ist, das freudlose verbitterte Blut seiner Mutter durch, und sie tut unrecht, ihn deshalb zu verurteilen.

Hat sie ihn nicht weinen sehen am Hundelager seines Hasso, den er selber in den Tod gestoßen? Was ist doch ein Mensch wie der Trasser für ein Abgrund, gefüllt mit Fragen über Fragen.

Ein Blick durchs Fenster reißt die Wabi in die Wirklichkeit zurück. Die Brunnerbauerin, die ihren Flori zum Mann bekommen hat, die nächste Nachbarin, einen guten Büchsenschuß flußabwärts auf gleicher Höhe gelegen wie der Trasserhof, kommt aufs Haus zu. Ihre Mutter, die damals den Flori geholt hat, liegt seit dreißig Jahren in der Brunnerhofer Familiengrabstatt unweit der von den Trassers. Wenn das blonde Haar der Vevi zu jener Zeit zwischen den Heckenästen aufgeleuchtet ist, dann ist es immer gewesen, als ob der Wabi einer das Herz in der Brust zusammenpresse. Aber es hat Gott auch für die Kleinen, die Dienstleut, einen großen Heiler in die Welt geschickt, das ist die Zeit. Wenn heut die Brunnerbäuerin aufs Haus zukommt, tut nichts mehr weh. Jetzt ist es so, daß sich die Wabi und die Brunnerin freuen, ehrlich und vorbehaltlos, wenn sie sich sehen.

„Wabi, heut hab ich Apfelküchl gebacken, weißt ja, wir haben die ersten reifen Jakobiäpfel auf dem Brunnerhof, da hab ich denkt, tragst der Wabi schnell ein paar hinter. Ich weiß doch, die magst du gern!“ Die Wabi kriegt ganz rote Bäckchen vor Freude. Und Sorge steht auf, wie sie die Schatten unter den Augen der Brunnerin sieht.

Auch mager ist sie geworden, der echt Lenggrieser Spenzer wirft überall Falten. Sie bedankt sich und holt der Nachbarin einen Enzian aus dem Wandkastel. Sie fragt nicht. Sie kann warten.

Als sei sie todmüd, läßt sich die Brunnerin auf die Eckbank fallen, und die Wabi sieht, daß sich ihre Augen mit Tränen füllen. Dann sagt sie ergeben:

„Der Flori macht's nicht mehr lang, Wabi. Wenn er seine Hustenanfälle kriegt, kommt oft Blut mit.“

Die Wabi erschrickt, und die Brunnerin sieht es.

„Seit drei Wochen komm ich nimmer aus den Kleidern. Sitz jede Nacht an seinem Bett. Ins Krankenhaus will er nicht. Er sagt, er wolle daheim sterben, in der Ehkammer. Der Doktor kommt jeden zweiten Tag. Aber helfen kann keiner.“

Die Wabi langt nach den Händen der Brunnerin und drückt sie. Und sie sagt: „Wenn ich dich ablösen kann,

Brunnerin, wenigstens jeden andern Tag mit der Nachtwach' – glaub mir, ich tu's gern."

„Ich weiß!" sagt die. „Hast ihn ja auch einmal gern g'habt, den Flori."

Eine Blutwelle schießt in Wabis Gesicht und verrät mehr, viel mehr von ihrem Leben, als sie selber weiß.

Da kommt der neue Knecht herein und fragt: „Wo ist der Bauer?"

Die Wabi geht zum Fenster, schaut bergwärts und sieht den Bauern über seinen Stock gebeugt auf dem Rastbankl sitzen oberhalb vom Eisernen Brünnl. Er schaut in Richtung Faller Berg, wo seine Alm liegt und seine Tochter werkt, die ihm die Stirn bietet. Wenn das Wetter hält, so kann sie mit dem Schmücken noch acht Tag warten, und die Wabi kann ihre Kräuterbüschl acht Tage später über die Raufen hängen. Die Heimweide ist noch in keinem Jahr besser gestanden als heuer, wo der Waakirchner Bütter sich um alles gekümmert hat. Und so einem Bauern zerkratzt die Rotznase das ganze Gesicht. Der gefürchtete Trasserzorn steigt auf, die Empörung darüber, daß so ein siebzehnjähriges Frauenzimmer seine Planung über den Haufen wirft, als wär's Streu. Zum Glück ist sie noch nicht volljährig, und er hat sie in der Hand. Als der neue Knecht ihm nachkommt und den Bauern sitzen sieht, erschrickt er über sein Gesicht und denkt unwillkürlich:

‚So unrecht haben die Leut nicht, wenn sie meinen, dem Trasser fehle es zeitweise im Kopf. Ist kein schönerer Hof weit und breit, ist eine Tochter da, Dirndl wie Milch und Blut und gutmütig dazu. Wär' nicht meine Gundl auf der Welt, um die Berti Trasser tät sich's lohnen, Knecht zu sein. Und der Herr von dem allen, stiert vor sich wie ein Verdammter.

*

Die Brunnerin ist lang schon heim, und die Wabi geht schweren Herzens durchs Haus. Zum Glück kommen die letzten Sommergäste heim vom Tegernsee. Als ob sie den ganzen sorglos genossenen Sonnentag mitbrächten, so kommen sie lachend durch die Haustüre und fragen gleich nach ihrer Milch und frischen Eiern. Und die Wabi hat keine Zeit mehr, an das Herzeleid der Brunnerin zu denken.

*

Der erste Brunftschrei dieses Jahres bricht über das Hochtal unter den Luderer Wänden hin wie die Posaune des Gerichts. Ohne Jäger zu sein, hört man aus diesem Schrei des Bergkönigs die unbändige Kraft, die lohnende Bereitschaft, zu kämpfen um seine Gefährtinnen, seinen Standplatz auf dem Kotzen – und gehe es auch um Leben und Tod.

Guntram Hartmann, der junge Förster, steht vor der Jagdhüttentür, und sein Herz tut sich auf.

Es ist das erstemal, daß er die Hirschbrunft hier bewußt erlebt. Wenn der Jöschvater früher davon erzählt hat, so hat er ihm atemlos jedes Wort vom Munde genommen, und der Gedanke, all das einmal als Förster zu erleben, erschien ihm wie ein Traum. Nun war er der Herr dieses einmalig schönen Reviers.

Auf der Sandreiße, wo es hinaufgeht zum Mondschein, steht ein Rudel Gamsen, so neun Stück, ein überaus starker, schußreifer Bock kaum einen Büchsenschuß weit davon entfernt. Ein Beweis, daß auch das Gamswild das Leben, das heilige Leben, weiterzugeben gewillt ist. Der Alte behält so das Rudel im Blick, und sollte sich ein anderer dazugesellen wollen, so kann der etwas erleben.

Wenn die Hirsche, abgebrunftet, sich wieder absondern, jeder für sich, weil sie die Einsamkeit lieben, so brennt die Hochzeit der Gams auf allen Höhen. Auch das wird er erleben mit jeder Faser seines Seins. Nur daß dazu sein Mädel, seine Braut, nicht mehr zu ihm kommen kann. Dann liegen alle Almen still, umfangen von einer fast überirdischen Ruhe, in die nur hin und wieder der schrille Pfiff eines Brunftbockes gellt, wenn er durch den Schneestaub peitschend einen verwegenen Nebenbuhler in die Flucht treibt.

Frühling und Almsommer seines und ihres Lebens ist dem Herbst gewichen, der erste Brunftschrei vom Kotzen beweist es. Aber sie werden sich immer wieder sehen und treffen, das kleine Haus vom Jöschvater wird den kommenden Winter über zum Hort ihrer Liebe werden. Herrgott, wie ist das Leben schön! Trotz des steinharten Trasserbauernkopfes, trotz der Gewißheit, daß sie Mann und Frau werden müssen ohne sein Jawort.

Guntram sieht den Abhang hoch sein Mädel kommen, und sein Herz tut sich auf.

Es muß etwas besonderes vorliegen, noch nie ist sie am hellen Tag zur Jagdhütte gekommen. Mit Augen wie zwei Leuchten schaut sie ihm entgegen, nur daß heut in diesen Augen etwas Neues ist, etwas wie Angst.

Und als er sie engumschlungen hineinführt in die Hütte, fängt sie an zu weinen. „Guntram, ich hab dich angelogen. Ich bin nicht daheim auf dem Hof gewesen – ich fürchte den Vater – ich bin beim Doktor gewesen in Lenggries. Beim Doktor Crailsheim. Zu dem hat schon meine Mutter das größte Vertrauen gehabt. Ich wollt Sicherheit haben. Guntram – wir kriegen ein Kindl!"

Guntram Hartmann stemmt sein Dirndl fast bis zur dunkelbraunen Stubendecke, anders kann er seiner Freude nicht Ausdruck geben. „Bertilein – ein Kindl von dir und mir – weißt du was Besseres auf der Welt?

Wir haben Brot für unser Kindl und eine Wohnung und Liebe für drei. Was soll da fehlen?"

Der Trasser Berti rinnen die Tränen übers Gesicht, und sie sagt: „Vergelt dir's Gott, Guntram. Ein bißl Angst hab ich ja gehabt, es könnt dir nicht ganz recht sein – jetzt schon. Aber ich hab mich nicht getäuscht in dir.

„Doktor Crailsheim hat gesagt: ‚Berti, ich hab dich schon auf die Welt bracht. Wolltest verkehrt herum kommen. Ist aber trotzdem alles gut gegangen. Soweit, glaub ich, kenn ich dich, daß du nicht zu mir gekommen bist, daß ich dir vom Kindl helf. Da wärst du umsonst kommen. Ich bin Arzt geworden, um Leben zu erhalten, nicht, um es zu töten. Du bist jetzt im dritten Monat, und alles ist in Ordnung. Ich denk, der Trasserhof hat Platz für ein Kleines.'

Hab ihm nichts gesagt vom Vater und daß er dagegen ist. Wenn ihm jeder, der ihn aufsucht, seine Sorgen aufpacken wollt, das müßt ihm zuviel werden."

„Weißt du, Bertilein, jetzt haben wir einen Grund, deinen Vater nochmal aufzusuchen und ihn in die Zange zu nehmen. Ein Trasserbauer zum Trasser läßt seinen Enkel nicht als lediges Kind auf die Welt kommen. Das ist so sicher wie das Amen in der Kirche.

Am liebsten tät ich's gleich heut. Aber ich hoff, daß es nicht beim ersten Brunftschrei bleibt, daß der Berg ringsum lebendig wird. Braucht nur eine kalte Nacht zu geben, dann ist die Brunft in vollem Gang. Dann muß ich einen 1A Hirsch ausmachen für einen hohen Regierungsbeamten, einen 2B Bock für ein weniger hohes Tier. Es ist mein erster Einsatz im Faller Revier, ich will meinen Chef – er ist ein Pfundskerl – nicht enttäuschen.

Ich denk, daß du bis dahin deinen Almabtrieb hinter dir hast und du wieder daheim bist auf dem Hof. Den ersten Tag, an dem ich mich frei machen kann, treffen wir uns beim Jöschvater und gehen dann gemeinsam in die Höhle des Löwen."

Und er küßt sein Dirndl nach Herzenslust, und Flora sitzt daneben und schaut mit hellwachen Augen zu. Ein klein wenig setzt sich ihre Rute in Bewegung, ein Beweis, daß sie nicht ausdrücklich dagegen ist.

*

Die Nacht drauf wird brunnklar und kalt. Und wie auf Befehl orgelt es vom Dürnberg herüber, vom Bechental herauf, vom Lärchkoglhochleger herunter, aus allen Schluchten und Bergnasen, es ist wie ein Konzert, daß einem Jäger das Herz in die Kehle springt. Und nie hat es einen glücklicheren jungen Förster gegeben wie zu dieser Zeit den Guntram Hartmann vom Forstamt Fall.

Die beiden Liebesleut können sich nur zuwinken, ab sofort ist die Jagdhütte tabu für Mädchenbesuche. Der hohe Jagdgast ist eingetroffen, ein folgsamer Möchtegernjäger, aber ein großes Tier in der Politik.

Förster Hartmann orgelt ihm einen Zwölfender vor die Büchse, der bereits zurückgesetzt ist und sein gutes Erbe reichlich weitergegeben hat.

Der Herr Minister bekommt das Jagdfieber und zittert wie Espenlaub. Hartmann hat Verständnis dafür und mag von diesem Augenblick an den Jagdgast leiden. Das Bild, das sich ihnen beiden bietet, ist herrlich. Vom Prunk des Herbstwaldes umrandet der apere Fleck zwischen zwei Feldklötzen, tiefblauer Himmel darüber, an dem eben der Mond aufsteigt – und dann plötzlich er!

Gleich einer Vision steht er mit zurückgeworfenem Haupt im vergoldeten Abendlicht, rollenden Auges, mit weitgeöffentem Äser. Wo ist er – der andere – der Nebenbuhler – der verhaßte Einbrecher in alte Rechte! Wo ist er!

Diesmal stößt er den Kampf- und Drohruf hinaus, daß jedes seiner gesträubten Rückenhaare zittert. So frei zum Schuß, so wunderbar frei mit dargereichtem Blatt ist kaum einmal ein Brunfthirsch auf einer Blöße gestanden. Der Jagdgastführer ist sich darüber klar. Aber der Schuß fällt nicht. Das Stahlrohr des Jagdgewehres tanzt auf und nieder wie ein Schilfstengel bei Sturmwind. Da sagt er beschwörend und leise:

„Gewehr absetzen – ruhig werden, ganz ruhig werden."

Der also Beratene sieht ihn an in Verzweiflung und gehorcht wie ein Kind. Und Förster Hartmann, der sieht, daß der Zwölfender Anstalten macht, in den Hochwald zu seinem Harem zurückzupreschen, setzt die Muschel an und schickt seinerseits einen Kampfruf hinaus ins Hochtal, der sich hören lassen kann. Als habe er einen Blattschuß bekommen, reißt es den Platzhirsch herum, und wieder läßt Empörung und Haß seine Flanken zittern.

„Ganz ruhig – Herr Minister – ganz ruhig! Kann gar nicht schief gehen. Ganz ruhig halten aufs Blatt.“

Hartmanns beschwörende leise Stimme wirkt Wunder. Der Lauf hält still, einen Herzschlag lang – zwei – drei – und der Schuß zerreißt den heiligen Bergfrieden hier oben wie der Donner eines jähen Maigewitters.

Wie ein Rassepferd während der Hohen Schule hochsteigt, so reißt es den Todgeweihten empor. Er versucht noch zu flüchten, aber der Schuß sitzt mitten im Herzen. Nach wenigen Schritten bricht er zusammen.

Der junge Förster ist eben dabei, seinen Hut abzunehmen und seinen Waidmannsglückwunsch auszusprechen, da fühlt er sich umarmt und hört mit tränenerstickter Stimme die Worte stammeln: „Das – das war das schönste – das schönste Erlebnis meines Lebens. Und ich schwöre: Es soll mein erster und letzter Hirsch sein, den ich erlege. Ich komme mir vor wie ein Mörder. Hab ich recht, Herr Förster?“

„Nicht ganz, Herr Minister! Der Zwölfender hat schon zurückgesetzt, seine beste Kraft hat er bereits vererbt. Ein schönerer und schmerzärmerer Tod kann keinem gewährt werden.“

Es wird noch ein wundervoller Abend auf der Jagdhütte. Und Förster Hartmann stützt danach den

Kopf auf beide Hände und bleibt auf seinem Hüttenbett wach, um keinen der Brunftrufe ringsum zu überhören.

Am Kleiderhaken an der Hüttenwand hängt der Hut des Ministers mit dem Bruch, den er tiefergriffen aus der Hand des Jagdführers entgegengenommen hat.

Kaltwetter fällt ein, und der neue Knecht kommt auf die Alm mit dem Bescheid, daß er morgen komme zum Almabtrieb.

Obwohl der Tag, da eine Sennin ihre Herde schmückt zum Abtrieb der Höhepunkt des Almsommers ist, so stehen der Berti doch Tränen in den Augen. Prächtl, die Leitkuh, aber ist in ihrem Element. Auch jeder Unkundige erkennt, daß in dem Tier etwas Besonderes vorgeht. Geradezu majestätisch reckt sie das Haupt und setzt jeden ihrer Schritte. Versucht eine Artgenossin, auch nur einen Schritt vorzutreten auf dem Weg ins Tal, so bekommt sie ihre Zurechtweisung mit dem massiven Horn der Prächtl. Sie trägt aber auch eine Krone über ihren großen feucht schimmernden Augen, wie man sie sich schöner nicht denken kann. Und die Leitglocke prahlt zehnpfündig, wie von Gold. So lange hat der Korbi daran gewienert. Sogar die Beschläge am breiten Halsriemen funkeln. Straff im Fleisch und gewichtig, glänzend gestriegelt wird die Herde des Trasserbauern von Wegscheid über die Isarbrücke getrieben, und manchem späten Sommergast geht das Herz auf bei ihrem Anblick.

Der Trasser selber steht, auf seinen Stock gestützt, oben, wo die Auffahrt in den Hofraum mündet. Er sieht seine Tiere kommen, geschmückt mit der Pracht eines glücklichen Almsommers, ohne Verlust, ohne Minderung der Herde, und sein Herz verspürt etwas wie

Wohltun. Die Wabi ist halbfeiertaglich gewandet, neben ihm und besprengt jedes einzelne Tier, wie es seit Jahrhunderten Brauch ist, mit dem Weihbrunn, den sie von der Leonhardikapelle in Tölz mitgebracht hat.

Durch die offene Haustür strömt herrlicher Geruch von Gebratenem, von Schmalzkrapfen und Apfelküchl, dem Anerkennungsessen für die Almleut. Der Korbi, der seine Minka nachtrieb, flüstert dieser zu: „Ich tu schon eine Schmalznudel weg für dich, vergeß dich nicht."

Berti geht auf den Vater zu mit ausgestreckter Hand. Aber sie fällt wie gelähmt zurück, so kalt und fremd trifft sie der stahlharte Blick des Bauern, der kein anerkennendes, kein lobendes Wort für die Sennin seiner Herde hat. Wabi sieht, daß ungeweinte Tränen aufsteigen in den Augen der Trasserbauerntochter, und sie sagt, zum Bauern gewandt:

„Dann werd halt ich mich bedanken bei der Sennin und dem Almputzer für einen Sommer lang Arbeit und Müh – ich denk, es ist so der Brauch im Isarwinkel, wenn eine Herde geschmückt heimkommen kann." Und sie geht auf die Berti zu und sagt inständig: „Vergelt's Gott für deinen Einsatz auf der Alm, Berti." Und dasselbe sagt sie dem Korbi.

Das blasse Gesicht des Trasser wird noch blasser, und seine Hände umklammern den eibenen Stock, daß die Knöchel weiß hervorspringen. Aber er sagt nichts. Da tritt der neue Knecht neben ihn und meint:

„Glaub nicht, daß jeder sein Almvieh so zurückkriegt wie du das deine!"

Aber wieder schweigt der Bauer, als sei sein Mund zuzementiert.

Da schüttelt die Prächtl ihr schweres Haupt, daß die Baßglocke laut und befehlend aufklingt und setzt den ersten Schritt durch die vertraute Stalltür in die heimatliche Wärme und Geborgenheit.

*

Acht Tage danach sind die Jagdgäste zufriedengestellt. Einer der Faller Jäger springt ein für den neuen Revierförster Guntram Hartmann, und er kann sich einen Abend frei nehmen. Die Sehnsucht nach seinem Mädel brennt wie Feuer. Er weiß, sie wartet bereits auf ihn in der warmen Stube des Jöschvaters, noch nie ist ein Liebender schneller von der Lärchkogl-Jagdhütte zum Hohenburger Schloßpark gelangt.

Die Berti steht am Fenster und sieht ihn kommen. Und über ihr Gesicht, das noch schöner geworden ist, seit sie weiß, daß sie ein Kindl trägt, flutet ein Meer von Glück. Sie wird ihm nichts erzählen davon, daß der Vater noch feindseliger geworden ist, noch verletzender und die Wabi schon zweimal mit bewundernswertem Mut sich zwischen oder besser vor sie gestellt hat.

Täglich muß sie hören, daß sie eine Verräterin sei am Trasserhof, eine, der ihre Verliebtheit höher steht als ihres Vaters Wunsch. Daß sie einen achtbaren, in jeder Beziehung einwandfreien Großbauern von Waakirchen behandelt hat wie einen Rotzbuben. Daß sie das büßen müsse, solange sie lebe.

Es ist besser, Guntram weiß nichts davon. Sein Herz ist so zuversichtlich, so gläubig, daß alles gut werden wird, daß es grausam wäre, ihm die Wahrheit zu sagen.

So liegt sie in seinen Armen; der Jöschvater hat plötzlich erklärt, er müsse schnell hinüber zur Schänke, die hätten gerade heut frische Weißwürst bekommen, und die esse er doch so gern.

O der Jöschvater weiß, daß zwei junge Liebesleut allein sein wollen, er ist jung gewesen wie kaum einer, er weiß das!

Aber er weiß auch, daß man zum Küssen und sich Drücken keine Ewigkeit braucht, und daß er dem Guntram versprochen hat, aus alten Jagdzeiten zu erzählen. Das letztemal war die Berti dran mit der Liebesgeschichte von der schönen Gräfin Isabell, heut soll der Guntram zu seinem Recht kommen. Und als die große Lampe brennt, die Kloben im Kachelofen eine linde, trauliche Wärme verbreiten, als die Berti ihren Birnenmost in die Krügl gießt und Hausgebackenes vor sie hinstellt, als der Jöschvater seinen alten Pfeifeninvaliden – eine Wildererkugel hat den Kopf angesplittert – liebevoll gestopft hat, da ist die Stunde reif zum Erzählen.

„Ist schon viel mehr als ein halbes Jahrhundert her, und die Isar ist so manches Jahr der Schrecken der angrenzenden Griesler gewesen.

Die freien Höfe auf den Terrassen haben es gut gehabt. Getroffen hat's nur die Kleinen, die Häusler und Notnickl. Denen hat die Isar, wenn sie gewütet hat, die halben Wiesmahden weggerissen.

Und oft hat eine Familie mit acht und mehr Kindern von den paar Tagwerk Wiesen leben müssen. Es hat nicht jeder Familienvater feste Arbeit gehabt. Die Firma Moralt in Tölz ist noch kleiner gewesen, erst der heutige Moralt hat ein Werk aufgebaut, in dem achthundert

Familien ihr sicheres Brot finden. Damals ist noch ein jeder dem Herrgott dankbar gewesen, wenn er seinen festen Wochenlohn im Beutel mit hat heimbringen können. War nichts von Kindergeld und Wohngeldzulage und solchen Dingen.

Der Kalkofen am Isarufer, in dessen Betrieb mancher Arbeit gefunden hat in früheren Jahrzehnten, und ich denke, auch Jahrhunderten – die Marienkirche in München ist fast ausschließlich mit Isarkalk gebaut worden –, der ist schließlich stillgelegt worden. Ein Dutzend Männer, die ihre Kalksteine zum Brennen geliefert haben, mußten sich woanders umsehen. Wenn auch Isarwinkler Zimmerleut überall im Land gern gesehen waren – sie galten als fleißig, tüchtig und nicht anspruchsvoll in der Verpflegung – so ist es doch jedem von ihnen lieber gewesen, daheim bei Weib und Kind, beim kleinen eigenen Sachel seinen Verdienst zu finden.

Aber außer der kleinen Zigarrenfabrik und der Brauerei ist wenig dagewesen an Verdienstmöglichkeiten. Das Wasser- und Flußbauamt, der Wegwartdienst hat einigen Brot gegeben. Die Bahn ist erst nur bis Tölz gegangen, es ist schlecht gewesen für Leut, die haben müssen verdienen. Ein paar Schmiede und Wagner, Faßbinder und Weber haben ihren sicheren Kundenkreis gehabt – und vor allen andern, Holzer und Flößer.

Sie und die Kalkbrenner am Isarufer haben ihr Gewerbe an die fünfhundert Jahre zurück verfolgen können.

Auch die Sagler und Sägewerke waren reichlich im Isarwinkel, da haben sie zwei, drei Sagknechte einstellen können. Aber was half das, wenn in einer Familie ein

Dutzend gesunder Kinder heranwuchsen, die alle Arbeit wollten. Da ist jeder froh gewesen, wenn er seine Schulentlassenen bei einem Großbauern hat unterbringen können. Die Kinder zur Schule schicken für was Höheres, das haben nur reiche Leut gekonnt. Ganz besonders Begabte sind hie und da als Bettelstudenten in die Münchner Stadt gekommen, haben als Gnadenempfänger von einem Haus ins andere gehen dürfen zum Mittagessen. Ja, Kinder, jetzt werd ich sechsundachtzig, aber glaubt mir: Es ist eine andere Zeit gewesen als heut. Es ist vieles besser gewesen an der ‚guten' alten Zeit – aber noch viel mehr schlechter. Feste Einnahmen durch Sommergäste hat es damals nur ganz wenig gegeben, das ist erst mit den ersten Autos gekommen, die unsre schöne Isarwinkler Luft verpestet haben. Dann ist hier gebaut worden im Isarwinkel, die Baufirmen haben immer mehr Maurer einstellen können. Lenggries ist auseinandergegangen wie ein Schwamm.

Aber jetzt bin ich ganz abkommen von dem, was ich hab erzählen wollen. Du, Guntram, möchtest ja von der Jagerei hören auf Hohenburg.

Daß die hochgeborenen Herren schon allweil das Jagdrecht für sich beansprucht haben, das weißt du ja aus der Geschichte. Schon Ende des neunten Jahrhunderts wird die erste ‚Hochinburg' genannt, damals sind noch Bär und Luchs in den Isarwinkler Wäldern daheimgewesen. Und die in Urkunden des Klosters Tegernsee erwähnten damaligen Herren Gebrüder Urdalschalk haben sicher gejagt.

Geschlechter kamen und gingen in den folgenden Jahrhunderten. Auch der Hochgeborene und Hochvermögende muß gehen, wenn Gevatter Tod ihm die Hand auf die Schulter legt. Es ist ein ganzes Heer von Herren und Damen gewesen, die auf Hohenburg regiert haben. Und es sind nicht alle gütige Herren und Herrinnen gewesen.

Jahrhundertelang hat der Untertan gezittert vor der Willkür der Hochgeborenen, denen alle Macht und das Richteramt zustand. So mancher unserer Vorfahren in vergangener Zeit hat sich durchs Leben quälen müssen mit einer Hand, weil ihm die zweite abgehackt wurde wegen Wildfrevels.

Da hat keiner gefragt nach den zahlreichen Kindern dieses ‚Verbrechers', ob sie verhungerten oder überlebten. Menschlichkeit ist damals klein geschrieben worden.

Menschen früherer Jahrhunderte haben nur träumen können von einem Leben, wie es heute Wirklichkeit geworden ist. Heut ist der letzte Arbeiter ein freier Mann mit der Würde eines solchen. Es hat Jahrhunderte Kampf gekostet, bis es soweit war. Und der Respekt vor einem, der in eine goldene Wiege gelegt wurde mit hochklingendem Namen und ererbtem Reichtum, der ist heute nicht mehr groß. Der heutige, selbstbewußte Arbeiter weiß, was er wert ist.

Es ist viel humanes Denken und rechtlicher Maßstab eingekehrt in unser Jahrhundert. Aber – Bertile, schenk nach! Euer Birnenmost ist mir lieber als der teuerste Wein."

Das Liebespaar sitzt Hand in Hand und nimmt dem Jöschvater jedes Wort von den Lippen. Und er sagt, wie entschuldigend: „Müßt mir verzeihen, jetzt bin ich schon wieder abkommen vom direkten Weg. Das Gewesene zieht mich halt allweil wieder in seinen Bann. Ein bißl was von unserem örtlichen Geschichtsforscher Hans Gerg ist auch in mir. Wieviel leidenschaftlicher Eifer gehört dazu, die lückenlose Geschichte Hohenburgs und seiner Untertanen zusammenzutragen und anhand vergilbter Urkunden nachzuprüfen.

Das Allerwichtigste aus der Geschichte von Lenggries muß ich euch noch erzählen. Will mich ganz kurz fassen, Guntram, dann kommt die Jägerei zu ihrem Recht.

Ein hochverdienter Lenggrieser Sohn, der Heimatforscher Karl Pfund, weist nach, daß vor vierhundert Jahren ein Streitgockl, der Pfleger von Tölz, dem Hofmarksherrn von Hohenburg die Hölle heiß gemacht hat, eines erlegten Hirsches wegen. Auch die Fische aus der Walchen hat er ihm mißgönnt. Wie so ein Hochedler mit dem geringen Volk umgesprungen ist, das kann sich jeder vorstellen.

Oft frag ich mich, warum die Bauern nicht viel früher losgeschlagen haben.

Was Hans Gerg zusammengetragen hat aus der Isarwinkler und besonders der Hohenburger Geschichte, ist auch für einen Außenstehenden des Lesens wert. Feststellen möchte ich nur: Alle, wie sie da waren, als Herren von Hohenburg, haben der Jagd gefrönt. Was sollten sie auch tun, um ihre Langeweile totzuschlagen? Reiten, spielen und jagen. Und schönen Frauen dienen. Gearbeitet für sie haben ja die Untertanen.

Die Grafen von Herwarth-Hohenburg behaupteten sich zweihundertdreiunddreißig Jahre auf Schloß Hohenburg unterm Geierstein. Auch unter ihnen seien leidenschaftliche Jäger gewesen. Keiner aber, und das möcht ich schwören, war versessener aufs Jagern wie mein Hoher Herr, der Großherzog von Luxemburg.

Ich, sein Leibjäger, muß das ja wissen.

Ihm ist ein Ansitz auf hoher Schneid, das Warten auf einen besonders starken Gamsbock nicht zu lang geworden und wenn es Stunden gedauert hat. Der Wind ist oft so eisig vom Osten herübergekommen, wenn wir jagten im Wörnergebiet bei Mittenwald auf dem Verein, daß wir in unseren schafwollenen Kotzen nur so geschlottert haben. Mein Schweißhund – damals hab ich die Senta gehabt – hat auch gefroren zum Erbarmen. Die gesamte Jägerschaft Seiner Hoheit war oft angetreten und hat die stärksten Rudel in die Nähe des Ansitzes gedrückt, aber mein Herr war wählerisch. Er schoß nicht um des Schießens willen, wie dies so mancher Hochedle der geladenen Kavaliere oft getan hat. Zum Kummer und Ärger des Großherzogs. Vielleicht hat er es gespürt, daß ich für ihn mein Leben einsetzen tät, wenn es sein müßt. Der alte Herr hat mir Dinge anvertraut, die niemand von seinen Lakaien und Bediensteten gewußt haben. Er ist ein Mann gewesen, den man nicht allein achten mußte, den man hat gern haben können.

Oft, als er schon recht mühsam geworden ist und zwei Mühlbacher Schulbuben breite Lederriemen um Brust und Schultern, ihn im Ziehwagerl durch die Parkwege gezogen haben, als er schon nicht mehr die Kraft gehabt hat, auf einem Pferd zu sitzen, da hat er mich manchmal rufen lassen, bloß um mit mir zu reden.

Es sind Grafen und Edelleute im Kavalierhaus als Gäste gewesen, aber er hat seinen Leibjäger Jösch bei sich haben wollen. Geistig war er hell wie eh und je. Und oft hab ich aus seinen Reden vernommen, daß er sich gesorgt hat um den kleinen Mann, daß er den Lebenskampf ums tägliche Brot der Kleinhäusler, der Tagelöhner und kleinen Handwerker hoch schätzte. Er hat nicht geduldet, daß Arbeiten vergeben wurden nach auswärts, die in der Gemeinde selber gemacht werden konnten.

Seht ihr, das Kanapee da drüben in der Ecke, das stammt noch aus einem der Salons im Schloß, ich hab's gekauft, als bei Auflösung des ganzen Besitzes alles verschleudert worden ist. Wenn ihr ein Kanapee brauchen könnt für euer ganzes Leben, ich schenk es euch. So etwas findet ihr nicht mehr um viel Geld. Und solche gab's mehrere Dutzende im Schloß. Die meisten davon hat der Meister Baumgartner in Lenggries gebaut, mit seinen Händen. Da stellt einmal einen Vergleich an mit dem heutigen, modernen Zeugs! Echte Kupferfedern und Gurte, nicht zum Umbringen in zehn Generationen. Die Schnüre dazu hat der Sailerwastl gedreht, bei der Kirche steht sein uraltes, niedriges, seltsam eindringliches Häusl. Wenn einer vorbeigeht an ihm, so stockt sein Schritt, ohne daß er es will. Eine solche Achtung gebietende Kraft geht aus von diesem Häusel.

Es ist mir allweil, als möcht es jedem was erzählen aus vergangener Zeit. Nur – die Menschen hasten vorüber, sie haben keine Zeit und Weile mehr. Und ich weiß gewiß: Es ist schön, was das Häusel erzählen möcht.

Vom Glück und der gottergebenen Zufriedenheit kleiner Handwerkersleute. Vom ehrlich verdienten Pfennig in der Schublade unterm Herrgottswinkel. Hat nicht gereicht zum Fleisch, wohl aber zum täglichen Brot, und die Geißen im Ställchen lieferten die Milch dazu. Du,

Berti, hast ihn vielleicht noch gekannt, den Sailerwastl von Lenggries, kein Riese an Gestalt, aber fröhlichere, zufriedenere Augen habe ich nie gesehen.

Ein Mensch mit Fühlern spürt geradezu durch die hölzernen Mauern den Frieden, der in ihnen war, das kleine Glück, das wahre Glück, aus der täglichen Eintracht der Familie geboren.

Aber das altersschwache Häusel des Sailerwastl hat auch anderes erlebt. Es war noch jung und schön, da sind die Horden des Obristen Trenk eingebrochen in Lenggries. Im nahen Steinbach haben die Höfe gebrannt vom Grundner, Greilinger und Wölfl, und die Feuersbrunströte hat den ganzen Himmel bedeckt. Die Qual und das Leid zweier Weltkriege hat es an sich vorbeigehen sehen in Gestalt weinender Frauen, Mütter und Kinder, die ihren Gefallenen ‚auf dem Feld der Ehre', wie es so schön heißt, in der Pfarrkirche wenigstens ihre Gebete nachsenden wollten."

Der Jöschvater hat mit seinen hellwachen Augen gesehen, daß während seines Erzählens die Blicke der Liebesleut öfter zum Kanapee hinüberschweiften, und sein herzhaftes Lachen füllt die Stube.

Die Gesichter der beiden Jungen laufen ein wenig rot an, und Guntram Hartmann sagt: „Jöschvater, das wär ein wunderbares Hochzeitsgeschenk. Aber wir nehmen's erst, wenn du es nicht mehr brauchst. In Ehren wollen wir's halten, wir und unsre Kinder. Aber, so lang du lebst, sollst du dein Mittagschlaferl darauf halten. Ist so schön warm in der Stube."

Die Berti nickt einverstanden und schaut ihren Liebsten begeistert an. Und wieder lacht der Jöschvater lauthals und meint: „Bin schon wieder von der Jägerei abkommen, langsam merk ich, daß ich älter werd.

Also einmal haben wir einen Gamsbock geschossen, gar nicht weit vom Vereiner Jagdhaus. Die Kruck'n war kurz, aber stärker als mein Daumen. Aber – der Bart!

So einen Bart hab ich nie wieder in meinem Leben gerupft. Zwanzig Zentimeter, und das den halben Ziemer entlang, dicht wie ein Urwald. Wie ein silberner Reif ist's auf ihm gelegen, nicht so breit, wie ein Zündholz dick ist. Jetzt wirst ein Hochgebirgsjäger, Guntram, da mußt du wissen: Je kürzer der Reif, um so wertvoller der Bart.

Seine Hoheit hat nasse Augen gekriegt, als ich die gerupften Beuschl schön geordnet der Länge nach aufs ausgebreitete Zeitungspapier gelegt hab. Und er hat gesagt: ‚Jösch, wir haben schon viel erlegt miteinander. Aber so einen Bock noch nie.' Und als ich ihm seinen Bruch überreicht hab, da hat er mich in seiner Freude umarmt, als wär ich seinesgleichen. Und ich hab denken müssen: Ist gut, daß keiner von all den andern es sieht. Auch unter den Hochedlen hab ich schon den Neid und noch Schlimmeres entdecken müssen.

Ein junger Graf, dumm vor Hochmut, aber aus altem deutschen Adel, dessen Mutter dem Großherzog einmal nahe gestanden hat – er hat es mir erzählt, als wolle er seine Einladung zur Gamsbrunft entschuldigen –, wollte absolut unter meiner Führung einen Bock schießen. Mir schwante nichts Gutes. Bevor wir gingen, nahm mich der Großherzog zur Seite und packte mich am Arm. ‚Jösch', befahl er, denn auch er konnte befehlen, ‚Jösch – Sie sind mir verantwortlich für den – Grafen! Wehe Ihnen, wenn der eine Gamsgeiß umlegt oder ein Kitzböckl!'

Ich hab meinen Herrn beruhigt, damals haben seine Füße schon angefangen, ihren Dienst zu versagen, und er ist meist im Rollstuhl gesessen. Nur wenn die Jagdhörner aufgeklungen sind zur Jagd im schönsten Gamsgebiet des Alpenlandes, hat es ihn nicht mehr auf seinem Schloß Hohenburg gehalten. Über Vorderriß, Wallgau und Krünn bis Mittenwald und Verein haben ihn im leichten Jagdwagerl seine braven Rösser gebracht. Von da bis zum Ansitz das Tragpferd. Geredet hat er mit dem wie mit einem Menschen. Und das Roß, Pius hat der Rappe geheißen, ist am Großherzog gehangen, wie ich so etwas nie mehr erlebt hab. Einmal hat der zu mir gesagt:

‚Jösch, sollte ich eines Tages hinüberwechseln in die Ewigen Jagdgründe, so übernehmen Sie die Sorge für meinen Pius. Für seine Futterkosten ist gesorgt. Einer der Mühlbacher Bauern nimmt ihn in seinen Stall und pflegt ihn, solang er das Leben hat. Jeder tut's! Ich weiß, sie mögen mich alle. Mein Pius darf niemals dem Roßmetzger übergeben werden, keiner soll ihn abschätzen nach Gewicht und Gewinn, der Pius würde es spüren.

Meine Schwiegertochter, die Großherzogin, wird nach ihm sehen, falls du nicht da bist und deinen Dienst tust auf der Platt. Auch sie ist eine Pferdekennerin und liest aus den Augen eines Tieres, was in ihm ist.‘

Hab mein Versprechen, das ich in jener Stunde meinem Herrn gegeben hab, nicht mehr einlösen können. Am Tag, an dem der Großherzog seinem bunten, vielseitigen Leben Ade gesagt hat, hat der Pius zum erstenmal das Futter abgelehnt, und zur Stunde, da alle Isarwinkler den alten Hohenburger Schloßherrn zur

Berggruft begleitet haben wie Kinder einen Vater, hat der Stallmeister den Pius tot in seiner Box gefunden."

Nun ist es ganz still in der Stube, und die Augen des Jöschvaters verraten, daß der alte Mann weit fort ist von allem, daß er eingesponnen ist in die Vergangenheit.

Berti und Guntram sitzen eng aneinandergeschmiegt und atmen kaum. Keines von ihnen vermöchte den tief Versonnen zu wecken. Endlich kommt er zurück in die Gegenwart, entdeckt, daß seine Pfeife erkaltet ist und hat bereits wieder sein befreiendes, tiefes Baßtonlachen bereit:

„Ja", sagt er, „in Stunden, die meinem alten Herrn besonders nahe gingen und er mit mir redete, in solchen Stunden hat er auch „du" zu mir gesagt. Ich hab's allweil empfunden wie eine Belobigung.

Aber ich wollt euch ja vom ostpreußischen Junker erzählen, und wie's mir mit ihm ergangen ist auf der Gamsbrunft.

Es war schon fast zu Ende der Brunft, als er gekommen ist. Er erzählte, daß er daheim, wo seinem Vater drei Güter, siebentausend Hektar Land und Wald und vier grundeigene Dörfer gehörten, den Beginn der Hirschbrunft, der Hasen- und Fasanenjagden noch mitmachen wollte, bevor er in die Berge fuhr. Heuwagen voller Feldhasen wurden von den Ackerbreiten seines eigenen Jagdreviers zum weitentlegenen Bahnhof gefahren und dort in die großen Städte verladen. Nicht anders erging es den Fasanenhähnen.

Aber weil so ein stinkreicher Knopf von allem haben muß, wollte er auch eine Gamsbrunft in den Bergen erleben.

Der Tag, an dem ich mit ihm vom Kavalierhaus auf den Verein aufgebrochen bin, ist klar gewesen wie Quellwasser. Vom Höllental herauf ist ein schneidender Nordwind gekommen, der sogar durch die schafwollene, dick gewirkte Kluft hindurchgebissen hat.

Noch keine fünfhundert Meter aufwärts, gegen die große östliche Sandreiße zu, hat mein Junker in seinem eleganten dünnen Tuchanzügerl geschlottert wie Espenlaub. Wohl hab ich in meinem Rucksack einen gebrauchten Lodenmantel für ihn stecken gehabt, aber er war ihm nicht fein genug. Da hab ich den Rucksack wieder zugebunden, und wir sind weitergegangen. Sind langsam und trittsicher immer höher gekommen, immer weiter wurde der Himmel, immer mächtiger die Riffe und Zacken der Viererspitz. Sie hat ein ganz neues Gesicht gehabt, von der Seite betrachtet.

Schnee ist noch keiner gelegen, nur der Rauhreif hat Latschen und Krüppelholz hier oben an der Baumgrenze verzuckert wie in einer Märchenlandschaft. Es hat der Herbst in dem Jahr vier Wochen länger auf sich warten lassen als sonst, im Tal sind an manchen Bäumen noch grüne Blätter gehangen. Ein Schneehase, der uns übern Weg lief, hat erst eine handbreite weiße Stelle im Pelz gehabt, in früheren Jahren ist der Schneehase sonst zu Ende der Gamsbrunft schon weiß gewesen.

Nur die Mankei waren schon im Bau, und vom Dachs hat meine Diana auch keine Losung mehr angezeigt. Also hatte auch der sich bereits eingegraben.

Der Mond hing mit praller Sichel in der Mitte der Himmelskuppel, es ist so ruhig um uns beide gewesen, als sei die Welt erstarrt.

Von Zeit zu Zeit bin ich stehengeblieben und hab mit meinem Glas die obere Bergregion abgetastet. Und hab noch ein kleines Rudl entdeckt mit vier Geißen, zwei Kitzen, einem Kitzböckl und einem mittleren Gamsbock, nicht übermäßig abgebrunftet und immer noch Witterung nehmend, hinter einer der Geißen her. Wenn ich Weidmannsheil haben wollte mit dem Junker, dann mußte ich mich wohl an den späten Liebhaber halten.

Ihn anzupirschen, war unmöglich. Ein über hundert Meter tiefer, steilabfallender Graben riß die Leite auseinander, bis wir den bewältigt hätten – ohne Steigeisen war es lebensgefährlich –, bräche die Nacht herein. Auch müßte uns das Wild längst gewittert haben, wir hatten den Wind im Rücken. Es gab also nur eines: den Bock in Schußnähe locken. Eine kleine verkümmerte Latscheninsel gab uns Sichtschutz.

Ich bog die Äste von einem alten Latschenstock zurecht und legte meinen Kotzen darüber. Es war die vierte Gamsbrunft, die ich hab erleben dürfen im Jagdgebiet meines Herrn. Aber ich hab mich nicht erinnern können, daß es schon einmal so kalt gewesen wär.

Das Gamsrudl zupfte lustlos am gefrierharten Steingras umeinand, die Leitgams warf hin und wieder den Kopf auf und sicherte zu uns herüber. Ich sah durchs Glas, daß die noch brunftige Geiß nachgiebiger wurde, daß sie nicht mehr mit den gleichen hektischen Fluchten absprang, wenn der Bock sich blädernd ihr näherte. Gern hätte ich dem jagdverwöhnten preußischen Junker das Erlebnis einer guten Gamsbrunft gegönnt. Es kann für ein Jägerherz nichts Schöneres geben auf dieser Welt.

Die Bergspitzen um sich, meist in Schneestaub gehüllt, die Almen auf allen Höhen verlassen, alles so ruhig wie zur ewigen Ruh, so feierlich und weltabgeschieden, daß man ganz fromm werden muß.

Und nur Leben, heißes, drängendes Leben auf einer Felsnase, einem Grat, einer Sandreiße oder einer Latscheninsel, wo gerade einer der Brunftböcke seinen Harem zusammenhält. Auf dem Vereiner Jagdgebiet haben noch die Jäger des Großherzogs Felix fünfzig und mehr treibende Böcke gezählt, und weil schon der alte Herr nichts Schwächliches hat aufkommen lassen, weil er Kümmerer hat abschießen lassen, bevor sie sich weiter vererben konnten, waren wohl im ganzen Alpengebiet keine stärkeren Gamsböcke daheim als bei uns auf dem Verein.

Für den Jagdgast aus Ostpreußen sei auch ein Kümmerer gut genug, hat mir der Großherzog zu verstehen gegeben. Der verstehe was von einem Elch und einem Kronenhirsch, aber nichts von einem Gamsbock.

Mein junger Graf ist ganz weiß im Gesicht gewesen, so hat ihn die Kälte zusammengezogen. Rein erbarmt hat er mich. Da hab ich ihm meinen schafenen Kotzen umgehängt und hab ihm den Kragen hochgeschlagen. Seine Ohren sahen schon aus wie erfroren. Aber er hat nicht gedankt. Mein gnädiger Herr hätte ‚Dankschön' gesagt. Aber wie dem auch war, ich mußte ihn zu Schuß bringen. Hab mir denkt: Heut kann ich ihm das unbezahlbare Schauspiel einer Gamsbrunft nicht zeigen mit dem einzigen Böckl, das da ist. Denn es gibt nichts, was dem gleichkäme.

Wenn zwei Hauptböcke wie schwarze Teufel durch Schneestaub und Herrlichkeit aufeinander zurasen, das Blut eine einzige Brandfackel von Haß und Eifersucht, wenn jeder von beiden gewillt ist, das auszutragen auf Leben und Tod, wenn sie aufeinanderprallen, immer wieder, daß man das Gedröhn ihrer Krucken weitum hören muß, so wird das auch ein Nichtjäger nie vergessen können. Erst wenn beider Kräfte erlahmen, versuchen beide, mit mehr oder weniger List, den tödlichen Stich in des anderen Wanst blitzschnell anzubringen. Und sie hören nicht auf, bis einer der beiden mit dem Todesstoß im Leib sich abseits schleppt, dem Sieger seinen Harem überlassend.

Gamsbrunft in einem Revier wie dem Verein, hoch über Mittenwald, das ist das Höchste, was ein Jäger erleben kann. Das sag ich.

Hab also mein Pfeiferl aus der Joppentasche geholt, hab's selber geschnitzt von einer Haselnußrute – drei Dutzend mindestens, bis endlich eins die gleiche Schrille und Kraft hervorgebracht hat wie der wütende oder auch siegtrunkene Gamsbock sie hinauspeitscht in seine winterliche, absterbende Welt. Hundertmal wird nicht reichen, daß ich geübt hab am Pfeiferl. Viel Geduld braucht ein rechter Jäger, viel Geduld!

Aber ich hab's gelernt, schon als junger Spund, 's Jagern ist mir halt im Blut gelegen, da tut sich einer leichter mit allem, was mit der Jagd zusammenhängt. Hab also den ersten, feindlichen Pfiff hinübergeschickt über die Kluft, er ist von einem echten Gamspfiff nicht zu unterscheiden gewesen. Dem mittleren Böckl hat's den Kopf hochgerissen von der Fährte, welche die noch heiße

Geiß hinterlassen hat. Durchs Glas hab ich gesehen, wie seine Lichter sein Rudel zusammensuchten, als könne er es schützen mit seinem Blick.

Dann erst ist dieser Blick in die Runde gegangen, den vermeintlichen Eindringling suchend, aber er hat nichts von einem Artgenossen entdeckt. Die meisten der Brunftböcke waren bereits total abgebrunftet oder erlegt, keiner hat mehr Fett unter der Decke gehabt, und der schneidende Wind ist an die Rippen gegangen. Da haben sie sich ins schützende Unterholz verzogen. So hat nur noch das eine schwache Rudel sich auf freier Blöße behauptet, und der etwa zehnjährige Bock, ein schwacher Bock auch im Wildbret, war wohl um die Hauptbrunftzeit nicht zu seinem Recht gekommen.

Es ist mich etwas angekommen wie Mitleid, daß er als letzter seiner Art in diesem Jagdjahr auf Verein sterben sollte. Daß mein junger Graf ein todsicherer Schütze sei, hatte mir der Großherzog schon gesagt.

Wieder ließ ich meinen Pfiff der Kampfansage, der Kriegserklärung, hinüberpeitschen, wo das Rudl stand. Nun aber riß es den Bock hoch auf den Pfad der Lockung und süßen Begierde, mit ein paar hohen, zornweiten Sätzen kam er auf unseren Ansitz zu. Mein junger Graf hatte das Gewehr schußbereit in den Händen, aber diese Hände waren plötzlich ganz ruhig geworden. Hab schon Jagdgäste gehabt, da ist im Jagdfieber der Gewehrlauf auf und nieder gegangen wie Schilfrohr im Gewittersturm.

Seine Augen waren groß und gefaßt auf den Bock gerichtet, und ich hab in dem Augenblick denken müssen: Mein junger Ostpreuße, trotz seiner angeberischen Art, gefällt mir gar nicht mehr so schlecht.

Noch hat der Bock uns die Vorderfront gezeigt, mit dem einen vorderen Lauf wütend den steinharten Boden geschlagen, seine dunklen, weitaufgerissenen Lichter haben unsre kleine Latscheninsel angepeilt wie einen Todfeind.

Mein junger Graf hat nur Augen für den Bock gehabt. Da hab ich gewußt, daß er ein wirklicher Jäger ist, sicher in der Handhabung der Jägerei, ein anderer hätte mich fragend und unsicher angesehen, der aber nicht. Er hat auf den richtigen Zeitpunkt gewartet, wo man seinen Schuß anbringen kann, den tödlichen Schuß ins Herz, um dem Tier Schmerzen zu ersparen. Und fast hat es mir leid getan, daß ich ihm nicht ein besseres Exemplar von Gams hab anbieten können.

Wir zwei und meine Diana sind hinter der Latschenzunge gehockt wie zwei Statuen. Augenblicke höchster Spannung und Erregung wie diese, sind einem wirklichen Jäger nicht mit Gold zu bezahlen.

Wenn er noch zehn Meter näher herankäme, tät's reichen zum Schuß.

Von hundert anderen Jagdgästen hätten fünfundneunzig den Schuß angetragen, selbst auf die Gefahr hin, daß der Gamsbock nur angeschossen würde und flüchten könnte. Mein Ostpreuße aber war ein Mann der Disziplin, er war Herr der ungeheuren Spannung, und von dem Augenblick an konnte ich ihn leiden. Ich setzte nochmal mein Pfeiferl an und zwar so, daß sich keiner der Latschenzweige rührte – auch der Gamsbock sieht unglaublich scharf, wenn Gefahr droht – und der Pfiff der Kampfansage zerriß die weite Stille rings, den heiligen Frieden.

Es riß den Bock zur Seite, um den seitlich gelegenen Felskegl ins Gesichtsfeld zu bekommen, von dort hatte er eben einen verdächtigen Laut gehört.

In dem Augenblick, der Spanne Zeit, nicht länger als ein Herzschlag dauert, fiel der Schuß. Er brach sich an den Bergwänden und rollte als Echo weiter. Den Bock riß es hoch wie einen Araber der Hohen Schule, er torkelte noch drei, vier Schritte und brach zusammen.

Eine heiße Freude überkam mich, daß mein Jagdgast so gut getroffen hatte. Die Diana gab in ihrer unbändigen Erregung ein leises Wimmern von sich und stieß mich mit der Schnauze vorwurfsvoll an.

Sie war es nicht anders gewöhnt, als daß ich ihr nach glücklichem Schuß mit der Hand den schönen Kopf zärtelte. Nun verlangte sie danach.

Mein Blick aber fiel auf meinen Nebenmann, der mich mit weitaufgerissenen Augen anstarrte wie ein Irrer.

Er hatte sein Gewehr, das er bis dahin schußbereit in Händen gehalten hatte, sinken lassen und stieß tonlos und wie entgeistert hervor:

‚Das war nicht mein Schuß! Herr Leibjäger – ich hab nicht geschossen!‘

Hab schon viel erlebt auf der Jagd. Und das nicht allein im Mittenwalder Revier, auch draußen im flachen Land auf der Platt bei Wiesbaden, dem schönsten Niederjagdgebiet Deutschlands, so etwas aber noch nicht.

Mein Gehirn schaltete schnell. Der Lump, der uns da den Bock vor der Nase wegschoß, mußte in nächster Nähe sein. Er würde seinen gewilderten Bock holen, rechnete damit, daß die Brunft vorbei und die Jägerschaft von Hohenburg bereits abgezogen sei. Tatsächlich war ein Teil der Jäger bereits zurück ins Platter Revier beordert, wo die großen Hasenjagden und Treibjagden eingesetzt hatten.

Wahrscheinlich war es ihm mehr ums Wildbret als um Bart und Trophäe zu tun, und der Bock war ihm gerade ins Schußfeld geraten.

Nach meiner Berechnung konnte er nur vom Felskegl linker Hand aus geschossen haben. Meine Diana, die wegen ihrer Nase berühmt war bis ins Tirolische hinein, hatte ihn deshalb nicht erspürt, weil der Wind von Nord nach Süd gegangen war, wir aber nordöstlich hinter den Latschen gepaßt hatten. Der Lump würde sich ruhig verhalten in seinem Versteck, bis es dunkel geworden war. Wüßte man, wo er daheim war, könnte man ihn fassen auf dem Heimweg. Aber gerade das wußte man nicht. Er konnte von Tirol herüber gekommen sein und seinen Schleichweg haben nach Süden, es konnte ein Einheimischer sein und im Latschenfeld verschwinden, sich ins Tal drücken, und kein Hahn krähte ihm nach.

Ich mußte den Lumpen fassen, wenn er den Bock aufbrach oder auch nicht aufbrach, fassen an Ort und Stelle. Meine Gedanken arbeiteten ruhig und eiskalt. Wenn ich mich kriechend an den niederen Randlatschen, die die Schlucht säumten, etwa fünfundzwanzig Meter entlang arbeitete, kam ich an einen Kieswall, zu dem ich mich abseilen könnte. Mein Schweißriemen am Rucksack hat zehn, mein Bergseil, das ich als alter Bergwachtmann immer bei mir trage, dreißig Meter. Es müßte reichen. Dann konnte ich den Graben aufwärts nehmen, zum Glück hatte er kein Wasser um diese Zeit, das Aussteigen würde nicht gerade leicht sein, aber ich war im Ersten

Weltkrieg bei der Gebirgskompanie mit dem Edelweiß an der Mütze.

Flüsternd besprach ich mit meinem Jagdgast meinen Plan und hatte es nicht leicht, ihn abzuhalten, mit mir zu gehen. Angst hatte er keine, das hab ich gesehen. Aber ich war mir meiner Verantwortung für ihn bewußt, und ganz ungefährlich war die Sache nicht, schon wegen der Kletterarbeit zum jenseitigen Rand des Grabens. So überzeugte ich ihn und bat ihn, die Diana kurz an der Leine bei sich zu behalten, sich weiterhin unsichtbar zu machen und keinen Laut von sich zu geben.

Ich würde ihm Zeichen geben vom jenseitigen Standplatz aus, sobald ich den Kerl gefaßt hatte, dann sollte er denselben Weg, den wir gekommen waren, heimgehen mit Diana zum Jagdhaus.

Es würde die ganze Prozedur etwa zwei Stunden in Anspruch nehmen. Bis dahin sei es dunkel, und der Lump fühle sich sicher, den Bock zu holen.

Die Kälte hatte sich etwas gelegt, und mein junger Graf hatte ganz rote Backen vor Aufregung. Vier Meter etwa hab ich abspringen müssen, weil Seil und Schweißriemen zusammengeknotet zu kurz waren.

Zum Glück hat's keine Knöchelverstauchung gegeben, die hätt ich schlecht brauchen können. Am Boden der Kluft ist auch kein leichtes Weiterkommen gewesen, und bis ich am Aufstieg war, ist mir der Schweiß aus allen Poren geronnen."

Guntram Hartmann, der junge Förster, vergaß das Atmen vor Spannung. Trotzdem mußte er warten, bis der Jöschvater seine Pfeife hingegeben gestopft, angezündet und der Berti übers Haar gestreichelt hatte.

Guntram kannte den Platz, an dem der Jöschvater hatte abspringen müssen, klaftertief, wie es ihm heute noch schien. Ein Mittenwalder Kollege hatte ihn einmal mitgenommen ins Revier und ihm die Stelle gezeigt.

Endlich erzählte der Jöschvater weiter:

„Als ich über den Rand der jenseitigen Kluftwand gelinst hab, ist der Bock noch mitten auf freier Blöße gelegen. Hab während meiner mühsamen Kletterei doch heimlich Angst gehabt, der Lump könnte sich sicher fühlen und seine Beute bei Tageslicht abholen. Bin ein standfester junger Bursch gewesen, mitten im besten Saft, aber wenn ich ehrlich sein will, die Knie sind mir musweich gewesen von der Hetze und dem Klettern ohne Steigeisen. Am Rand entlang hab ich mich an winzigen Krüppelfichten weiter gehandelt, es ist mir doch um einen festen Standplatz gegangen.

Bis zum Abbruchfelsen hat es mir eine Ewigkeit geschienen, nie im Leben ist mir ein Weg saurer geworden. Aber wenn der Mensch nicht aufgibt, geht alles. Meiner Berechnung nach hatte der Lump nicht von diesem Felsen aus schießen können. Irgendwo in der Nähe aber war er.

Die Hauptsache, der Bock war noch da. Also würde er kommen.

Vom Rudel war nichts mehr zu sehen. Das ist, als der Schuß fiel, hinter der Leitgeiß her ins Jungholz geflüchtet.

Der Felsbrocken, etwa drei Meter hoch und zwei Meter breit, hinter den ich mich hab stellen können, war genau richtig, um die ganze Gegend abzusuchen. Aber ich entdeckte nichts.

Das Jagdhaus, Kavalierhaus und die Vereiner Schänke mit Pferdestall lagen tief unter mir wie mit einem blausilbernen Schleier verdeckt. Linker Hand die Mittenwalder Riesen, sie hatten schon Schnee auf den Nordflanken, und der erste Stern flimmerte einsam auf der Viererspitze.

Nun war es nur noch eine Frage von Minuten. Da löste sich eine dunkle Gestalt, ein Riese, aus dem Rand der Latschenwildnis und kam aufrechten schnellen Schrittes auf die freie Blöße zu, wo der Bock lag.

Erst warf er den Rucksack ab, dann kniete er sich nieder und begann, seine Beute aufzubrechen. Kaum daß er einmal um sich schaute oder lauschte. So sicher fühlte er sich.

Ich konnte, das Gewehr schußbereit in der Hand, aufrecht hinter meinem Felsblock hervortreten und leise auf ihn zupirschen.

Als ich etwa sechs Schritte hinter ihm war und ihn anschrie: ‚Händ' hoch oder's kracht!' da wär er doch beinahe mit dem schweißroten Hirschfänger auf mich zugesprungen. Aber Bürscherl, so hatten wir nicht gewettet!

Meine Kugel ging mitten durch seine rechte Hand, und der Hirschfänger fiel zu Boden. Da hat er aufgegeben. Hab ihm mein Verbandpackerl zugeworfen, daß er die Schußwunde hat abbinden können, dann hab ich ihm befohlen, seinen Lumpenstrumpf von seinem Schädel zu ziehen, daß ich ihm ins Gesicht hab schauen können. Ist kein junger Kerl mehr gewesen, ein mittlerer Bauer aus Leutasch. In seinem Rucksack hat er eine zerlegbare Büchse gehabt, die hab ich beschlagnahmt und in meinen

Rucksack getan. Den Bock hat er aufnehmen und selber hinuntertragen müssen ins Jagdhaus.

Meinem jungen Grafen hab ich mit dem weißen Brotzeitsackerl aus meinem Rucksack gewinkt, da waren noch Brot, Speck und Kornschnaps drinnen, genauso wie wir von der Jagdhütte aufgebrochen sind. Er hat einen verunglückten Juchzer über den tiefen Graben herübergeschickt, und meine Diana hab ich vor Aufregung und Sehnsucht, bei mir zu sein, laut klagen hören.

So haben wir unsern Rückmarsch angetreten: der Lump, mit dem gewilderten Bock voraus, ich hinterdrein. Zwei Kollegen hatte ich schon verloren durch die Heimtücke eines Wilderers. Zu trauen war keinem.

Der junge Graf ist vor uns daheimgewesen, und meine Diana hat vor der Tür der Jagdhütte auf ihren Herrn gewartet, sie ist nicht zu bewegen gewesen, ohne mich ins Warme und Innere des Hauses zu gehen. Und wär sie nicht vom Grafen vorsorglich angekettet worden, sie hätte wohl jeden Lederriemen durchbissen und hätte mich auf der alten Fährte gesucht."

Jöschvaters Pfeife war beim Erzählen wieder ausgegangen, und die Dämmerung mahnte an die Vergänglichkeit der Zeit. Berti fand als erste zurück in das tägliche Muß. Mit einem tiefen Seufzer stand sie auf, gab dem Jöschvater ein Bussl auf die Backe und sagte: „Jöschvater, wenn du auch erzählen kannst, so schön wie kein anderer, wir müssen heut noch auf den Lärchkogl, du weißt, wie weit es ist. Will morgen den letzten Almputz machen."

Und Guntram Hartmann drückte die Hand des alten Waidmanns, daß der das Gesicht verzog, und meinte:

„Wenn ich zuhören kann, wie du aus deinem Jägerleben erzählst, so ist mir das lieber als die schönste Kirchweih. Ich dank dir halt!“

Unterm Türstock flüsterte die Berti dem Jöschvater noch ins Ohr:

„Bald kommen wir und sagen dir etwas – etwas Wunderschönes –, aber zuerst müssen wir noch mit meinem Vater reden. Und nun gut Nacht, Jöschvater!“

Der alte Mann geht zurück ins Haus und sinnt darüber nach, was es wohl sei, das das Antlitz der Berti gewandelt hat. Es ist nicht allein das Glück einer Liebenden und Geliebten, es ist etwas anderes. Es ist mehr. Es ist etwas Geheimnisvolles, etwas, das über den Bereich des menschlichen Glücks hinausreicht, etwas von starker Ausstrahlungskraft.

*

Guntram Hartmann versieht in den darauffolgenden Wochen seinen Dienst von der Lärchkogl und Luderer Jagdhütte aus, und wenn er die verwaisten Almen ringsum liegen sieht, darunter die Trasseralm, übermannt ihn die Sehnsucht nach seinem Dirndl. Beim letzten Zusammentreffen in Jöschvaters Stuberl hat sie ihm geklagt, daß der Vater immer feindseliger, immer fremder werde, als hoffe er, damit ihren Sinn zu ändern.

Der Bütter Andreas von Waakirchen sei noch mal dagewesen und habe gefragt, ob sie sich nicht anders besonnen habe, die Liebschaft mit dem Grünen sei doch ohne jeden Sinn. Was er so über den Hartmann gehört habe, so sei der Förster mit Leib und Seele, und so einem könne man drei Trasserhöfe anbieten, der lasse nicht von seinem Beruf. Was dann aus dem Trasserhof werden solle?

Die Berti hat ihm entgegengehalten, daß es sie glücklich mache, daß der Guntram Hartmann einen der schönsten Berufe habe, die es gibt, aber auch wenn er Hilfsarbeiter sei und von der Hand in den Mund leben müßte, wäre sie wunschlos, wenn sie nur bei ihm sein könne.

Da hat der Bütter Andreas den Kopf geschüttelt, hat mit dem Vater an der Zufahrt noch eine Viertelstunde verhandelt und ist gegangen.

Anderntags ging das Laubzusammenrechen los. Rechter und linker Hand der Trasser-Wiesmahd stehen die Eschen, Ahorn und Linden wie Türme. Die früheren Trasser wollten auf Nummer Sicher gehen und bepflanzten ihre Wiesmahdgrenzen hinter den Höfen mit laubreichen Baumarten, so daß sie doppelten Gewinn hatten. Jeden Herbst die sichere Einstreu für das Milchvieh, die Rösser und Schafe, und alle siebzig, achtzig Jahre den Ertrag der kerngesunden Baumstämme, für die der Moralt in Tölz blanke Taler bezahlte. Zwischendurch breiten sich trotzdem laubreiche Stauden, so daß die Stallungen nie ganz ohne natürliche Laubstreu sind.

Pius, der neue Knecht, sieht wohl ein, daß man zur Laabernzeit statt zwei Armen vier haben müsse, will man vom ersten Schnee nicht überrascht werden. Wäre nicht die Dunkelheit dagegen gewesen, so hätte der Pius schon lang vor Morgengebetläuten angefangen, das trockene Laub zusammenzurechen und in die hänfenen Plochen zu binden.

Die Berti ist draußen zur Arbeit mit dem ersten Lichtstrahl, der über die Tegernseer Grenzberge herüberkommt. Spät geht die Sonne auf und früh geht sie unter.

Wenn man hinunterschaut zum Fluß, so liegt da ein spinnwebfeiner Nebel über dem Wasser, und der Geierstein trägt eine Kappe von blendendweißem Glitzerwerk.

Bertis Blick schweift nach Süden, wo das Demmljoch sich in den Morgenhimmel reckt. Nicht weitab von ihm liegt das Faller Jägerdorf über dem See; eine kleine, weltferne Welt, zu der sie bald gehören wird.

Sie hat sich in schlaflosen Nächten den Kopf zerbrochen, wie es mit dem Hof weitergehen solle ohne sie.

Die Wabi wird langsam hinfällig, gerade, daß sie das Nötigste im Haushalt noch schafft. Eine Hilfskraft, deren früher vier auf dem Hof gewesen sind, kommt zu teuer. Die Stundenlöhne für mehrere Tagwerker oder die Löhne für Knechte und Mägde stehen in keinem Verhältnis mehr zu den Einnahmen. Es ist alles so anders geworden beim Bauern, so ganz anders.

Sie schaut zum Pius hinüber, die Arbeit geht ihm nur so aus der Hand. Was für ein Glück, daß sie ihn als Knecht bekommen haben! Jeder seiner Bewegungen sieht man an, daß ihm die Arbeit eine wahre Lust ist, ein Vergnügen. In welch guten Händen wäre seines Vaters Hof bei ihm, wäre er der Erstgeborene, muß die Berti unwillkürlich denken.

Und wie sie so das falbe Laub zusammenrecht zu großen Hockern, keimt ein Gedanke in ihr auf, der zusehends wächst und immer mehr Licht und Helligkeit um sich verbreitet.

Was so ein echter Bauernsohn ist, der kann sich nur schweren Herzens ins Dienen schicken. Wie wär's, wenn der Vater mit der Wabi ins Zuhäusl ziehen würde und dem Pius die Zügel übergeben tät? Es gibt immer mehr Tage, an denen der Vater trotz eisernen Willens das Bett nicht verlassen kann.

Selbst wenn der Hof Knecht und Magd durchhalten könnte, der rechte Anschaffer tät fehlen. Kann mit dem Vater noch schlimmer werden. Wenn er aber dem Pius den Trasserhof übergäbe als freier Pächter, zu einem Pachtpreis, der den Pius nicht drückt, so wäre der damit sicherlich einverstanden. Hat er ihr doch schon erzählt von seiner Gundl, und daß sie bereits drei Jahr aufeinander warten.

Eine junge Bäuerin und der Pius könnten es schaffen miteinander. Dem Hof wäre geholfen, dem Vater, dem Pius und der Gundl, ihr selber, weil sie ihre Gewissensbisse los wäre, und nicht zuletzt der alten Wabi. Wenn sie so zusehen muß, wie diese gebückt und schwergliedrig an ihre freiwillig übernommene Arbeit geht, tut ihr das Herz weh.

Was eigentlich hat die Wabi, außer schwerer Bauernarbeit, vom Leben schon gehabt! Es hat nicht immer eine Mähmaschine, einen Umkehrer, einen Mistverstreuer und einen Selbstauflader auf dem Trasserhof gegeben! Auch keine Melkmaschine. Die Wabi hat noch die Sensation erlebt, daß die erste Zentrifuge auf dem Hof und der Almhütte gesurrt hat. Was für eine Erlösung! Sie hat noch die Zeit gekannt, wo man winters um fünf Uhr morgens aus den Federn mußte, sommers über viel früher. Wo man sonntags wie feiertags spätestens um halb fünf am Nachmittag den Stallkittel hat anlegen müssen und unter die Kühe sitzen.

Am Abend dann haben die Trasserbäuerinnen den Mägden die Spinnräder in die Stube mit dem breiten Kachelofen gestellt, hin und wieder sind junge Leut von den Nachbarhöfen dazugekommen.

Oft ist es lustig geworden, wie die Wabi erzählt, aber der Trasser ist damals ein ganz anderer Mensch gewesen. Heut tät er so etwas gar nicht dulden.

Etwas wie Verantwortung für den späten Lebensabend der Wabi verspürt die junge Berti. Nie im Leben hat die alte Magd liegenbleiben dürfen, wenn ihr danach zumute war, ein Dienstleut ist sie gewesen von klein auf. Wenigstens jetzt noch soll sie es guthaben, den Vater im Zuhäusl versorgen und Maunzi, den Kater.

Nichts mehr zu tun haben mit Stall, Außenarbeit und riesigem Trasserhof, nur noch die kleine Stube und Küche im Zuhäusl in Ordnung halten und die beiden schmalen Kammern, das müßte schön für sie sein. Und wenn ihr eines Tages auch das schwerfallen wird, so ist es nur einen Katzensprung vom Faller Jägerdorf bis zum Trasserhof. Für sie, die Berti Hartmann, wird es eine Freude sein, den beiden Alten zu helfen.

Frau Berti Hartmann! Hat es je einen herrlicheren Klang gegeben auf dieser Welt wie dieser, ihr baldiger Name? Mehr jauchzende Inbrunst, mehr Jasagen zum Leben und allem, was aus seinen Quellen kommt?

In den sanften Augen der Berti steht ein Leuchten auf, und Pius, der eben die Ploche zu ihren Füßen festknotet und ihr ins Gesicht sieht, muß unwillkürlich denken:

‚Ein G'sichtl hat die Trassertochter wie eine Heilige.'

Und er hört die Berti sagen: „Pius, mich drückt eine große Sorge. Vielleicht kannst mir helfen. Mir und deiner Gundl auch." Der Pius richtet sich auf und schaut die Berti fragend an. „So red halt", sagt er dann.

„Wirst es ja eh bereits wissen, daß der neue Faller Förster Hartmann und ich heiraten wollen. Und das, sobald ich volljährig bin.

Aber was soll aus dem Hof werden ohne mich. Du weißt als Bauernsohn selber, wie es heut mit den Dienstboten bestellt ist. Der Trasserhof aber braucht eine feste Hand, wenn ich nicht mehr da bin. Der Vater kann's nicht mehr allein schaffen.

Du wärst der rechte Mann für den Hof. Mit aller Verantwortung. Als Pächter, mein ich, auf lange Sicht. Sagen wir einmal bis einer meiner Söhne, so uns der Herrgott welche gibt, Bauer auf Trasser sein wird.

Gibt er uns keine Söhne oder will keiner Bauer werden, so hast du das erste Recht, den Hof käuflich zu erwerben. Aber auch wenn das nicht sein sollte, glaub ich, daß du in zwanzig Jahren so viel zurückgelegt hast, daß du dir ein eigenes Sachl kaufen kannst. Von der Lacherbäuerin, wo deine Gundl Magd ist, weiß ich, daß es eine fleißigere und rechtlichere nicht gibt.

Mein Vater schätzt dich, Pius, und wird dich im Pachtvertrag nicht übervorteilen. Und was ich dazutun kann, daß sich deine Arbeit auf Trassen lohnt, das tu ich. Du brauchst dich nicht gleich entscheiden. Red erst mit deiner Gundl. Sie trifft das härtere Los, wie jede Bergbäuerin im Isarwinkel.

Wenn ich wüßt, daß ihr zwei gewillt seid, den Trasserhof pachtweise zu übernehmen, so könnt ich mit dem Vater reden. Er müßte einsehen, daß das die beste Lösung ist, und ich glaub, er tät mir dann weniger feindselig gegenüberstehen. Du versteht mich ja. Ich weiß, daß du die einzige Tochter vom Feichtenhofer in Steinbach heiraten könntest und dich ins gemachte Nest setzen. Aber du hältst zu deiner Gundl, auch wenn sie nur eine arme Magd ist. Daraus seh ich, daß du weißt, wie es ist um die wahre Liebe. Und daß du mich deshalb, weil ich nicht auf den Trasserhof heiraten kann und will, nicht gering schätzt."

Soviel auf einmal hat die Berti schon lang nicht mehr geredet. Der Pius denkt es, und ein gewinnendes Lächeln umspielt seinen Mund.

Dann aber schaut er die Berti ernst an und sagt: „Deine Meinung über mich ehrt mich, Berti. Ich will's mit der Gundl bereden, aber ich glaub, daß sie mit beiden Händen zugreifen wird. Und wenn's mit dem Pachtvertrag mit deinem Vater glatt geht, so kannst du heut schon mit meinem Ja rechnen. Weißt, Knechtsein oder Hilfsarbeiter oder Holzer, das ist weniger schön für einen Bauernsohn wie eigener Pächter auf dem Trasserhof."

In kürzerer Zeit wie in all den Jahren vorher sind heuer an die hundertvierzig Laubplochen, prall gefüllt und zentnerschwer, unterm Laubschuppendach verstaut worden. Gemeinsame Hoffnung gibt doppelte Kräfte. Die anderen großen Höfe am Fluß entlang haben es nicht mehr geschafft. Der Schnee fällt, bevor die so wichtige Ernte eingebracht ist.

Der Trasserbauer humpelt, auf seinen Stock gestützt, den Fahrweg der Hohen Terrasse entlang zur Bergbahn.

Noch jedes Jahr, seit er denken kann, ist er nach dem ersten Schneefall aufs Brauneck gewandert, an dessen letztem südlichen Ausläufer der Trasserhof liegt. Während seiner Schulzeit hat sein Vater ihn begleitet oder auch einer der Nachbarssöhne, später dann seine Margaret oder seine zwei Söhne. Damals ist die Welt im und um den Trasserhof ein Paradies gewesen. Nur eine Macht, gnadenlos und grausam, hat dieses Paradies vernichten können.

Wenn jetzt das schöne Geläut der Lenggrieser Kirchenglocken über das weite Flußtal hindröhnt, dann erstarrt das Gesicht des Trasserbauern zu einer höhnischen Maske. In einer Kirche hat den Trasser keiner mehr gesehen seit Jahrzehnten, auch in keinem Wirtshaus.

Nur einmal im Jahr, und zwar immer sofort nach dem ersten Schneefall, kann man ihn auf dem Brauneck finden, und zwar auf dem Bankerl, wo es als erste Abzweigung hinübergeht zum Bayernhaus. In früheren Jahren ist er zu Fuß auf den Berg gestiegen, später, als es nicht mehr ging, nahm er die Seilbahn. Er kehrt nirgends ein. Nicht im Berghotel, nicht im Bayernhaus, nicht auf der Quengeralm und nicht in der Idealhanghütte. Er geht nicht weiter als bis zum Bankerl unter der halbdürren Bergfeichtn, setzt sich, schließt die Augen und zwingt die Zeit herauf, da er die glücklichste Frau unter der Sonne neben sich gespürt hat.

Achtmal, am Tag nach dem ersten Schneefall des Jahres, sind sie wie versprochen hier auf dem Bankerl eng beisammengesessen, haben zu den Dreitausendern im Süden hinübergeschaut, angefüllt mit scheuer Ehrfurcht vor den großen Wundern der Schöpfung. Haben den

Anblick der Bergriesen nicht zerredet, sondern sind in frommer Stummheit dagesessen.

Achtmal ist es so geschehen. Als im neunten Jahr ihrer Ehe der erste Schnee gefallen ist, da lag seine Margaret unten im Lenggrieser Friedhof.

Der Trasser, der da den Zufahrtsweg auf der Hohen Terrasse zur Bergbahn humpelt, weiß, daß ihn seine immer gleich bleibende Sehnsucht nach dieser Margaret hinauftreibt zum Bankerl.

Dann wird die Stunde wieder lebendig, da er lohend in Seele und Blut vor sie hingetreten ist und, vor Erregung seiner Stimme kaum mächtig, gefragt hatte: ‚Margaret, willst zu mir gehören ein Leben lang?‘

Und die Margaret hat ihn mit ihren seltsam schönen Augen erst streng, dann weicher und zuletzt lachend angesehen und gesagt:

‚Trasser Hans, daß du das sauberste Mannsbild bist im Isarwinkel, das weißt du selber. Daß dir alle jungen Frauenzimmer, ob reich ob arm, ob sauber oder nicht, schöne Augen machen, das weißt du auch.

Und daß du der alleinige Besitzer des pfundigen Trasserhofes wirst, auch das weißt du. Vielleicht hast du ganz übersehen, daß ich die dritte Tochter eines Kleinhäuslers bin, der ohne Nebenverdienst kaum sein Auskommen hätte, und dir nichts in die Ehe mitbringen kann. Und nun sollst du wissen, daß es mich und meine Lieb abwürgen tät, müßt ich das einmal hören aus deinem Mund.‘ – ‚Meine Lieb’ hat sie gesagt, die Margaret! – ‚Meine Lieb!‘

Er hat sie in seine Arme gerissen, damit die Margaret nicht sehen kann, daß der riesige Trasser Hans zu heulen anfängt, aber sie hat ihn ganz sanft und stückweise von sich geschoben und gesagt:

„Hans, laß mich darüber schlafen. Der erste Schnee hängt schon überm Brauneck. Sofort am Tag, nachdem er gefallen ist, findest mich oben am Bankerl, bevor's zum Bayernhaus hinuntergeht.

Frag nicht warum. Mit dem Bankerl hat es eine besondere Bewandtnis. Ich erzähl es dir, wenn's soweit ist. Solang mußt noch warten. Aber oben, am Bankerl, kriegst deine feste Antwort."

Drei unerhört lange Tag hat er warten müssen, bis der erste Schnee des Jahres gefallen ist. Und es sind die Tag doch eigentlich so kurz Mitte Dezember.

So schnell wie er an jenem Dezembermorgen ist noch nie ein Mensch aufs Brauneck gegangen. Natürlich war das Bankerl noch leer. Die Sonne ist erst heraufgekommen überm Schönberg und hat die graue müde Welt verwandelt.

Ein solcher Glanz ist über allem gelegen, ein solch unermeßliches Strahlen, daß es den Augen weh tat. Die Feichten und Tannen ringsum sind in ihrer schneeweißen Reinheit gestanden, wie stumme Anbeter Gottes.

Der Trasser verhält den Schritt und wirft einen prüfenden Blick zum Brauneck empor. 's wär schön, wenn die Sonne herauskommen möcht. Aber es sieht nicht danach aus. Tiefhängend und düster warten neue Schneewolken über Fluß und Tal und Berg aufs Niedergehen.

Ihm kann es gleich sein. Sitzt er erst am Bankerl unter der alten Feichten und schließt die Augen, dann versinkt das Heute, und das Damals steigt herauf mit seiner ganzen unvergänglichen Kraft. Es ist wirklich etwas Eigentümliches um dieses Bankerl.

Als er damals, vor gut einem halben Jahrhundert, auf seine erste Liebe, die ihn wie ein Sturzbach überfallen hatte, hat warten müssen, ist bereits etwas wie ein dunkles Ahnen in ihm gewesen, daß das menschliche Glück ein Geschenk des Himmels sei. Daß aber keiner auf die Dauer ein Anrecht darauf habe, und er gut daran tue, mit seinem früheren oder späteren Abschied zu rechnen.

Dann aber ist sie gekommen, blühend und schön wie eine Edelrose, die eben am Aufknospen ist. Er ist neben ihr gesessen, hat ihre Hand gehalten und hat gewartet. Er, der lustigste von allen, hat plötzlich keine Worte gefunden, so sehr ist er von der Wucht dieser Stunde überwältigt gewesen. Und es hat die Margaret zu reden angefangen:

‚Hans Trasser', so hat sie gesagt – ‚du willst sicher wissen, warum ich dich da herauf bestellt hab zu meiner Antwort. Ist sicherlich nicht der übliche Ort, wenn zwei sich treffen wollen. Aber wenn du mich schon zu deiner Bäuerin machen willst und es ehrlich meinst, so sollst du alles von mir wissen. Vor dir ist einer gewesen – erschrick nicht – nicht soweit, daß ich mein Myrthenkränzl nicht mehr ruhigen Gewissens tragen könnt.

Er ist nur, sooft es möglich für ihn gewesen ist, über den Hirschbachsattel herübergekommen vom Tegernsee, einziger Sohn eines Gemischtwarenhändlers mit eigenem Geschäft. Ich weiß, er hat es ehrlich gemeint und hat mich mit seinem inständigen Drängen schon soweit gehabt, daß ich hab Ja sagen wollen.

Vielleicht ist mir gewesen, ich müsse vorher noch die Sterne fragen oder in ihrem Bereich meine verstorbene Mutter, die mich hat verlassen müssen, als ich fünf Jahre gewesen bin. Noch heut, und wohl mein Leben lang, häng ich an dieser Mutter mit jeder Faser meines Herzens. Meine beiden älteren Schwestern sind mehr nach meinem Vater geschlagen, sie schütteln oft den Kopf über mich, wenn ich tagelang weinen muß, weil der Metzger ein Kalberl holt aus unserem Stall oder der Vater die jungen Herbstkatzerl, die keiner haben will, töten muß. Wenn ich mit meinen Blumenstöckerl red, weil ich das Gefühl hab, als verstehen sie mich. Hat auch keiner schönere Blumen im Hausgarten als ich.

Die Vogerl, die ich wintersüber füttere, fliegen durchs Fenster zu mir in die Kuchl, und wenn ich mit ihnen red, drehen sie das Kopferl nach mir und schauen mich an, so verständig mit ihren kleinen Äuglein wie einen ein vertrauter Mensch ansieht.

Vielleicht haben nicht alle Menschen das gleiche Gespür für alles, was um uns lebt, vielleicht. Auf jeden Fall bin ich herauf aufs Brauneck gestiegen im Glauben, dem Himmel und der Sternenwelt näher zu sein als unten im Tal. Bin vielleicht zu rasch gestiegen und hab da am Bankerl eine große Müdigkeit verspürt, so daß ich eingeschlafen bin. Nie vorher, in all den Jahren, seit meine Mutter uns hat verlassen müssen, hab ich von ihr geträumt. In der Stunde meiner Erschöpfung aber ist sie plötzlich vor mir gestanden, hat mich bei der Hand genommen und hat gesagt:

‚Mein Greterl, meine Jüngste, gib dem Tegernseer dein Jawort nicht. Er ist nicht dein Glück. Dein großes Glück kommt erst, und es heißt Hans. Mußt noch eine Weile warten.‘ Dann ist die Gestalt meiner Mutter plötzlich zu strahlendem Licht geworden, und ich bin aufgewacht.

Es ist ein Schauer durch mich gegangen, und ich hab wortlos gebetet zu dem, was mich eben angerührt und angesprochen hat aus einer grenzenlos fernen Welt, aus höheren Sphären.

‚Hans, geb Gott, du bist der Hans, den meine Mutter gemeint hat. Dann werden wir zwei die glücklichsten Menschen werden weitum. An mir soll's nicht fehlen.“

Der Trasserbauer, der eben die Höhe zur Bergbahn nimmt, bleibt stehen und holt tief Atem. So sehr lebt er noch in der Gnade und dem Zauber jener Stunde, da er auf dem Bankerl am Braunecker Spazierweg ihr Jawort geholt hat, daß, wer ihm ins Gesicht schauen würde, im Zweifel wäre, ob das der gleiche Trasser zum Trasser ist, wie er ihn seit Jahren kennt.

In diesen Augenblicken steht der Abglanz eines unwahrscheinlichen Glücks, leuchtet das Jasagen zum Leben und seiner Kostbarkeit, der erfüllte Traum eines Menschendaseins im Gesicht des alten Mannes. Am Eingang des Bergbahnhofs hängt ein Taferl:

‚Wegen Überholungsarbeiten bis 10.12. gesperrt.‘

Als sei er plötzlich um etwas Unbezahlbares betrogen worden, verdüstert sich das Gesicht des Trasserbauern, und er stockt wütend und gallebitter auf Gott und die Welt den Fahrweg entlang, zurück zu seinem Hof.

Als er in dieser unguten Stunde die Stubentür öffnet, steht da der Hartmannsche in seiner grünen Förstertracht und schaut ihm entgegen. Vom seitlichen Stubenfenster fällt das Licht in seine Augen, und wieder verspürt der Hans Trasser den eisernen Griff in der Herzgegend.

Ist über zwanzig Jahre her, daß er die Augen des Benedikt Hartmann von Waakirchen zum letztenmal gesehen hat. Nur im Traum haben sie ihn hin und wieder gequält, weit aufgerissen, und der Mund in Todesnot schreiend.

Zwanzig Jahre sind eine lange Zeit, und man sollte meinen, das Geschehnis am Fuße des Kotzen könnte davon zugedeckt sein. Aber es steht wieder auf, sobald er in die großen rehbraunen Augen des jungen Hartmann schaut, Augen, mit genau denselben schmalen Sichelbögen fast schwarzer Brauen. Ruhig und entschlossen sind die Augen des jungen Mannes auf ihn gerichtet, es ist nichts darinnen von Entsetzen, von Todesangst oder verzweifeltem Flehen um Hilfe.

„Trasserbauer, ich muß mit Euch reden, ich bitt Euch, hört mich ruhig an!"

„Red –!" Das ist, als wenn ein Giftpfeil abschnellt von einem Bogen aus Haß. Den Guntram Hartmann trifft es mit voller Wucht, seine Gestalt reckt sich noch mehr, und sein schön geschwungener, energischer Mund preßt sich einen Augenblick zusammen. Dann aber sagt er:

„Trasser, ich kann es verstehen, daß Ihr einen Bauern wollt als Schwiegersohn auf Euren Hof. Aber ich bin kein Bauer! Ich bin Förster mit Leib und Seele und hab Eure Tochter gern, lieber als mich selber.

Verwehrt uns Euer Jawort nicht. Die Berti und ich wollen nicht in die Ehe gehen mit Eurer Feindschaft."

Der Trasser betrachtet den Bittsteller mit zugekniffenen Augen, nur ein schmaler, firnblauer, greller Blitz trifft ihn und ein Laut, der an ein kurzes, mißglücktes Lachen gemahnt.

So stehen sie voreinander, der Alte, das Leben verflucend, der Junge, das Leben liebend, mit jedem Blutstropfen.

Endlich wirft der Trasser hin:

„Der Bütter Andreas hat mein Wort, und er heiratet die Berti, noch bevor es Lanks wird.“ Dann schaut er den Hartmannschen an, und etwas wie Hohn ist in seiner Stimme: „Vom Trasserhof zu einem grünen Lohnempfänger führt kein Weg.“

Da zwingt der große Blick des jungen Hartmann den Trasser, dem seinen standzuhalten. Langsam beginnen die Blicke des Alten zu wandern und werden unstet. Die Hand, die seinen Stockknauf umklammert hält, fängt an zu zittern, die Knöchel sind weiß.

Und es sagt der junge Brautwerber und jüngste Revierförster im Kreis Tölz:

„Trasserbauer, seid ehrlich! Es ist etwas anderes, was mich Euch zum Feind macht. Geht zurück über zwanzig Jahre.“

Die Augen des Trasser weiten sich, brennen lichtblau im hartkantigen Gesicht. Der Eibenstock entfällt seiner Hand und klirrt auf den Stubenboden. Und es hinkt der Bauer auf die Wandbank zu und läßt sich niederfallen wie ein Stein. Etwas wie Mitleid kommt den Guntram Hartmann an. Aber er stößt es zurück. Zuviel Schimpf und Geringschätzung hat er schon hinnehmen müssen von diesem alten Mann.

Eben will er ihm sagen, daß seine Großmutter auf dem Sterbebett noch gefragt hat, wo er geblieben ist, der

Mann Benedikt, den er abgeholt hat mit dem zerlegbaren Stutzen im Rucksack und dieser Stutzen hat dem Benedikt nie gehört.

Guntram Hartmann kommt nicht dazu. Die Stubentür hat sich leise geöffnet, und Berti kommt herein mit ihrem lieben, sanften Geschau. Ein klein wenig nur sind ihre Wangen abgeblaßt, das tiefe, stille Leuchten in ihren Augen liegt wie Verklärung über ihr. Sie sieht den Vater sitzen und vor sich hinstarren und glaubt, daß sein arger Trotz gebrochen sei.

Mit ein paar raschen, leichten Schritten tritt sie ganz nah zu ihm und legt ihre warme junge Hand auf die seine:

„Vater – siehst jetzt selber ein, daß wir zusammengehören, der Guntram und ich? Oder willst du, daß der Trasserbauer zum Trasser ein lediges Enkelkind hat in seiner Familie?“

Der Trasser horcht auf, richtet sich hoch mit einem Ruck und sagt unheimlich leis: „Willst – willst du damit sagen, daß du schwanger gehst von – dem da?“

Die Berti wird blaß. Sie war eben des Glaubens, daß der Guntram dem Vater das mit dem Kindl als erstes gesagt hat. Nun sieht sie, daß sie sich geirrt hat. Aber schon steht der geliebte Mann neben ihr und hält sie an sich gedrückt. Es ist nicht zu früh. Der Trasser ist aufgesprungen und steht mit geballten Fäusten vor seiner Tochter.

Aber er hebt sie nicht zum Schlag. Der stählerne Blick des jungen Hartmann wehrt es ihm.

Da hören sie ihn mit ganz fremder, zerrissener Stimme:

„Verschwind vom Hof – Menscherl, schlampigs! Die Wabi schickt dir nach, was dir g'hört.“ Dann wendet er sich an den jungen Hartmann, der beide Arme um die Berti gelegt hat, und seine Stimme ist splitternder Haß:

„Und du, Greaner, wennst dich noch mal blicken laßt da heroben auf der Trassen, hol ich mein' Stutzen!“

Dann hinkt er aus der Stube ohne seinen Stock und schlägt die Tür ins Schloß, daß es durchs ganze Haus schmettert.

Die Wabi hat es gehört und kommt schreckensbleich in die Stube. Sie ist längst eingeweiht in die Liebe der beiden Jungen, und keine Mutter kann einer geliebten Tochter inständiger Glück wünschen, als es die Wabi tut.

Mit wenig Worten sagt ihr Berti, daß sie gehen muß und das sofort. Sie möge ihr alles an Kleidung zum Jöschvater schicken, da werde sie Zuflucht finden. Dann umarmt sie die alte Magd, die müde und grau geworden ist auf ihres Vaters Hof, und Tränen würgen sie.

„Schaut auf die Kuahlen und Kalbein, und – sie sind es so g'wöhnt von mir – jeden Sonntag kriegt jedes von mir eine gelbe Rübe. Und – und das gefleckte Lamperl, das Nusei, ein Ranftl milchweißes Brot mit Salz darauf.“

Die Wabi nickt. Reden kann sie nicht. Dann führt der Mann seine Braut aus der Stube, hinaus in den winterklaren Tag, und die Welt, die sie umgibt, ist so voller Schönheit und Reinheit, daß sie beide stehenbleiben trotz ihrer Erschütterung, angerührt wie von einem Zauber.

Der fichtene Hofbrunnen plätschert lustig in seinen riesigen Trog, die jungen Kirschbäume an der Einfahrt entlang sind wie Christbäume behangen mit glitzerndem

Flitterwerk. Der große Künstler Reif war am Werk in der vergangenen Nacht. Der Tannwald entlang der Wiesmahdgrenze blinkt und funkelt, weil die Sonne ihn eben erreicht. Es ist, als habe einer alle Diamanten der Welt über ihm ausgeschüttet. Die Faller und Tiroler Berge wuchten schneeweiß wie Riesenbräute in den blaßblauen Himmel. Eine Schar Bergdohlen zieht vorüber, flußabwärts, und eine stößt ihren hellen Schrei in die Luft.

Sie gehen Hand in Hand die Auffahrt hinunter zur Straße und diese entlang des Flusses zur Fährstelle. Sie reden kein Wort. Es bleibt der Mann nur hin und wieder kurz stehen, umarmt die Berti und drückt ihren Kopf in seine Halsbeuge. Und das ist in dieser Stunde mehr als alle Schönheit der Welt.

Der Jöschvater kommt eben von seinem Morgenspaziergang, den er am Mühlbachl entlang, durch den Park und am großen Weiher vorbei, wie jeden Tag vor der Morgenmahlzeit, gemacht hat. Ihm ist, als danke er seine Gesundheit, seine Lebensfreude und sein tiefes Verbundensein mit Gottes herrlicher Welt dieser täglichen Stunde. Der Sonnenaufgang allein läßt ihn immer wieder klein und fromm werden.

Im Lanks ist rechts und links seines Weges tausendfaches drängendes, knospendes Leben, über ihm in den alten Baumkronen ein hundertstimmiges Vogelkonzert, die beiden Eichkatzerl, die ihn kennen und oft begleiten von Ast zu Ast, grüßen ihn pfurrend, und wie man ihren winzigen Gesichterln ansieht, mit Freude.

Eine Rehgeiß, noch wintersgrau, bleibt ruhig stehen wenn er vorübergeht und äugt ihn vertraut an. Durch die offenen Fenster der Ursulinen-Schule hört man den hellen Gesang junger Mädchen, und die Mühlbacher Bauern lassen ihre Schafe mit den Lämmern auf den südseitigen aperen Pferch.

Der Jöschvater erlebt jeden einzelnen Tag mit beglükkender Hingabe im Frühling, Sommer, Herbst und Winter. Und selbst wenn die vielfältigen Freuden seines Jägerdaseins nicht als lebendige Erinnerung mit ihm wanderten, sein Leben wäre nie einsam, nie inhaltlos, nie ohne tiefen Sinn.

„Gott finden in seiner Schöpfung, das ist die Staatsprüfung mit Eins", hat er einmal seinem jungen Kollegen Guntram Hartmann gesagt, und der hat das Wort des alten Mannes im Herzen verwahrt.

Eben, als der Jöschvater den Mauzi, der am Gartenzaun auf ihn gewartet hat, abliebelt, sieht er die beiden den schmalen Hohlweg heraufkommen.

Er geht ihnen entgegen und schaut sie an und weiß in diesem Augenblick, daß sie seine Hilfe brauchen.

In seiner Stube krachen schon die Kloben im breiten Ofen, der Kaffeetopf steht zugedeckt und duftend auf dem Gesims, auf der Tischplatte liegt der hausgebackene Brotlaib, von seiner fürsorglichen Tochter gebracht, Butter und Bienenhonig daneben und ein Schüsselchen Schlehenmarmelade, ohne die er nicht frühstücken mag.

„Jöschvater, darf ich dem Guntram auch ein Brot schneiden, er hat noch nicht gefrühstückt!" Die Berti hat die Augen voller Tränen, aber sie lächelt tapfer. Dann sagt sie gefaßt:

„Der Trasserbauer hat seine einzige Tochter hinausgejagt aus dem Elternhaus, weil sie ein Kindl kriegt vom

Guntram Hartmann. Da täten wir dich halt bitten, daß du mich – Aber schon hat der Jöschvater das Dirndl an sich gezogen und lächelt über ihren Kopf hinweg dem Kollegen zu und sagt voller Inbrunst:

„Was Schöneres könnt mir gar nicht passieren, Bertile! Wird ja nicht lang dauern, daß du Unterschlupf brauchst. Dafür garantier ich euch."

Und der Guntram Hartmann wundert sich, welch harten Glanz die dunklen Augen des Jöschvaters annehmen, als er sie über das Flußtal hinweg auf den gegenüberliegenden Trasserhof gerichtet hält.

Guntram hat zurück müssen in sein Revier. Da meint der Jöschvater, seine Tochter habe ihm für zwei Tage Hühnereintopf mit Nudeln und Gemüse in die Speisekammer gestellt, sie solle sich davon warmmachen und nicht auf ihn warten. Er habe unten, im Ort, zu tun, es könne später werden.

Die Berti schaut ihm mit großen traurigen Augen nach, es wird ihr leichter ums Herz. Als ob dieser Gang nach Lenggries mit ihrem und Guntrams Leben irgendwie zu tun habe, ist ihr im tiefsten Innern, und sie weiß, immer ist nur Gutes gekommen vom Jöschvater, Liebevolles und Freudebringendes. Schon für ihre Mutter, und seit sie denken kann, auch für sie selbst. Wie wunderbar gut wär's zu leben auf dieser Welt, wenn der Vater nur halb so wäre wie der Jöschvater ist.

Der marschiert mit noch sicherem Schritt durch die Schloßanlagen am Hirschbach entlang in den Ort und von da zur Isarbruck. Er hätte mit der Fähre übersetzen können zum Trasserhof, aber die Fährmännin hätte ihn sicherlich gefragt, wo er denn heut hinwolle, und lügen tat er ungern.

Es ist wenig Verkehr auf der Bruck. Die Sommergäste sind abgereist, und die Wintersportler kommen erst mit sicherem Schnee. Die Isar führt ein Wasser, so klar wie geschliffener Smaragd. Die Staudenruten an ihren Rändern tragen Reifsplitter, auf denen die Sonne liegt, und Glanz und Prunk, Glast und Schimmer tun sich ganz groß über den grünen Wellen. Weit zurück im Süden recken sich die Berg in den klarblauen Himmel, mit einem jeden von ihnen ist eine Erinnerung verknüpft, aber er will sich heut nicht einspinnen lassen vom Gewesenen, wie groß seine Kraft auch sein mag. Für ihn ist heut eine andere Aufgabe fällig geworden, reif geworden zum Austrag. Er hatte immer damit gerechnet, daß der Trasserbauer zur Vernunft komme oder doch sein Herz spüre, sein menschliches Herz.

Hin und wieder erkennt ein Vorübergehender den alten Leibjäger von Hohenburg und grüßt. Ist schon lange her, ist schon einige Jahrzehnte her, daß die Kollegen mit den großherzoglichen Hoheiten vorübergerollt sind, und der Leibjäger Seiner Hoheit ist keinem älteren Isarwinkler ein Unbekannter. Noch steht das Schloß zwischen den alten Parkbäumen, und der Hirschbach plätschert oder stürmt daran vorbei, aber es ist nichts mehr da von Hofzauber und Jagdhornschall.

Das Leben aber hat sich weiter behauptet. Die Höfe links und rechts des Flusses stehen noch schmuck, sauber und blumenumrankt, lebensfähig trotz Mißjahren, Viehseuchen und Sturmschäden in den Wäldern rings. Die Bergler sind ein hartes Volk, zäh und verbissen.

Der Jöschvater denkt es, und größer werden seine Schritte und rascher. Kaum daß er einmal stehenbleibt, um tief Atem zu holen.

Der Trasserbauer wird nicht mit seinem Besuch rechnen. Er ist ihm schon zu Lebzeiten seiner zweiten Bäuerin aus dem Weg gegangen. Der Trasser hat noch nie etwas übrig gehabt für einen Grünen.

Als er den ziemlich steilen Anfahrtsweg zur Hofeinfahrt nimmt, sieht er die Wabi aus einem der Ställe kommen. Und es fällt ihm auf, daß sie gebückt geht, wie eine sehr alte, kreuzlahme Frau. Sie gewahrt ihn und bleibt stehen.

Ihre Augen sind gerötet vom Weinen, aber sie zwingt dennoch ein freundliches Lächeln ins Gesicht, weiß sie doch, wie sehr ihre zweite Bäuerin am Jöschvater gehangen hat.

„Wabi, wie gehts!“ Der Jöschvater sagt's, indem er ihr die Hand drückt wie einem Freund.

„Er ist drin in der Stube“, sagt sie, ohne gefragt worden zu sein. Der seltene Besucher nickt und geht auf die Haustür zu.

Und die Wabi macht sich zu schaffen im Hennenhaus.

Als der Leibjäger von Hohenburg die Stubentür öffnet, steht groß und fast an die braunen Balken der Decke stoßend, Hans Trasser vor ihm. Er hat den Grünen schon kommen sehen, als er unten an der Straße in die Auffahrt einbog. In jedem Blutstropfen seines Körpers kreist das Gift, der Aufruhr, die Anklage und die Lust zum Rachenehmen an dem, der für all das, was ihn getroffen hat im Leben, verantwortlich war.

Schicksal sagen die einen, Herrgott die andern.

Keinen von beiden kann man packen und durcheinanderschütteln, es ist keiner da. Wie ein Wurm im Grasumbruch muß man hinnehmen, daß die stählernen Zinken der Egge über einen wegziehen.

Aber wenn der da, der pensionierte Knecht Seiner Hoheit etwas von ihm will, da kann er etwas erleben!

Der Jöschvater erschrickt, als er in das Gesicht des Trasserbauern schaut. Deswegen zwingt er sich nicht zu einer freundlichen Maske, zu genau weiß er um den dunklen Flecken auf dessen Brust. Wenn nicht sein Patenkind, die Mutter Bertis hier hätte leben müssen, den Trasserhof hätte der jagd- und forstbedienstete Jösch nie betreten.

An den besonderen Tagen im Jahr, da jeder rechte Göd sein Gödenkind besucht und beschenkt, waren sie sich immer aus dem Weg gegangen. Darum hatte er sich stets mit einer Karte angemeldet, und der Trasser hatte genau an dem Tag zu tun gehabt in Tölz oder anderswo. So war ihnen beiden das Gegenüberstehen erspart geblieben.

„Was willst –?" Als ob man dem letzten Hund einen Brocken hinwirft, muß der Jöschvater denken. Sein kranker Fuß tut weh – zwei Stunden Marsch verträgt der schlecht, und das sind es nun gut seit dem Aufstehen. Er sagt wie selbstverständlich: „Wird dir schon recht sein, daß ich mich setz, Trasserbauer." Und er setzt sich ruhig auf die Eckbank im Herrgottswinkel.

Die Augen des Trasser werden klein und heimtükkisch. Und er wirft hin:

„Wüßt nicht, was der Hans Trasser zum Trasser zu besprechen hätt mit dir."

„Kann schon sein, Trasser! Wirst es gleich wissen. Bin gleich selber reingangen ins Haus, hättest mich vielleicht auch im Hofraum stehenlassen wie vor gut zwanzig Jahr die arme Frau vom Benedikt Hartmann in Waakirchen, die in ihrer Angst und Not zu dir kommen ist. Zu wem anders hätt sie auch kommen sollen mit ihrer verzweifelten Frag!“

Der Trasser wird blaß, daß man erschrecken muß. Als ob ihn seine Füße nicht mehr tragen, läßt er sich am anderen Bankende niederfallen und krampft die beiden riesigen Hände ins Holz.

Es ist nun ganz still in der Stube. Nur das weiße Leuchten frischgefallenen Schnees fällt durch die Fenster, und die roten Blüten des Christdorn und die blaßblauen der Sumpfprimeln leuchten im Sonnenstrahl. Vom Schafstall herüber blökt leise und zärtlich ein Schaf, liebkost wohl sein eben gefallenes Herbstlamperl.

Der Blick des Jöschvaters läßt ab vom blutleeren Gesicht seines Gegenübers und schweift durch die Stube. Da hängt als Blickfang zwischen Rehkronen und Gamskrickeln ein Vierzehnender, der Traum jedes Waidmanns.

In früheren Jahren ist der nicht in der Stube gehangen, er könnte schwören darauf. Er hat diesen Kronenhirsch mit den armdicken Stangen nur einmal im Faller Revier gesehen, kurz vor der Brunft, als der damalige Faller Förster ihm den einzigen Mankeibau weitum gezeigt hat. Nie hätte er geglaubt, daß die Faller Berge einen solchen Geweihträger beherbergen. Es sei Ehrensache der Faller Jägerschaft, den ‚König‘ wie man ihn hieß, noch vier bis fünf Jahre der Nachzucht zu erhalten. So hatte sein

Kollege ihm gesagt, und stolz und glücklich, einen derartigen Geweihträger in seinem Revier zu wissen, das Glas abgesetzt. Ein einzigesmal hat man ihn darauf brunften hören mit einem Rudel von acht Stuck und fünf Kälbern, dann ist er vom Erdboden verschwunden gewesen. Und das seit dem Tag...

Der Trasser sieht, daß der Leibjäger seinen Blick nicht losreißen kann vom Kronenhirsch, und obgleich ihm ist, als sei die Stimmkraft in ihm verronnen, wirft er hin: „Bin ich's Kindermadl von einem Waakirchner?"

Der Jöschvater wendet den Kopf nach ihm, und sein Blick nagelt ihn fest. „Nein! Der größte Bauer auf der linken Isarterrasse hat mehr Geschick zum Lumpen, zum Wildern und dazu, einen braven, ehrenwerten Sachlfretter als Zutreiber anzustellen."

Der Trasser will aufspringen, will sich wehren gegen den unerhörten Schimpf, aber er fällt zurück auf die Bank, als habe ihm eben einer die Füße weggezogen. Seine Augen stechen wie Messer in das Gesicht des alten Leibjägers und – sie werden unsicher, sie fangen an zu wandern, sie geben auf.

Der Ankläger am anderen Bankende ist noch nicht fertig.

„Genau heut vor vier Wochen sind's zwanzig Jahr worden, daß der stolze Trasserbauer am Abhang vom Lärchkogl, wo's zum Tiefen Graben absinkt, den Kronenhirsch da an der Wand gewildert hat und einen braven Familienvater in den Tod getrieben. Ich hör seinen Todesschrei oft noch im Traum. ‚Hans! Hilf mir!'

Den Aufschlag hab ich noch g'hört vierzig Meter tiefer im Wildwasser, und das abgerissene Feichterl am äußersten Rand des Grabens hat g'nug erzählt. Hast sicher g'wußt, daß der Förster von Fall-Süd hat heim müssen zur Beerdigung seines Vaters, daß die andern Kollegen ihre Reviere nicht ungeschützt haben lassen können. Was ein richtiger Lump ist, nimmt so eine Gelegenheit wahr. Es ist dir ja auch geglückt. Vom Tag an, da du den stärksten Hirsch aus dem Faller Revier gestohlen hast, ist der Waakirchner Benedikt Hartmann vermißt worden, und wenn seine Frau in ihrem Kummer auch erzählt hat, du habest ihn manchmal abgeholt zum Jagern in deinen Wald, so ist das kein Beweis gewesen. Es hat euch keiner gesehen außer mir, der ich für den abwesenden Kollegen eingesprungen bin.

Hab durchs Glas verfolgt, wie dir der Hartmann das Rudel zutreibt, schön langsam und gekonnt von der Luderer Seite herüber. Du bist im Jungholz gstanden, hast nur warten brauchen. Als der Schuß g'fallen ist, bin ich gut achthundert Meter gegen Osten gestanden, und meine Hetze unter den hohen Randfichten entlang hat nimmer ausgereicht, um dich zu stellen.

Hast dir nicht Zeit genommen, wie jeder gerechte Jäger das tut, abzuwarten, bis dem gefallenen Wild die Lichter gebrochen sind. Ein Lump fragt nicht danach, ob das erlegte Tier zur Todesqual auch noch die Todesangst vor dem herantretenden Menschen erleiden muß oder nicht. Der Riese, der sich neben den Hirsch geworfen und die Schädeldecke mit der Trophäe abgesägt hat, hat einen schwarzen Strumpf überm Kopf gehabt, und der kleine Zutreiber, der dazu kam, ebenso.

Meine Diana hat die Lumpen und das Wild in die Nase bekommen und Laut gegeben. Da hast du's eilig gehabt.

Das Geweih übern Graben geworfen, einen Anlauf genommen, und mit einem Satz über die Schlucht weg, drei Meter breit.

Der Wind ist auf mich zugekommen, und ich hab dich, als du drüben warst auf der Kotzenseite, schreien hören: ‚Spring, Mensch, spring!!'

Und der Kleine ist gesprungen. In den Tod. Hat sich noch eingekrallt in letzter Minute am schwachen Feichtl, das nicht hat standhalten können.

Hab beim ersten Blitz, der herniedergezackt ist vom Himmel, gesehen, wie der Riese sich schnell umgeschaut hat zum Grabenrand hin, dann ist er weitergerannt. Und hat sich nicht mehr um seinen Kameraden gekümmert."

Der Trasser sitzt gebückt am Bankende und stiert vor sich hin. Und wieder, wie schon tausendmal vorher, innerhalb von zwanzig Jahren, werden die Augen des Benedikt Hartmann lebendig überm Grabenrand, weit aufgerissen, in Todesangst starrende Augen. Wär besser gewesen, er hätte sein Hirschgeweih hingeworfen, wär zurückgesprungen und hätte ihm die Hand zugestreckt. Dann tät der Benedikt vielleicht heut noch leben. Aber er hat den hechelnden Hund jenseits des Grabens gehört, und wo der Jagdhund ist, ist auch der Jäger.

Sein Hirschgeweih, wie noch keins gehangen hat auf dem Trasserhof seit zweihundert Jahren, wäre er losgewesen, aber der Benedikt tät vielleicht noch lachen. Er hat ein fröhliches dünnes Lachen gehabt, und er hat gern gelacht. Den Benedikt hat die Fliege an der Wand gefreut, trotz seines Fretterdaseins.

Es ist, als ob der Hans Trasser von einer unsichtbaren Gewalt zurückversetzt wird in jene Zeit vor zwanzig

Jahren. In jene Stunde, wo er über den tiefen Graben gesprungen ist wie ein Wild auf der Flucht. Er erlebt wieder, wie der Himmel sich gebärdet hat im donnernden, rollenden Zorn, wie die nachtschwarzen Wolken zerrissen von den riesigen Blitzbäumen, die ohne Unterlaß zur Erde fuhren. Und er erlebt den Wolkenbruch, wie nie vorher im Leben.

In unglaublich kurzer Zeit fing der tiefe Graben zu wüten an wie eine Klamm. Wasser, Schlamm und Geröll wälzte er der Talsohle zu, Randbäume mit sich reißend und tonnenschwere Erdbrocken.

Er weiß, daß der Verfolger nicht über den Graben springen kann, ohne sein Leben zu riskieren und hockt sich unter einen Felsvorsprung. Der Todesschrei des Benedikt gellt ihm noch im Ohr, aber wenn er ihm noch hätte helfen wollen, es wäre umsonst gewesen.

Auch die ganze Faller und Vorderrisser Jägerschaft, die Bergwacht, die Grenzpolizei suchten nach ihm, bis meterhohe Schneefälle die Suche unmöglich machten.

Im Trasserhof wurde Haussuchung gehalten, aber sie fanden nichts.

Der Jöschvater sieht, wie eben ein spöttisches, gehässiges Lächeln um den schmalen Mund des Trasser zuckt, und er sagt:

„Daß man dir damals nichts hat nachweisen können, Trasser, das macht deine Schuld nicht kleiner. Ich möcht sie nicht auf dem Gewissen haben."

Als habe ein Kanonenschuß ihn geweckt, fährt der Trasser aus der Vergangenheit hoch. Unter seinen firneisfarbenen Augen liegen dunkle Schatten, die pergamentene Haut spannt sich faltenlos um den kantigen

Schädel, und die wenigen Haare, die noch auf ihm sind, wirken dünn und kraftlos wie gehechelter Flachs.

Er ist krank, muß der Jöschvater denken. Bevor er aber den Mund öffnet, hört er den Trasser sagen:

„Bist du deswegen heraufgekommen auf den Trasserhof, um die alten Geschichten aufzurühren? Beweisen hat mir keiner was können. Und eine große Gestalt und einen schwarzen Strumpf überm Schädl kann jeder haben. Und das Hirschgeweih an meiner Stubenwand ist ein Geschenk von meinem Kriegskameraden aus Ungarn, er hat mich im Herbst besucht und hat's mitbracht. Geht selber auf Jagd."

„Trasser", sagt der Jöschvater, „im Lügen bist nicht so gut wie im Wildern. Und jetzt hör gut zu:

Dein Gewissen ist deine Sach, nicht meine. Aber ich seh, daß du zu deiner alten Schuld eine neue laden willst, unter der auch zwei Unschuldige leiden müssen. Es ist dies mein Freund und Kollege Guntram Hartmann und Berti, die Tochter meines Patenkindes.

Du bist ein anderer Mensch geworden, seit das Schicksal zugeschlagen hat. Der ganze Isarwinkel weiß das. Es wäre unrecht, dich darum zu verurteilen. Und trotzdem begreif ich eines nicht. Daß du vergessen hast, wie ein Mann und eine Frau sich lieben können. Lieben müssen! Das ist, als wenn im Lanks der Boden aufbricht, die Quellen springen, deine Bergbuchen grün werden. Keiner kann dagegen an.

Und du behandelst die zwei jungen Menschen wie Verbrecher.

Wenn du nicht so krank wärst in deinem Wesen, müßtest du dich freuen bis ins Herz auf das Kindl, das die

Berti trägt. Es hat einen Mann zum Vater mit einer sauberen Weste, sauberer als die deine, Trasserbauer!

Jeder weiß, daß du an keinen Herrgott mehr glaubst. Auch das ist deine Sach. Aber rührt dich denn nichts mehr an – gar nichts mehr, was von da drüben, aus jener anderen Welt einen jeden Menschen festhält, auch ohne daß er es weiß? Kannst du schwören, daß das Kindl, auf das sich die zwei Jungen freuen, wie es sein soll seit Anbeginn der Welt, nicht der zukünftige Trasserhofer wird? Kannst du schwören? Und daß sein Vater, der Guntram Hartmann, durch deine Tochter, dein Kind, ein glücklicher Mann wird und damit die Schuld auf deinem Gewissen leichter wird, kleiner?

Mach mir nichts vor, Trasser! Bis du deine Margaret hast einsargen müssen, bist du ein guter Mensch gewesen, ich weiß es. Und ein solcher hat ein Gewissen.

Hast schon einen Menschen unglücklich gemacht. Die Witwe vom Benedikt in Waakirchen. Willst jetzt auch noch ihren Enkel unglücklich machen und deine eigene Tochter dazu? Jetzt könntest du all das, was du ihr schuldig geblieben bist an Vaterliebe und Fürsorge mit einem Schlag bereinigen. Es wär auch zu deinem Glück, Trasser! Du tätst dein Herz wieder spüren und staunen, wie schnell einer ein anderer Mensch wird bei ein bißl Lieb und Gutsein."

Es ist wieder ganz still in der Stube. Nur im breiten Kachelofen summt das zusammengefallene Feuer friedlich vor sich hin, und die alte Standuhr lehrt mit ihrem Ticken die Macht der Vergänglichkeit.

Der Trasser sitzt reglos am Ende der Bank und hat den fast kahlen Schädel tief gesenkt. Seine Hände hat er immer noch so hart um die Bankwulst gekrampft, daß die Knöchel weiß durch das Wurzelbraun der Handrücken treten.

Und der lebensweise Jöschvater denkt: ‚Jetzt kämpft er den härtesten Kampf, den ein Mann kämpfen kann: den gegen sich selbst.‘

So sitzt auch er reglos und wartet.

Es vergeht eine halbe Ewigkeit, bis der Trasser langsam und mühsam seinen Kopf hebt, mit einem verbissenen Ächzer aufsteht, tief Atem holt und auf seinen Besucher zugeht.

Er streckt die Hand aus, und der Jöschvater umspannt sie, als böte sie das ewige Leben. Das Gesicht des Trasser ist gesenkt, als er fast leise sagt: „Jösch, ich bitt dich, sorg dafür, daß die Zwei heimkommen.“

*

Drei Jahre sind vorübergezogen, im Strom der Zeit weniger als das Aufblinken eines Wassertropfens.

Vor dem Zuhäusl des Trasserhofes sitzt im Halbschatten der alte Bauer und schaut unentwegt hinunter zur Jachenauer Straße, ob denn der blaue Wagen des Faller Revierförsters Hartmann allweil noch nicht um die Ecke biegt. Seine Gestalt ist nicht mehr so zusammengesunken als vor drei Jahren, die Augen sind lebendiger und offener, die Bewegungen nicht mehr die eines Hinfälligen. Der schmallippige Mund wirkt weicher, nicht so zusammengepreßt wie vor dem Neubeginn, der Neugeburt vor drei Jahren.

Der Tag, an dem die beiden, die er vom Hof gejagt hatte, heimgekommen sind, Augen und Herz voll Bereitschaft zum Frieden, hat ein Wunder vollbracht. Die Wabi sagt, es sei allein Gottes Gnade gewesen und die Fürbitte seiner Margaret, die drüben, in der anderen Welt, auf ihn warte. Vielleicht hat die alte Magd sogar recht. Wenn nicht ihr Glaube, was sonst hätte ihr die Kraft geben sollen, all die Jahrzehnte auf dem Trasserhof zu leben?

O er weiß es jetzt! Alles war er ihr schuldig geblieben! Alles, was einem alten Mädchen, einer schlechtbezahlten Magd, ihr hartes Leben hätte ein bißchen verschönen können. Jede Anerkennung, jedes freundliche, gute Wort, jede kleinste Freude an besonderen Tagen ist er ihr schuldig geblieben. Er hat ihr angekreidet, daß sie noch in der Sonne geht und seine Margaret unter zwei Metern kalter Erde liegt. Er ist all die Jahre hindurch ein seelisch kranker Mann gewesen, Gott und die Welt hassend und sich dazu. Nun aber ist das alles, als sei es nie wahr gewesen.

Seit er die Liebe verspürt von Berti, der Tochter, und Guntram, dem Schwiegersohn, sieht er die Sonne wieder, der Schlaf sucht ihn heim und gibt ihm Kraft, die stummschreienden Augen des Benedikt schrecken ihn nicht mehr hoch und quälen ihn.

Er kann sich wieder freuen an allem, was lebt auf dem Hof und um den Hof, er geht wieder unter die Menschen, und jeder Gruß von ihnen ist ihm wie ein Geschenk. Und was das Kostbarste in seinem Leben ist, der dreijährige Hansi, muß gleich in seines Vaters Wagen um die Ecke biegen.

Schon von ganz unten bei der Auffahrt sieht er sein rundes Ärmchen durchs offene Wagenfenster winken, und wie er winkt, der kleine Kerl! Durch den alten Trasserbauern flutet eine Welle des Glücks, ein Hochgefühl, das ihm Tränen in die Augen treibt.

‚Er hat viel von mir, der kleine Hansi, viel von meinem dynamischen, eigenwilligen Temperament', denkt er. ‚Und er ist der geborene Bauer. Kaum auf meinem Knie, will er in den Stall zum Pius, dem Pächter, will die Kalbei streicheln und Usch, der alten Stute, ein paar Zuckerbrocken geben. Der Gockl, der stolze Kaspar, läßt sich die Sichlfedern von ihm untersuchen und tut keinen Mucks. Will ich ihn an die Hand nehmen und ihn führen, reißt er sich los und schaut mich entschlossen an: ‚Großvater, Hansi kann alleine!'

Im Gesicht des Trasserbauern steht ein stilles, schönes Leuchten, und als Berti, die Tochter, es sieht, umarmt sie ihren Vater und sagt glücklich: „Vater, der Hansi wird zu eigenmächtig. Er braucht ein Geschwisterl. Vier Kinder möchten wir haben, der Guntram und ich. So Gott will. Das letzte ist in tiefer Gläubigkeit gesagt, der Vater spürt es und denkt unwillkürlich:

‚Wer ihren Glauben hat, verzeiht leichter. Und sie hat mir viel verziehen.' Er streicht ihr übers Haar und sagt mit Inbrunst: „Dann wünsch ich dir halt Glück, Berti. Dir und dem Kommenden."

„Und mir, dem Anstifter, auch, Vater! Übrigens kannst du mir zum Oberförster gratulieren, bin eine Stufe höher gerückt."

Stunden der Harmonie und Eintracht sind nicht selten im Zuhäusl vom Trasserhof. Die Wabi sorgt für eine gute

Brotzeit, der Mostkrug geht um, mit dem Besten, was im Keller ist. Die beiden Faller Förstersleut wissen, daß die Jahre des Vaters und auch der Wabi gezählt sind, und beide sich freuen wie die Kinder, wenn sie zu ihnen kommen.

Oft erzählt dann der Trasser, welch guten Griff er mit dem Pius und der jungen Bäuerin Gundl getan habe. Es sei fast, als würden die beiden Alten im Zuhäusl zur Familie gerechnet. Nie versäume die Gundl, einen Teller Spritznudeln herüberzubringen, wenn sie backe. Die Wabi habe ihr einmal verraten, daß er die fürs Leben gern in den Kaffee tauche.

Und der Pius schlage keine Stange im Wald zum Ausbessern eines Schuppenbodens oder des Weidzauns, ohne ihn zu fragen, in welchem Waldteil ihm das lieber sei. Man könne mit den beiden wirklich im schönsten Frieden leben. Wenn das Glück im Stall, Feld und Wald weiter treu bleibe, so könne der Pius in zwanzig Jahren ein schönes eigenes Sachl kaufen, falls der Hansi als Hoferbe einziehen wolle auf dem Trasserhof.

Bei solchen Worten schauen sich der junge Oberförster und seine noch schöner gewordene Frau voll Liebe und Einverständnis an, und der alte Mann sieht es. Die Wabi, die sich auch zu ihnen setzen muß, hat dann ein wehmütiges Lächeln um den verwelkten Mund, aber es ist ohne Bitterkeit.

Es lernt eine auch glücklich zu sein im Glücksschatten der andern, muß sie denken. Hab's nicht allweil können auf dem Trasserhof.

Und sie steht auf und geht hinein ins Zuhäusl, wo der Hansi, vollkommen ermattet vom Steicheln und Liebhaben aller Tiere auf dem Trasserhof, das versprochene Märchen hören will.

Wenn es wieder heimgeht in den Faller Jägerwinkel, dann macht der neugebackene Oberförster Hartmann im romantischen Mühlbacher Dörfl halt vor dem Häusl des alten Leibjägers Jösch. Und eine andere Zeit steigt herauf, ein anderes Jagdrevier, ein anderes Leben. In den weiten Fluchten auf der Platt, in den Tiefen seiner Wälder standen Kronenhirsche, wie sie heut ausgestorben sind. Der alte Leibjäger weiß von leidenschaftlichen Jägern und verbissenen Wilderern, von wirklichen Edelmännern und auch Schmarotzern zu erzählen, von bildschönen Frauen und unglücklichen Ehen, von Menschen, die nur gaben und Menschen, die nur nehmen wollten.

Der kleine Hansi sitzt ihm dann auf dem Schoß und nimmt ihm jedes einzelne Wort vom Mund, als ob er alles verstehe und alles begreife.

Dann sieht man ein Lächeln um den Bartmund des Erzählenden, und er drückt den Knirps an sich, wie er früher sein Patenkind, die zweite Trasserbäuerin als Kind an sich gedrückt hat und später die Berti, ihre Tochter.

Nicht selten kommt der Trasserbauer auf seinem Bannerwagerl zu ihm herüber über den Fluß, sie sitzen wie Brüder nebeneinander, und der alte Leibjäger holt einen guten Tropfen aus dem Keller.

Der Hans Trasser ist sich bewußt, daß er dem ehemalig verhaßten ‚Grean' seine Umwandlung, seine Neugeburt dankt und damit sein jetziges, spätes, wahrhaftes Glücklichsein. Und weil er doch auch mit jedem Blutstropfen das Jagern liebt, hört er die Geschichten vom Verein zu Großherzogs Zeiten.

Es kann dann geschehen, daß der Jöschvater schweigt, als sei er müde, als höre er innerlich die Jagdhörner das Halali blasen, das ihm selber gilt. Und wenn der Trasserbauer dann sagt: ‚Jösch, das mußt alles niederschreiben, das darf nicht mit dir verlorengehen', dann kann es sein, daß dieser sagt: ‚Ist nicht so wichtig, Trasser! Ist alles nur wichtig zu seiner Zeit. Die meine aber ist bald um.'

Und er hebt sein Glas, und sie stoßen an und schweigen, schauen über das weite Land hinweg, über ihre Heimat, sehen die Wolken ziehen mit goldenen Säumen und die Wälder in ihrer Pracht, und ihr Ruch hüllt sie ein, sei es im junggrünen Prunk des Frühlings, im satteren des Sommers oder im großen ‚Gloria Dei' der Herbstherrlichkeit.

Und es zieht unter ihnen der Fluß vorüber in seinem breiten, lebendig-grünen Bett, und sie möchten gern sagen, wie schön diese ihre Welt doch ist, aber ihre Worte sind arm, sie können es nicht.

Erst wenn es ganz still geworden ist auf den Herrenhöfen von Mühlbach, holt der Trasserbauer sein Roß aus dem Garten an die Deichsel und hält ihm zwei Zuckerbrocken hin. Dann erst setzt er sich auf sein Wagerl, und der alte Leibjäger und neugewonnene Freund gibt ihm noch bis zur Hirschbachbrücke das Geleit.

* *
*